空腹ねずみと満腹ねずみ

下

Die Hungrigen und Die Satten

Timur Vermes

ティムール・ヴェルメシュ 著　森内 薫 訳

河出書房新社

空腹ねずみと満腹ねずみ（下）——目　次

（下）

（上）

空腹ねずみと満腹ねずみ

（下）

第29章

「ちょっといいか。そこにまた、散らばっているのは、もしかして糞《クソ》じゃないか？」

「え？」

ゼンゼンブリンクは勢いよく立ち上がる。彼は今、第三編集室にいる。今、局全体の中で編集室と言えば、ここ第三編集室のことだ。ゼンゼンブリンクはこのところずっとその部屋にゆったりと座り、ベアテ・カールストライターや技術担当が新しい素材をチェックするかたわらで、スマートフォンであれやこれやのメッセージを送っている。だが今、彼は突然立ち上がり、画面に映っている黒っぽくて丸まっている、小さな何かを指さす。

「見えないのか？　止めてくれ。見せてやる。一〇秒戻して……そう！　ここところ！　それからここも！」

「ああ」技術担当が言う。「気がつきませんでした。石か何かでは……」

「石？　おまえの田舎では、こういうのを石と言うのか？」

「溶岩は往々にして黒っぽいかと……」

「ランサローテ島〔カナリア諸島のひとつ。溶岩台地が有名〕にいるわけじゃあるまいし！　ほら！　ここもだ。もう一度戻して。ストップ！　そう。これだよ！」

「もしかしたら、眠っている動物か何かでは？」ベアテ・カールストライターが言う。

「どこの動物が、ソーセージの形になって眠るというんだ？　しっかりしろよ、おまえら。これはクソだよ！　もう一度、ズームしてくれ」

眠っているソーセージは拡大されたが、鮮明にはならない。だが、それがそれ以外のものではありえないことは明らかだった。もうひとつの理由は、そこからさほど遠くないところにいるらしい、もうひとつの《眠っている動物》の真ん中がぺしゃんこに踏みつぶされていることだった。

「おいおい、頼むよ！」ゼンゼンブリンクが言う。「こんなにふにゃふにゃした動物が、どこにいるもんか。いったいだれがこんなものを依頼した？」

ベアテ・カールストライターがリストをちらりと見て、「コルビニアン」と読み上げる。「アンケのチームですね」

「ここに呼んで来い。すぐにだ！」

カールストライターが電話をかける。ゼンゼンブリンクは映像をもう一度巻き戻させる。難民キャラバンが始まって一〇週間になり、中身は徐々に薄くなってきている。あの強烈な使命に燃えるバカップルを中心に、すべてを編むことはもうできない。成功をおさめたあらゆるフォーマットと同じように、裾野を広げすぎた弱みが今、あらわれてきつつある。ゼンゼンブリンクは番組のためにどんどん作家を投入した。最初は一〇人。さらにまた一〇人。最初は作家の一メンバーだったやつが、いまではリーダーになっている。

「毎回これだよ」ゼンゼンブリンクはため息をつきながら、ベアテ・カールストライターに言う。「クリエイティブ部門の人間はどいつも、人を率いるようなタマじゃない。アンケは悪くないが、所詮まだひよっこだ。そんな連中をおいそれと昇進させるわけにはいかない。キーボードの代わりに部下を押しつけたらやつらは喜ぶだろうが、そんなことをしたら――なあ？」

「何かありましたか？」本質的にはいつも頼りになるアンケの声がする。

「入りたまえ、入りたまえ。ちょうど素材を見ていたところだ。これは、君たちのチームがホンをつくったやつか？　タイトルをもう一度言ってくれ」

「仮題は『後衛』」ベアテ・カールストライターが口を出す。

「『最後尾』になりました」アンケが訂正する。「ええ、うちのチームの作品です」

「われわれは、ずっとここで議論していた。ここに見えるものについてだ。そこの彼は、動物だと言う。私は、クソだと思う」

「そのとおりです」

カールストライターとゼンゼンブリンクは一瞬視線を交わし、それから何かのコマンドのように、ぴったり同時にアンケのほうに顔を向ける。

「どういう意味だね。『そのとおり』とは？」

「おっしゃるとおりだということです。この山は、クソです」

「人間のか？　動物のか？」

「個別には調査していませんが、しかし……」

「おいおいおい、今は皮肉を言っている場合じゃないだろう！」

「……しかし、私の見方が正しければ、はい、人間のだと」

「それで、君はいったい何を考えてこれを？」

「テーマがお気に召しませんでしたか？」

「おれが、クソの山というテーマを注文したか？　なぜこんなものを届けられなければならないんだ？」

「お言葉ですが、ゼンゼンブリンクさん。私たちはみな、会議の席にいました。そして、どんなテーマを取りあげるかを議論しました。ごく標準的な事柄が、すべて挙げられました。いちばん年寄りの難民。いちばん若い難民。いちばん美しい難民。いちばん先頭を歩いている難民。いちばん後ろを歩いている難民。そのときだれかが言ったのです。『一番後ろというのは、そりゃあしんどいだろうな……』と」

「それはいいのだけれど」ベアテ・カールストライターが言う。「でも、この絵はちっとも理解できないわ！　いったいなぜこんなものを、あなたたちは？　一五メートルずらして、そこで撮ればいいだけでしょう！　あなたの頭には目がついていないの！」

「もちろんあります。私だって、同じことを言ったんです。でも、私が情報を得ているかぎりでは、どこもかしこも同じ状況のようです。連邦技術支援庁にも電話しました。でも相手は笑って、こう言うだけでした。『なぜそんなことが起きているのかって、おたくはどうお考えなのですか？』と」

「でも、これまでは何も……」

「それは、これまでほぼ、前方から撮影をしてきたからです。本質的にはただの計算問題です。私から説明してもいいのですが……いささか食欲が削がれる話かもしれません」

ゼンゼンブリンクはうめき声をあげながら、肘掛椅子に沈み込む。そして右手の動きで、どうぞ説明してくれとアンケに指示した。

「そういうわけで」本質的には頼りになるアンケが言った。「列のいちばん前にいる人々は、少し離れた人目につかないところに用足しの場所を探します。まあ、それは、ハイキングをしたことのある人ならおそらくわかると思います。ですが《ハイカー》たちはもちろん、ほかの人々と比べて特にアイデアが豊富なわけではありません。彼らはちょうどいい場所を探し、そしてそこにたどり着くと……」

「……すでにティッシュペーパーがはためいているわけね……」ベアテ・カールストライターが言う。

「そのとおりです。あなたが、トイレのためにちょうどいいと思う場所は、あなたの前のだれかにとってもちょうどいい場所なのです。そして、たくさんの人が通り過ぎるほど、そのちょうどいい場所は満杯になっていきます。そうしたら人々は今度、もっと離れた、あまりちょうどよくない場所を探しに行きます。あるいは、もう少し人目に立つ場所でもかまわないということになります。たとえば子どもは、いつでも道路脇で用を足すようになります。道路脇はたしかに使われていない場所ではありますから。けれど、一五万の人々がひとつの区間を通り過ぎれば、夜には、使われていない場所など道路脇にはほとんどなくなっています」

「オエッ」ベアテ・カールストライターが言う。

「それで?」ゼンゼンブリンクが言う。

「そして彼らは野営をします。夜眠るための場所としていちばん好まれるのは、最初は道路そのものでした。道路にはそういう山がないからです。しかし、暗闇の道路にいれば、車にぶつかる人が出てきます。それで人々は夜眠るとき、道路の真ん中をいつも空けておくようにしたのです。ですが、夜トイレに行きたくなった人々にとってこの空間は、用を足すための第一の選択肢となり……」

「どうして?」

「こういうことかしら?」カールストライターが言う。「人々が夜、最初に足を踏み出すその空間には、ぜったいにだれも足を踏み入れてこない。おまけに夜は真っ暗だから、道の真ん中で何かをしていてもほとんどだれからも見とがめられない」

「それに、近いですし」本質的には頼りになるアンケが言う。「そうでなければ、道路から離れたところまで行かなければなりません。でも、人々はそうしたがりません。暗闇で右も左もわからない状況では、人々は群れから離れたがらないのです。戻ってこられなくなる不安がありますから……」

「それはわかった」ゼンゼンブリンクは言う。「でも、だからって、どうしてこういうことになるんだ?」

「はい」アンケは事務的に言う。「必然的にそうなるのです。これまで話してきたのは一日目のことだけです。行列は五〇キロメートル余に及んでいます。つまり、先頭集団の一五キロメートル後ろにいる第二集団の人々は初めから、すでに五万人が使った区間を歩かなければなりません。この第二集団の五万人は一日中、先の五万人の残した山を避けながら進まなければならないのです。そしてその次の日は、第三集団の五万人が……」

「ああ、もう、知りたくない!」ゼンゼンブリンクは目を閉じ、顔をそむける。

「人間の一日の排泄物は三〇〇グラム」ベアテ・カールストライターがスマートフォンの文章を読み上げる。

「では、そこから算出できますね」アンケが言う。「つまり、列のいちばん後ろの人々が毎日通り抜けなければならない区間には、その前の三日分で排出された約四五トンのブツが散らばっているわけです。大きさにもよりますが、だいたい二五万個の……」

「もうやめてくれ！」

「……ドローン撮影で、その構図を見ることができます」

「なんだって？？？」

「いいですか。ここに行列があり、その中で一定数の人々が絶えずこうして給水トラックの周りに集団を形成しており……」本質的には頼りになるアンケが、一枚の紙を机からとりあげ、丸と線を描き始める。「翌朝には、いつもこのような状況になっています。ここに給水トラックがあり、ここに道路があり、そして汚物はここらへんに散らばっていて……」アンケは紙にたくさんの丸印をつけた。

「もういい、もうたくさんだ！」ゼンゼンブリンクはそれを退ける。

「列の後ろのほうに行くとしばしば、ビニールシートを持っている人がいます。それを使えば夜、まあまあ清潔に眠ることができるわけです。そのうちに、表面と裏面が絶対に接触しないようにシートを折り畳むことで小銭を稼ぐプロフェッショナルもあらわれてきました」

「おお神よ――そんなものを放送なんてできるものか」

「でも――これは、まあまあ良い話ではないですか？」

「馬鹿を言うな！　そんなものをわれわれが必要としているわけがない。われわれが今ここで放送しているのは、ドイツのテレビ史上最大のライブ・ドラマだ。いや、世界のテレビ史上と言っていいかもしれない。これは、9・11以上に大きな出来事だ。われわれはその主役に、独占的に密着している。このドラマの主要人物二人に、独占的に接触できる位置にあるんだ。今、わが局でこれほど重要な番組はない。われわれには、歴史に対する責任がある。われわれは人類に対する責任を負っているのだと、経営陣はみな一致している。ジャーナリズムへの責任であり、民主主義への責任だ！　ウンコの山の写真なんて出せるわけがないだろう！」

「皮肉な話ですが」アンケが言う。「供給のほうがまだ十分でないので、問題もまだそれほどセンセーショナルでないとも言えます」

「セメントミキサー車のことか？」

アンケが頷《うなず》く。

ことの起こりは、ある視聴者からの指摘だった。世界中を旅行している人物で、トラックの製造にもかかわるエンジニアだという。その旅行家兼エンジニアが、難民の食事の質的悲惨さについての放送を見た。その放送は大きな反響を呼び、ナデシュの基金にはおかげで何千万ユーロもの寄付が集まっていた。その放送を見た件の旅行家エンジニアは局に電話をかけてきて、こんな話をした。難民の食事は、もっとはるかに効率よく作ることができる。人々がいるのはアフリカで、彼らの主食は穀物の粥なのだから——。もちろん人々が歩きながら鍋をかき混ぜることはできないが、どこかでまとめて粥をつくり、それをコンクリートミキサー車で配達することは可能だ。そうすれば、配達する途中もずっと粥を攪拌できるし、いくつかの改良を行えば、最初に粥を流し込んだときより、むしろ良い状態で届けることもできるはずだ。これは大きなプロジェクトであり、二台の車が寄付され、さらに何台かが購入された。人道的な危機とあって、ふつうの建設会社もすすんで提供リストに名を連ねたものの、リストのはるか後ろのほうになってしまった。地元でそういうことを仕切るあやしげな輩がこのアイデアに我先に飛びつき、生コンクリートの中古の輸送車を中国から手配したからだ。それらの車で十分うまくいったので、以来難民キャラバンの人々は、ボール紙の容器に入れた粥をひとり一杯は確実に供給されるようになっていた。

ベアテ・カールストライターがマウスをくるくると動かす。画面がさっきより明るくなり、問題の箇所がよく見えた。「すべてはたがいにつながっているというわけね……」と彼女は言った。

「しかし、これはまずいだろう」ゼンゼンブリンクが言う。「はっきり言うが、これは広告向けの絵ヅラではもはやない」

「ですが、私たちとよそとのちがいは信用性です」本質的には頼りになるアンケが、当惑したように言う。「ジャーナリスト的であるということ。つまり、何もきれいにごまかしたりしないということです」

「ではそれを、アディダスやサロモンの人間の前で言ってみたまえ」ゼンゼンブリンクが言う。

「まったく」ベアテ・カールストライターが言う。「あるいはマインドルとかね。なんにせよ、人々がくるぶしまでクソにまみれている写真があったら、三〇〇ユーロのハイキング用ブーツは売れないでしょうね」

「お二人の意に染まないのはわかります。でも私には魔法は使えません。いま提案できるのは、以降はすべての映像をふたたび先頭からのみ撮るということくらいです」

「それではどうにもならない。ほうっておけば別のやつらが報道する。だいたい、今までだれもとりあげなかったのが不思議なくらいなんだ。クソは撤去しなくては」

「ですが、どのように？　人々にクソをするなとでも言うつもりですか？」

「そんなことはしなくていいのでは？」ベアテ・カールストライターが提案した。「おそらくだれも気づきませんよ」

「長く時間がかかればそれだけ、よそのメディアに嗅ぎつけられる可能性は高まる。そんな危険をこれ以上おかすことはできない」

「なぜですか？」

「なぜ、これ以上？」

「それは」ゼンゼンブリンクは呼吸をひとつした。「なぜなら、少し前からわれわれは、売り込みの勧誘をしているからだ」

「放送局を？」

「いや——番組をだ」

「ライセンスをどこかに売ることが、できるのですか？」

「どこかひとつとは限らない」

二人の女性と技術担当は顔を見あわせる。三人はそれぞれ渋々といったような是認の表情を浮かべている。高く上がった眉毛。許諾を示す頷き。とがった口。口をとがらせているのは本質的には頼りになるアンケで、彼女はこう質問した。「本当にライセンス供与が必要ですか？ これは報道ですよ。出来事を報道しているんです。われわれが企画したイベントなどではなくて」

「それについてはもう、さんざん議論したでしょう？」カールストライターが異議を唱える。「私たちがいなかったらすべては起こらなかった。それははっきり言えるはずよ」

「そのとおり。問題は法的な安定性だ。放送をする者は、差し止め命令を出されるのを嫌う。だから事前に権利を買う。そのほうが裁判の代金より安いのだから」

「それで、相手はいったい？」

「よかろう。だがこれは文字通りのトップシークレットだ。オランダは落札の一歩手前にいる」

「それで、彼らは彼らで、難民のキャラバンをスタートさせるのかしら？」

「リンダ・デ・モルを一緒に歩かせて？」

「いや、うちのを放送することになる。そして相手はオランダだけではない」

「あとはどこが？　フランスですか？」

「当然だ。イタリアからも引き合いがあった」

「それらの国は、自分たちのところにはまだ難民が十分でないとでも？」

「いや、イタリアの連中はもちろん、あの難民どもが自分らの国に来ようとしないのを喜んでいる。それはイギリスも同じだ。うちのあれはそういう国にとって、いわばザマアミロ番組ってことだ」

「ですが、『苦界に天使』は明らかに難民を助けるという形をとっています。難民寄りの番組です」

「それは、どんなコメントをかぶせるかによるだろう？」

「正反対のコメントをかぶせることはできませんよ！」

「十分カネを払うなら、何でもやらせればいいじゃないですか」技術担当がぶつぶつ言う。

「そうなったら、クソのことで文句なんか言わせなきゃいい」

「イギリスは大丈夫だ。イタリアも。しかし、アメリカはまだわからん」

「アメリカの市場が？」

「そうだ。彼らは最初サルマ・ハエックを引っ張ってきて、同じことをしようと検討していた。次はアンジェリーナ・ジョリーを検討した。だが、結局それも断念した」

「ナデシュ・ハッケンブッシュがアンジェリーナ・ジョリーよりも上だから？」技術担当が笑いながら

言う。「やつら本人だって、そんなことを思ってはいないだろうに！」

「それはない。ただ、状況がちがう」

「どのように？　国境はあちらにもあるでしょう？　ほかのだれかを使えばいいのに」

「ああ、だがあっちではずっと長いこと歩く必要がないんだ。メキシコではバスを使える」

一同は、納得したようにうなずく。

「ともかく、うちのナデシュを使いたいというわけですね。まったく、だれがそんなことを考えていたかしら？」

「だが、クソの中に立っているナデシュではだめだ。これは絶対のタブーだ。あの『ジャングルキャンプ』でだって、クソはご法度だ。精液はかまわない。性器もかまわない。だがクソはだめだ。サルの精巣を茹でたのをどうぞと言うことはできるが、ケツの穴はだめだということだ」

「了解です。ではブツを片づけなくてはなりませんね」

「でも、どうやって？」

「犬用のエチケット袋は？」

「すばらしい冗談だ」

「だめですか？」ベアテ・カールストライターは思案顔になる。「いちばん安上がりだと思うのですが……あちらの本部みたいなところに袋を届ければいいだけですし……」

「紙箱がついているやつもありますよ。前に一週間ほど犬の世話に使ったことがありますが、ぜんぜん悪くなかったです」

「そうしたらどんな見出しがつくか考えてみろ。『マイＴＶが難民を犬扱い？』と書かれるぞ」

「われわれは連中を、コンクリートミキサー車でも扱っていますがね」

「家のように扱われるよりも、犬のように扱われるほうが、惨めさは上でしょうね。少なくとも見出しの上では」

「ああもう、どれもこれもくだらんおしゃべりだ。こいつらをよく見てみろ。自分の出したものをいつもきちんと始末するような人間に見えるか？　ドイツでだって、そういうやつは少ししかいないんだ。だからみんな、あの赤い袋をそこらに投げ捨てている。そうして、あたりは単なるクソだらけではなく、真っ赤な袋に包まれたクソだらけになったわけだ」

「子どもはそれを放り投げ……」

「あるいはだれかが、袋を転売するかもしれない。だめだ、別の方法を考えなくては」

「パワーショベル車を一緒に走らせて、全部土に鋤きこんでは？」

「なんてぜいたくな。ものすごい数のパワーショベルが必要になるぞ。そしてもし本当にブツがそこら中に散らばっているのなら、一〇〇メートルの幅にわたってあたりの土を掘り返さなくてはならないだろうな」

「一〇〇メートルでは足りませんよ」本質的には頼りになるアンケが異を唱える。「もう一度、だいたいのようすを描きましょうか？」

「いや、遠慮する。では五〇〇メートル幅としよう。だが、どっちにしてもだめだ。別にわれわれは環境保護のためにやっているのではないのだがな！」

「どういうことですか？」

「こういうことさ。ショベルカーが一台あっても、行列が全部通り過ぎるまで片づけはできない。だが、何のためにわざわざ列の後ろを片づける？　列が通り過ぎたあとの映像など、撮らないのに。必要なのは、先頭と真ん中としんがりが清潔であることだ。かといって、毎日すべての場所で土を掘り返すわけにもいくまい」

「わかりました。では、残る選択肢はディキシー・トイレだけですね」本質的には頼りになるアンケが提案する。「ロックコンサートとかで使う仮設トイレですよ」

「あれを難民の行列に？」ベアテ・カールストライターが聞き返す。ゼンゼンブリンクは怒りを含んだ目でじろりと彼女を見た。今は皮肉を言っても何の役にも立たない。

「そういうトイレはあまり重くない」ゼンゼンブリンクは励ますように言う。「組み立ても簡単だ」

「人々が用を足す場所は、給水車の周りに集中していますよ」本質的には頼りになるアンケが加勢した。

「だからそのあたりに、トイレを組み立てればいいのでは」

「いったいいくつトイレが必要になるのか、想像できますか？」技術担当が言う。「何千もいるかもしれないのに！」

「そうだな」ゼンゼンブリンクは顎をこする。「たしかに」

「でも、少なくとも彼らは利用するでしょうし」本質的には頼りになるアンケが続けた。「後ろで扉を閉められるのですから」

「そして、毎日あたり一帯をトイレが走り回るわけか？」

「また大量のトラックがいりますよ」ベアテ・カールストライターが警告するように言う。「言っておきますけどね」

ゼンゼンブリンクは、数千の簡易トイレをトラックの台数に換算しようとした。ふと、学校の数学の課題で「排泄物の山」と「簡易トイレ」と「トラック」と「難民」が出てくる複雑な計算をさせられているような気持ちがした。まず必要なのは、式を立てることだ。つまり、何台のトラックが……。

「いや、それほどたくさんはいらないみたいです」技術担当が言う。「トイレを運ぶのは三日に一度で大丈夫です。給水車の場所は三日間、ずっと同じです。そこに一緒にトイレを置いておけば、次に来る人が順に使うことができます」

「そうよ！」本質的には頼りになるアンケが何かを思いつく。「列のいちばん最後にあるトイレを前に運んでくればいいのでは？　そのときに中身を空にして、パワーショベルで土に埋めるのです。一日に一度。列のいちばん後ろで」

「それなら、かなりトラックが節約できるわね」カールストライターがすかさず合いの手を入れる。

「それでも一〇台か一五台は必要ね。簡易トイレを引っ張って走るトラックが。運転手と、それから世話人も」

「それは、もう十分いるはずです。さらに必要だとしても、さほどではないでしょう」

「オーケー。ではそれは解決できる。でも、その代金はだれに払わせるの？　難民に？」

「だったらいいのだが」ゼンゼンブリンクが目をこすった。「連中は、クソの山が転がっていてもおそらくいっこうに平気なやつらだぞ」

「でも彼らは、トイレを提供されることで利益を得ます。キャラバンの知名度は上がっているし、アメリカが権利を買えば、注目度はさらに高まります」

「それより何を節約できるか考えなくては。トイレは企業から安く譲り渡してもらえるかもしれない。あるいは寄付というのもあるかも。良い目的のためのものだし、それに番組のときに言及できるし」

「アフリカへの輸送は、どこかの航空会社が後援してくれるかも……」おおかたは頼りになるアンケが言う。「そうしたらあとは、維持費と運転費だけですね。ライセンスでどれだけお金が入ってくるのか、私にはわかりませんが……」

「それはだめだ」ゼンゼンブリンクが激しく頭を振った。「ライセンス化で局は儲かるかもしれないが、キャラバンの運営にかかわることはできん」

「わかりました。それではだれが？　基金ですか？」

「そうなるでしょうね。でも、じっさいの管理は難民自身に行わせなくては」カールストライターが言う。「費用は基金から出させましょう。ナデシュもそれがよいと言うでしょうし。ビル・ゲイツの例もありますから。ビル・ゲイツは衛生的な水の世話をしている。衛生的な施設もそれと似たようなものでしょう」

ゼンゼンブリンクの視線が、無音のまま流れている画面上をさまよう。ゼンゼンブリンクはライオネルを見る。ライオネルがナデシュ・ハッケンブッシュを抱きしめる。トラックの運転手と一緒に水の質をチェックする。そして金色の絶縁体でできた非常用のブランケットの数をかぞえる。

「それはそれとして」ゼンゼンブリンクはふたたび、リーダーらしく重々しい口調で言う。「ライオネルに新しい靴を与える必要があるな。やつの足元のせいで、コケるわけにはいかない。あれではもはや、みすぼらしいだけで、進取の気性に富んでいるようには見えまい。彼にスポンサーを探してやれ。これからやつには、四週間ごとに新しい靴を履かせるんだ」

第30章

二〇分。それだけあれば十分なはずだ。ちょっといちゃいちゃして、ささっと終わらせる。いずれにせよ事務次官は今日、じっくり楽しみたい気分ではまるでない。今日のような晩に、ゆっくりことに及ぶ人間などいるわけがない。それはあきらかだ。トミーが熱い視線をどれだけ送ってこようとも。事務次官はトミーにキスをする。トミーが寝室に彼をいざなおうとしているのが感じられる。ここはなんとか、すみやかに阻止しなくては。寝室に行ったら、まず照明を調整しなくてはならない。それから性具の箱を出す。事務次官はそういうものが嫌いではないが、このごろは時間がかかりすぎると感じる。以前はそれも含めて好きだったのだが、昔は昔であり、今は今だ。未来は未来でまたちがうかもしれないが、ともかく今は良くない。何時間も寝室でうだうだしても、良いほうに向かうとは思えない。事務次官はもう一度意を決してキスをすると、腰でトミーをわきへ押しやろうとした。向かう先はソファだ。性具は使わない。そうすればことをすみやかに、でも杓子定規にではなくやり遂げられるだろう。

「ねえ。新しいのがあるんだ。ぜひ見てくれなくちゃ」トミーが事務次官にキスをしながら言う。その指は、事務次官のシャツのボタンを外している。ああもう、と事務次官は思う。新しいオモチャを手に入れたってことは、ますます二〇分ですむわけがない。あと一九分。いや、一八分しかないのに。事務次官のほうが少し背が高く、体もがっちりしているおかげで、トミーはたやすく主導権を握れない。彼は冗談を装おうとしたが、もちろん逆効果だった。

トミーはうめき声をあげた。「よせよ！」

事務次官は考える。まずはズボンを下ろす。二人とも。そうしなければ始まらない。それからトミーをその体勢までなんとかしてもっていく。でもあまり急ぎすぎてはいけない。トミーはいつも、やや強制されながら、最低でも一〇分くらいかけながらそこまで行くのが好みなのだ。前戯でそれだけかかったら、全体では本当にギリギリだ。それにこの計算には、性器を勃起させる必要性は考慮されていない。そして――。

「ねえ、今時計を見たよね？」

「ちがうよ、ただ……」

「また急いでやるの？」

「何を言うんだ。来いよ。愛してる。ここでしよう」

「手早いソファの上で？」

「何だって？」

「君は僕のことをよくわかっているはずだよ。僕だって馬鹿じゃない。寝室は、エマニエル夫人の欲望の庭だ。ひきかえソファは、ドン、バン、サンキュー・マダム、だ。でも君はソファでやりたい。そんなのはわかるよ。君が最後に欲望の庭に水をやったのがいつか、僕はもう思い出せない。もうあそこで何も育たないのも、不思議はないというものさ」

（今こんな言い争いをしていたら、ますます時間が無くなってしまうだろう！）

あと一六分しかないことを考えれば、それが唯一の論理的なセリフだとわかってはいたが、もちろん事務次官は口には出さなかった。でも結局のところ、計算など意味がないのだ。最速でことをすませたとしても、そのあとトミーは少しのあいだ、事務次官の腕の中にいたがる。そうしたら、いったいどのタイミングでテレビのスイッチを入れればいい？　五分後か？　一〇分後か？　そんなことに手を出すのは馬鹿げているのではないか？

「トミー。すまない」事務次官は言った。「僕は番組を見なくてはならない。必要なんだ」

「やっぱり！　時計を見ていたじゃないか」

「ああ、すまない。本当に。どうしようもないことなんだ」

「それで、理由は？」

「ロイベルがテレビに出る」

「難民のクソ野郎のせいで？」

事務次官は頷く。トミーは深い息をつき、やれやれというように事務次官にキスをする。「わかったよ」トミーは言う。「わかった。邪魔はしないよ。君は僕の事務次官であり、わが人生のペニス君でもあるのだから」トミーはくるりと向きを変え、調理台の下にある棚のほうへと屈みこむ。調理台の素材は結局、コーリアンというアクリル系人工大理石を選んだ。ふれこみとはちがって、手入れがちっとも楽ではない。

「僕は泣きわめいたりしないし、君のただでさえ重い人生をこれ以上重くしたりはしない」

トミーは棚からボトルを取り出した。赤ワインだ。どの銘柄のワインかはよく見えないが、おそらく強いバローロだ。トミーは右手でボトルの首をもつ。そしてぐるっと回れ右をして、壁紙のほうを向く。本当ならそこにかける美術品を、二週間前に二人で買いに行くはずだった。トミーはきわめて柔らかな動作で、ワインのボトルをソファのクッションへと放る。

「受けとめてよ！」

続いてコルクの栓抜きが飛んできた。事務次官はそれをかろうじて空中でつかみ取る。

「僕は恋人に文句をつけたりはしない。もう大人だし、成熟しているからね。手っ取り早いソファに今はおとなしく座って、恋人をたっぷり勇気づけてあげるよ。そのくだらないクソ番組を見る気がないなどとは言わない。そんなのは文字通り、超越しているからね。でも恋人も知るべきだ。僕の我慢にも限界があることを。そして僕にも小さな元気づけが必要であることを。ワインを開けてよ、退屈な豚さん」

事務次官は感謝の視線を投げる。トミーは驚くほど甘い視線を返しながら、自分のズボンのボタンを外す。そして「本当なら君にしてほしいのに」と恨みがましく言う。「君のためにわざわざ買っておいたんだ。マジすごいやつ。でも、見下げられたものだね」

事務次官はわかったというようにうなずくと、二個のグラスにワインを注ぐ。トミーはテレビのスイッチを入れる。まだ天気予報の最中だ。トミーはソファの上を腹ばいで移動し、事務次官の体にまつわりつく。「難民のクソ野郎」トミーはブツブツ言う。「どうして何度も番組にしなくちゃならないんだ？」

「僕が何かを説明するときに、たまには耳を傾けてくれるかな？」

「いつも、だろ。でもなんで、これがまだ続いているのさ？　難民難民難民。ロイベル大臣。難民難民難民。ハッケンビッチ。あと何か忘れているかな？」

「いない」事務次官は親指と人差し指で丸をつくる。「パーフェクト！」

「よく言うよ」

「君が時おりでも新聞を見ていたら……」

トミーは事務次官の脇腹を強く突く。

「ろくでもないことはしないよ、僕は。君も……だったら、とってもありがたいけど」

「オーケー。メディアは、これは大ごとにはならないだろうと考えていた。少なくとも、それほど早くはそうならないだろうと」

「それで？」

「つまり、一五万の人間が徒歩でこの国に向かっているわけだが、メディアはここにきてようやく、やつらはもしかしたらやってのけるのではないかと心配し始めたんだ」

「やってのけそうなのかい？」

「シーッ」事務次官は言う。「番組にだれが出てくるか、見ろよ」

「何がシーッだよ。見ればわかるだろうに！」

（頼むから静かにしてくれよ！）

もちろん事務次官はそれを声には出さなかった。彼はトミーにそのましゃべらせ、どこかでトミーが自分からおしゃべりをやめるのを期待した。ロイベルが画面にあらわれた。イタリアの俳優リノ・ヴァンチュラを思わせる顔つき。厳格だが心配性でもあり、基本的には善良な父親という風情。ロイベルはこの顔のおかげで過去八回の選挙に勝利してきた。あるいは過去六回の選挙の勝利は、この顔のおかげだったといえる。ロイベルは過去数十年で額《ひたい》のしわが徐々に深くなるに伴い、この顔つきを完ぺきなものにしてきた。政界中をさがしても、彼ほど額のしわを効果的に使っている政治家はいない。ロイベルにはさらに、高い額という強みもある。残念ながら事務次官の家系には、脱毛の気配はかけらもない。かわりに近々眼鏡をかけ始めるべきなのかもしれない。眼鏡でもそれなりの効果は見込めるはずだ。

「さてそろそろ、ハッケンビッチの登場だ」事務次官はコメントする。

「へーえ、そうなんだ」トミーはそう言って、事務次官の肋骨のあたりをくすぐる。事務次官はかろうじて「愛情深い」と呼べる動作で、その指を押しのけようとする。

「どこかの人権おばさんを引っ張ってこなきゃならないだろうな。おっと、シュヴェーゲルレか。字幕がほしいよ」シュヴェーゲルレは危険な人物ではない。週に一度、なかなかまっとうなコラムを執筆しているが、テレビでの発言はその半分もしゃっきりしない。それは、シュヴァーベン地方の強烈な訛りのせいだ。事務次官は党の書記長だったころ、まず、シュヴァーベン語でのインタビューはラジオでもテレビでもご法度と命じた。地方の局はいい。田舎の局なら方言でべらべらやられてもだれも気にしない。だが全国放送は別だ。政治の世界では方言を、四輪駆動車のように扱うべきだ。的確にスイッチを入れたり切ったりしなければ、長所よりも短所が大きくなる。党が数十年にわたってあのショイブレを支えてこられたのは、今考えてもつくづく驚きだ。「さて今度は、右の人間が必要になるな」事務次官は言う。

「以前知り合いに、サッカーのハンブルガーSVのサポーターがいた」トミーが言う。「試合の前にチーム編成のアナウンスが始まると、そいつが、ちょうど今の君みたいに喋り出したのを思い出すよ」

「言ったとおり。ほら、ブレッヒデッカーの登場だ」

「そしてもちろん、ファン・デル・ファールトがふたたびミッドフィルダーに」トミーは猫なで声で物まねをする。「だれかがあいつを、あのうざいブロンド女と一緒に放り出せないものかね」

「ブレッヒデッカーがいなかったら、そういうやつをでっちあげなければならなかったはずさ。番組にはナチみたいなやつが必要なんだ。でも、ナチスを招待するわけにはいかない――まあ、社会民主党員の中にそういうやつはいそうなんだが」

「折よくこっちも赤だ。ワインをおかわりできるかな」

　事務次官は言われるまま赤ワインをトミーのグラスに注ぐが、ブレッヒデッカーの隣にあるスクリーンに気を取られてワインをこぼしてしまう。ちょうど画面が切り替わり、ナデシュ・ハッケンブッシュの姿があらわれたのだ。そしてビデオ・クリップが映し出される。出発の場面。最初のインタビュー。難民が顔を輝かせながら、旅の目的地はドイツだと話している。そしてもちろん、あの可愛らしい少女が登場する。いつのまにかユーチューブの人気者になったあの少女が二つの映像に出ている。ひとつの映像で彼女はダンスを踊り、もうひとつの映像では人々に空の瓶をさし出している。少女は言う。「ファンタ・ビッテ！」ガラリと場面が変わり、社会の動揺の真の原因が提示される。ペギーダ〔ドイツのドレスデンを中心とした反イスラム運動〕が突然また、人気を盛り返しているのだ。そして番組の司会がナデシュ・ハッケンブッシュに現状を質問しようとしたまさにそのとき、トミーが口を開く。

「おお、ナデシュはずいぶん日に焼けたな。すごく似合う。でも僕はもっと……」

　だからトミーとテレビを見るのは嫌なのだ。事務次官はかがみこんで、トミーの口をキスでふさぐ。こうすれば少なくとも静かになる。

「……私たちは行きます」ハッケンブッシュが甲高い声でしゃべっている。「もちろん、少し時間はかかるかもしれません。でも、みなで助けあえば、やってのけられます！　私はドイツをとても誇りにしています！」トミーの舌が口の中に入りこみ、快感をもたらす。事務次官は、司会がナデシュに質問するのを必死に頭で追う。今回の試みの経過。そしてナデシュがそれをどのようにマネージしたか。ナデシュは答える。自分は何も《マネージ》しておらず、ただ人道的な手助けを行っただけだと。彼女が賢いのか、あるいは弁護士がついているか、それはわからない。

「そろそろもう、君のボスが何か言って、やつを黙らせる頃合いだろ？」

「まだだよ。まずはジャーナリストに発言させる。難民どもが本当にドイツまでやって来るかもしれないとね」そのとおりになった。シュヴェーゲルレが、まるで自分も一緒にアフリカの大地を歩いているかのようにべらべらしゃべり始めた。やつは少なくともこの一五年間ほど、まともなルポルタージュはひとつも書いていないはずだが――。事務次官は、頭はテレビに集中しながら自分のズボンの前あきに手をやり、そこに差し込まれたトミーの手をつかむ。必死に引っ張ったが、あいにくトミーの手は二本ある。フック船長の手があれば、こんなのは造作ないだろうに。

シュヴェーゲルレが、先ごろ『フォークス』に発表された解説画像について説明を始める。難民の行列がどのように構成され、どのように機能しているかを解説し、そして非常に考え抜かれた組織が……ズボンの中に……動いているはずだと語った。

「頼むよ。トミー。短い時間だから」

「でも、ここにある何かは短くない……」

「頼むよ！　今は集中しなくちゃいけないんだ！」

行列のかげに何か、非常に考え抜かれた組織がある。それはとても危険ではないだろうかとブレッヒデッカーが言い、イスラム国家のことや何やらを警告する。このブレッヒデッカーという男の経歴は昨今、もっとも奇天烈な類に入る。最初はごく普通の風刺芸人で、いくつかのコメディショーに出演していた。当時はほかのやつらと同様、CDUやSPDをこきおろすだけだったのに、いつからか、どんな演目のときもAfDと距離を置かないようになった。その後、ろくでもない本を書き、その本が飛ぶように売れ、以来、SPDから目の敵にされている。そのブレッヒデッカーが今、ドイツのマイノリティやテロリズムについて発言し、ドイツ人には移民に関する盲点があると述べている。

「ねえ、移民に関する盲点って、いったい何?」思いがけず鋭い質問をトミーが口にする。

画面でロイベルが首を横に振る。ようやく彼の出番が来た。そして事務次官は、ロイベルの最初のひとことでもう、彼のファンクラブを設立してもいいという気持ちになる。ロイベルはまずナデシュ・ハッケンブッシュの尽力に対して礼を述べる。ナデシュの働きに感嘆していると彼は言う――しかし続けて、難民を先導したせいでうっかり罰を受けることがないよう、よくよく注意すべきだと忠告する。これほど礼儀正しく、これほど友好的で、これほどチャーミングな警告をテレビで聞いたことはないと思わせるほどだった。さらにロイベルは、原則として人々は何も心配をする必要はないと告げた。この非常に普遍的な発言は、いっぽうで非常に思い切った発言でもあった。なにしろ、視聴者が何を心配しているのかは不明なのだ。人々は、難民が来ることを心配しているのかもしれない。来ないことを心配しているのかもしれない。ナデシュとライオネルが素敵な住まいを見つけられるかどうかを心配しているのかもしれない（最新の『イヴァンジェリーネ』に、「ナデシュ＆ライオネル：ミュンヘンに夢のアパルトマン?」という記事がある）。だがロイベルはともかく、心配ないと言った。その根拠として彼は、良く機能している一連の協定をあげ、さらに、明白な法的状況や、ＥＵ各国が結んでいる協定などをあげた。フロンテクス（欧州対外国境管理協力機関）について言及し、ヨーロッパの国境がいかに強固に守られているかも説明した。さらに難民が純粋に技術的な障害を乗り越えなければならないことや、その障害を克服するのはアフリカのどこかの国境を越えるよりもいささか複雑であることも、ロイベルは語った。

「ハッケンブッシュさん、あなたの楽観主義には敬服する」ロイベルは言う。「あなたほど精力的で信頼のおける仕事をする人は、ここドイツでもまれだと思います。どうか誤解しないでほしいのですが、私は、あなたがともに旅をしている人々の焦燥や希望を理解できます。そちらの人々が、法律の枠組みだけでものごとを考えないことは、さもありなんと私も思います。そうした状況では、だれしも自分の利益が第一になる。しかしあなたがたはこのままさらに進めば、破局へと突き進むことになる。あなたがたがこの先どこまで進めるのか私にはわからない。だが、いくらなんでもスエズ運河かボスポラス海峡までくれば、その先には簡単に行けない。スエズやボスポラスは、いわば針の穴だ。世界中のどこの独立政府も、あなたがたにそこを簡単に通り抜けさせはしないでしょう」

それは法律のせいでも、当局のせいでも、ドイツ人のせいでもない——スエズ運河とボスポラス海峡のせいだとロイベルは言うのだ。運河や海峡を、人は非難することはできない。事務次官は感嘆しながらソファにどさりと寄りかかった。ふと気がつくと、ズボンの中からトミーの手が消え、かわりに口があった。押しのけようとしたが、トミーの舌は巧みに動き、それはとても——気持ちが良かった。

ナデシュ・ハッケンブッシュも同じほど驚いていた。もちろん、ロイベルにだ。彼女は連邦政府を、あるいはＣＳＵを、あるいはＥＵを非難しようと身構えていた。でもまさか、非難すべき相手がボスポラスになるなど、思ってもいなかったのだろう。あまりに驚いたせいか、彼女はロイベルを責める——

責めることができるのは、やつがあれを……いやちがう、それはトミーだ。ええとロイベルが……ロイベルがもうこれ以上難民を援助しないことだ。そして今、ズボンがもう脱がされていることだ。もちろんロイベルにとって、あんなのは朝飯前だった。彼はただこう言えばいい。難民を行かせる、ではなく、来させるのは、連邦政府の仕事ではありえない。ああ神よ、いったいだれが考えただろうか。難民がこんなに奥まで来てしまうなんて。あたたかく湿ったこんな場所にまで！

ありがたいことに、ここでシュヴェーゲルレがふたたび話を始めた。ふつうの男の勃起を完全に阻む何かがこの世にあるとすれば、それはシュヴェーゲルレの話すシュヴァーベン訛りだ。方言という形をとる避妊具だ。シュヴェーゲルレは言葉をつらねながら、現状を正しく判断するにはアフリカの歴史を知る必要があると主張する。だが、そんなのは傾聴するまでもない。なぜならアフリカの歴史は、スエズを越えるためにもボスポラスを越えるためにも役に立たないからだ。ロイベルはその二点をしっかりと押さえ、今や視聴者の心の目には、スエズ運河までたどり着いた一〇万の難民が、それを泳いで渡ることもできずに立ち尽くす情景が浮かんでいた。ブレッヒデッカーはまだ何か言いたそうだったが、それでも、この安心を誘う図は人々の心と頭にしっかり刻まれたはずだ。一〇万の難民がスエズ運河によって、約束の地から隔てられている図だ。深い河によって隔てられた王の二人の子どものように——。ロイベルがリラックスしたようすでふたたびナデシュをさらに賞賛する。その口調にはあたたかさと公正さが感じられ、緑の党の支持者もついロイベルのいるＣＳＵに転向してしまうのではと思われた。人はとてもあたたかい良い気持ちになり、湿り気を帯び、膨張する。そしてトミーの頭から手を放す。トミーの好きにさせるのがいちばんだ。それに、まだ半分でも意識が残っていればだが、かわりに小さなブリーフに手をかけることもできる。

シュヴェーゲルレの不穏な顔がまた画面にあらわれ、事務次官は急いでテレビのリモコンを握り、スイッチを切った。トミーの動きを中断させないようにゆっくり立ち上がる。突然、寝室と、それから例のオモチャ箱のところに行きたいという衝動に襲われた。そのとき、携帯電話が三度鳴った。

トミーがちらりと目を上げる。

三度で切れるのはロイベルからの着信だ。

トミーは強く吸ってくる。まるで掃除機のように。

体じゅうの力が抜け、体が火照り、頭がふらふらした。何か意味不明のことを呻くようにつぶやく。勝利の叫びと自転車のタイヤから空気が抜けるような奇妙な音を立てながら、事務次官はソファの上に崩れ落ちた。そして、すべての力を振り絞って携帯電話に手を伸ばす。ロイベルからのメッセージを読んだその瞬間、真新しい居間のドアがバタンと閉まる。真新しいドアノブが外れてしまうほど激しく。

「九時に」メッセージにはこう書かれていた。「エルツベルガー」

第31章

老いたエルツベルガーのようすを見ていると、気が滅入ってくる。

ロイベルは「カフェ・テレージア」のいつもの席に腰を下ろして、コーヒーとクロワッサンが運ばれるのを待っている。コート掛けの後ろにあるので、人目につかない席だ。昔はそこで、ボーイやウェイトレスが急いでタバコをすっていたりした。飲食店でまだ喫煙が許されていた時代のことだ。今日でもそのテーブルに普通の客は近づくことはできない。従業員たちは今もそこで自分用のコーヒーを飲んだり、ときにはコニャックや香草酒の小瓶を開けたりする。だが内務大臣ロイベルは今も、昔からのよしみで例外扱いを受けている。ロイベルが初めてこの店で紅茶を注文したころ、ビートルズはまだコンサートをしていた。この奥まった席に欠点があるとすれば、時おりつい、カフェの舞台裏をじっと見つめてしまったりすることだ。

新聞を開く。一般記事の大半はすでに内容を知っているが、地方欄の記事を時おり読むのが好きなのだ。老いたレバッハのコラムは年々ひどい内容になっているが、ロイベルほどの年になれば人は、「昔」

という言葉に二五年以上前を含めてくれるすべての人間に感謝したい気持ちになる。それにしても、コーヒーはそろそろ届いていいころではないだろうか。コーヒーと、それからクロワッサンは。だが、どうやらその見込みは薄い。店主のエルツベルガーが、彼としてはできるかぎりひそめた声で「まったくもう、見ちゃおれん！」と言うのが聞こえてくる。

ロイベルは新聞を置く。最近エルツベルガーは、時おりさっと店に立ち寄るだけになっていた。だが、今日はカウンターの後ろに陣取り、目の高さまでメニューをもちあげて解読作業にいそしんでいる。驚くほどふさふさした灰色の髪に眼鏡が押し込まれている。だが、作業は難航しているようだ。店の照明はケーキがいちばん美味しく見えるように調整されており、老人が文字を読むのには適していないのだ。

「そのポテトサラダの皿だがな、ウルズラトルテがのるんじゃないのか？」

「失礼、エルツベルガーさん」若いウェイトレスが通りがてら、エルツベルガーの肩越しに伝票に視線を走らせる。「私に仕事をさせてください！　そこに書いているのは《ウルズラトルテ》ではなくて、《ウリアゲゼイ》ですよ」

「だいたい、ウルズラトルテなんてものはうちのメニューにないだろうが」

「ええ、ご覧のとおりですよ」

「何だその、ご覧のとおり、とは？　では、そんな注文をいったいだれが受けた？」

「だれも。ともかく、すべては順調です！　お願いですから仕事をさせて……」

「このままでは、損失がさらに大きくなる」老エルツベルガーは立ち上がる。いまだ身長一九〇センチメートル近い彼は、失望したように言う。「すべての注文を私がチェックしよう。すぐにぜんぶをこっちに持ってきてくれ」

若くて可愛らしいウェイトレスは、絶望的な表情をする。ロイベルは、気の毒でいたたまれなくなる。きびきびと円滑に仕事を進めることが、この「カフェ・テレージア」では昔からずっと重んじられてきた。多くの人は今も「テレージア」を町でいちばんのカフェだと思っている。

カウンターで注文が大渋滞を起こしているようすをロイベルは観察する。カウンターの後ろで老エルツベルガーが伝票をいちいちチェックしているからだ。そして彼が伝票だと思っているものの中には、どうやら砂糖の小袋や手拭きの袋も含まれているらしい。

「いったいだれがこれを書いた？　ちっとも読めやしない！　それに、ここにはピルスがなくてはならないだろう」老エルツベルガーは叱責する。「次にポテトサラダをひとつ！　しかしいったいどうして、チーズケーキが出されるようになった？」

老人には老人なりの分類の仕方があるということなのかもしれない。エルツベルガーはその間にも、数十枚の伝票をふにゃふにゃのトランプ札のように手に握りしめている。伝票がたった一枚でも正しくチェックされているかはおおいに疑問だったが、若いウェイトレスには反論などできようもなかった。できるのはせいぜい、エルツベルガーの声を許容可能な大きさにおさえることくらいだ。その大きな声でエルツベルガーはウェイトレスに、いつからピルスのグラスを上の棚に置かなくなったのかと聞いている。自分ならこんなふうに並べたりしなかったと老人は立腹し、不適切な収納を今すぐ点検するように命じる。以前ピルスのグラスはいつも上の棚に置いてあったはずで、そこにあれば少なくともすぐに見つけることができた。今、グラスがどこにあるかは知らないが、ひと目でわからない以上、ピルスの注文がこれほど減るのも無理はないと老エルツベルガーはこぼす。

ロイベルは、注文したコーヒーがいつ届くのかと本気で心配し始めた。残念なことだ。あと一五分もすれば事務次官がここに来る。本当はそれまでにクロワッサンを食べ終え、屑もきれいに掃っておきたかったのだ。食事をしているところをだれかに見られるのは好きではない。そして、「おいしそうですね」と言われることも。ロイベルは生涯を通して、多くの人間に合わせることを学んできたが、食事中に話しかけてくる人間はどうしても苦手だった。

そして、それを味見させてほしいと言う人間も。

ロイベルは時計を見上げる。怒りが徐々にこみあげてくる。そのときロイベルは、老エルツベルガーの気持ちがよくわかる気がした。エルツベルガーは何歳になったのだろう? 九〇歳? いやもう九〇代半ばだろうか? エルツベルガーはこれまで、いったいいくつの世界に別れを告げてこなければならなかったのだろう? ロイベル自身が初めて「今の世界は自分の生まれ育った世界と何のかかわりもないのだ」と感じたのは、四二歳か四三歳のときだった。八〇年代のことだ。そしてビンヒェンが家に泊まりに来るようになってから特に感じるようになったのは、自分がこれまで苦労して折り合ってきた世界さえも、基本的にもう存在しないということだ。ビンヒェンという孫がいるおかげで、自分はかろうじて今の時代のにおいをかいでいられる。老いたエルツベルガーもその間にきっと、二つとは言わずともひとつの世界に来ては去られてきたのだろう。そうであれば、まだある程度馴染みのあるものごとに必死にしがみつこうとするのは、無理のないことかもしれない。エルツベルガーは妻に死なれた後、再婚しなかった。おそらくこのウルズラトルテと消えたピルスのグラスの混沌とした世界の中で、彼はいまさら新しい女性になじみたくはないと思ったのだろう。

壁にかかった鏡のひとつに事務次官の姿が映り、ロイベルのテーブルに近づいてくる。席についたちょうどそのとき、ウェイトレスのアンナがコーヒーとクロワッサンをロイベルの前に置いた。

「ぴったりのタイミングだ」ロイベルはいささか恨めしそうに言う。

「ですが、私は……」

「いや、いいんだ」ロイベルはクロワッサンを脇に押しやる。

「召し上がらないのですか？　でも、おいしそうですね」

ロイベルは深く息を吸って、息を吐いた。「包んでもらうことにするよ」事務次官はアンナに手を振って、自分も同じものを注文したいと合図を送る。アンナが承諾の頷きを返すのをロイベルは見る。

「きのうはすばらしかったです」

「そう思うかね？」

「とても説得力がありました」

「視聴率は知っているかね？」

「いいえ。いかがでしたか？」

「知らせてもらったのだが、通常の六五パーセント増だそうだ」

事務次官はヒューッと口笛を吹く。

「ペギーダの数もそこに加えよう。ドレスデンにいる狂信的な連中だけじゃない。ドイツ中で運動が起きている。ふたたび。大きな規模で」

「ええ、ですが、言っていましたよね。難民たちの企てはうまくいかないだろうと」

「残念ながら、そうとは言えないんだ」

「どういうことですか？」

「『ジョーズ』の映画は見たことがあるか？」

「スピルバーグの？　はい、ずいぶん昔にですが」

「ズーズン・ズーズン・ズーズン」ロイベルが口ずさむ。「覚えているかい、あの音楽を？」

「はい、あの暗い感じのですね」

「観客の目にサメが見える前から、ヒレすらも見えていないうちから、弦楽器によるあの音楽が聞こえてくる。ズーズン・ズーズン・ズーズン・ズーズン。最初は静かに、そしてサメが近づくにつれて徐々に大きな音で。なぜ演出家はそんなことをしたと思うかね？」

「うーん、不気味だからでしょうか？」

「そのとおり。不気味だからだ。なにかがゆっくり刻々と近づいてくるときは」

　事務次官は少し考える。「一五万人の難民。ゴールデンタイムの放送。毎日」

「ズーズン・ズーズン・ズーズン・ズーズン」ロイベルは口ずさみながら、手でサメのひれの動きをまねる。手刀のサメは身をくねらせながらふたたびロイベルのほうに戻る。そして、テーブルにのせていたもう片方の手の甲にぶつかる。「絶対確実。必ずこうなる」

「でも、どれだけの人間があれを脅威と受けとめているのでしょう？　あの難民たちには結局のところ、たくさんのファンまでいるのですよ」

「それが、問題なのさ。あの難民どもの背後には、ポップスターたちがついている。それからあのインターネット・セールスウーマンたちも。ファンの勢いが増せばそれだけ、不安を抱く人の数は多くなる。それも、急速に」

「ちょっと待ってください。私が昨日の番組ですばらしいと思ったのは、ボスポラスやスエズ運河に関することなのですが」

「あれは、われわれの助けにはならないよ」

「だって、難民はスエズの岸辺で立ち往生することになるのでしょう？　それはこのうえなくはっきりしている。火を見るよりも明らかだ。やつらに成功の見込みはない」

「ああ、だがやつらがスエズまで来るのに少なくとも一年はかかるはずだ。そして、君はどう考えるか？　そのあいだずっとここドイツに、あのジョーズの音楽が鳴り響いていたら、一年後にはいったいどうなっていると思うか？」

　事務次官はしばし想像する。そしてこくりとうなずき、顔の下半分を揉む。「そして音楽とともにやつらは進み続ける。それはあきらかだ。彼らだって馬鹿じゃない」

「そうだな、まったく」ロイベルはカップにコーヒーをつぎ足す。

　アンナが事務次官の注文したものを持ってきて、机の上に置く。「では必要なのは、さっさと問題を解決することです」事務次官は言う。「ですが残念ながら、一五万の人間をスエズ運河まで車で運ぶことはできない。それができれば、翌日にでも人々は、どんな結果が起きるのかを認識するでしょうが」

「どっこい、その筋書きもわれわれにはあまりありがたくないんだ」ロイベルが警告する。「問題はそういう図が与える印象だ。数十万の難民がスエズ運河にいる。数十万の難民がどこかの峠にいる。こうした写真は状況を切迫させる。そして、状況の切迫はわれわれの望むところではない。切迫は決断を求める。だが、決断をしてもわれわれが勝ち得るものは何もない。われわれに必要なのは、洗練された倦怠だ」

　事務次官は話を聞きながらクロワッサンをぺろりと平らげた。彼はクロワッサンをコーヒーに浸し、ひとかけらもこぼさずに食べつくした。コーヒーの中にはクロワッサンのくずはひとつも浮いていない。

ロイベルは考える。このホモ男にはもしかして、何か特別な能力でも備わっているのだろうか？

「そろそろこのへんからは外務省に仕事をさせては？」事務次官が提案した。「難民たちがすべての国を簡単に通り抜けてくるとは、ちょっと思えませんから」

ロイベルは肩をすくめた。「どんな策が使えるというのだね？　あの国々は時間稼ぎをしている。行列が国を通り過ぎるまで、われわれをいくらでも待たせておく腹だ。やつらは早急な解決になんぞいっさい興味はない」

「われわれの手中にあるカードはもう使い尽くされたということですか？」

ロイベルは無言だった。

「それとも、私は何かを見落としているのでしょうか？」

ロイベルは無言のまま、コーヒーを一口飲む。

「わかりました、逆に考えましょう。われわれが必要としているものは何か？　われわれに必要なのは、速やかで退屈な解決策だ。たとえば、難民たちがどこかで、もといた場所に引き返すとか……いや、いくらなんでもそんな馬鹿をするわけはないな。それなら……砂漠で道に迷うとか……」

ロイベルは親指と人差し指で下唇をつまみながら、話に耳を傾ける。

「……散り散りになるとか」事務次官はさらに続ける。「オーケー。私にはこれは文字通り、退屈な展開に思われます。彼らは散り散りになる。なぜかというと……すべてがそれ以上機能しなくなったからです」

「なぜ、機能しなくなる？」

「不運。運命」

ロイベルは顔をしかめる。「それでは悲劇になってしまう」

「わかりました。それでは」事務次官は思案する。「悲劇にはならないようにしましょう。不運でもなく、運命でもないとしたら……」

「……みずからの愚行」ロイベルが言う。

「みずからの愚行」事務次官は考えながら繰り返す。「それはいい。それなら自業自得だ。やつらが自分でへまをする。いいじゃないですか」事務次官は人差し指の先を皿にこぼれたクロワッサンのかすに押しつけ、そのまま口に運ぶ。「ちょっと考えてみましょう……道に迷うというシナリオはだめかもしれない。大勢の人間がたくさんのまちがいをすることはなかなかありえない。過ちをおかしやすいのは、むしろ組織かもしれない」

ロイベルは、紙を分類しなおしている老エルツベルガーを見る。そして、ついでのように言う。「連中がどんな人間と関わってきたのかも、よく調べなければなるまいな」

「まあ、犯罪者とか……ビジネスマンとか……マフィアとかでしょうかね……」

「そういうやつらから連中は食べ物をもらい、道案内をしてもらい……」ロイベルが口をゆがめて言う。彼は身を乗り出してカップを手にし、中身を飲み干した。「それから、水もだ」

「それから、水も」事務次官はしばし考えを巡らせる。「でもそれはすぐに、状況を切迫させそうですね。向こうにはカメラがいつもくっついていることですし……砂漠の中で人が渇きで死ねば、少なくとも白いサメと同じくらいインパクトがあるのでしょうね……」

「それは状況次第だな。私の好きな映画に、こんな場面がある。巨大な入植地のそばで水が涸れてしまうんだ」

「人々は入植地にとどまる。とどまる以外にない。水がなくても……」事務次官はさらに続ける。「一週間がすぎ、二週間が、そして三……」

「だが、人々は先に進もうとしない」ロイベルがさらに続ける。「そうしたら、その土地に住んでいた人々は何と言う？」

「社会に不安が起きる。政府は事態を、なんとかしなくてはいけなくなる……」

ロイベルが眼鏡越しに事務次官を見る。

「政府が……事態を……なんとかしなくては……」事務次官は繰り返した。そして言う。「突然政府が、事態をどうにかしなくてはいけなくなる」

ロイベルが手ぶりでアンナに会計を頼む。

「……そして、それまで賄賂と引きかえに難民を通してやっていたことが問題視されるようになり、そういう連中は身動きがとれなくなる……」

アンナが来た。ロイベルは勘定書きにちらりと目をやる。クロワッサン二個とコーヒー二杯にしては、信じられないような金額だ。ロイベルはそれを自分で支払う。領収証は受け取らなかった。納税者に、老エルツベルガーのところの代金を請求する気持ちにはとてもなれなかった。

「それで、もしもそういう状況だったら――次の国はやつらを入れると思うか？」ロイベルはお釣りを小銭入れに入れながら事務次官にたずねる。

「私なら、連中を国に入れる人間がそれ以上甘い汁を吸えないように計らいますね」事務次官は立ち上がる。「まずは、やつらがそれで稼いできたカネを回収します。カネのほかに何か得ていたものがあれば、それも。そうすれば、だれも二度と連中を国に入れなくなる」

「そうあってほしいものだが」ロイベルはコートを羽織る。二人はアンナが持ち帰り用のクロワッサンを紙袋に入れてテーブルに持ってくるのを待つ。ロイベルはそれを受けとると、少しだけ幸せな気持ちになれた。あとでこれを、事務所のソファで食べるのだ。ひとりで。もう一度、カウンターの向こうに目をやる。老エルツベルガーの姿はもうない。若いウェイトレスが紙の小山のそばに途方に暮れたように立ち尽くし、砂糖の小袋をそこからより分けている。ロイベルは、椅子の背からコートを拾いあげている事務次官をつくづくと眺める。できるものなら自分は、「カフェ・テレージア」の老エルツベルガーよりもましな状態で、省を次代に譲り渡したいと願いながら。

第32章

ナデシュ・ハッケンブッシュには、自分がいつからそんな思いを抱くようになったのか、よくわからない。最初の週でないことは確かだ。二週目でもおそらくない。でも今急に、この一五分前からそんな思いが芽生えたわけでもない。それは、「本当に遠くまで来てしまった」という思いだ。

正直に言えば、これまであまりそれを強く認識していなかった。もちろん、遠いところにいるのだと理解してはいる。それはここに来るときの飛行機で痛感した。何度か飛行機を乗り換えた。あるフライトでは二本だか三本だか映画を見てもまだ時間が余り、アメリカのテレビドラマシリーズ『ビッグバン・セオリー』まで見た。別のフライトではもう映画を見るのにも飽き飽きし、ならば本でも読もうと思いついたが、本はあいにくスーツケースの中だった。別のフライトでは夕食が下げられたあと、パジャマと夜用アイマスクが支給され、そのときナデシュは、故郷からずいぶん遠くに来てしまったのだとつくづく思った。もし列車で来ようとしたらもちろん何度も乗り換えなければならないだろうし、途中で何度か夜を過ごさなければならないだろう。それくらい遠いということだ。

でも今はあのときよりずっと強く、「遠くに来たのだ」と感じる。

ナデシュは起き上がり、車から這い出る。ライオネルの姿はもうない。ナデシュの目にまず飛び込んできたのは、昨日の早朝と嫌になるほど変わりのない朝の光景だ。昨日の朝から一日たったのに、ちっとも前進していない気がする。朝の光景は毎日ほとんど同じだ。ちがうのは、中継車が三メートル左にいるか四メートル前にいるかだけ。空はいつも同じように青く、雲はいつもほとんどない。せめてもの救いと言えるのは、まだそれほど暑くはないことだ。あと少ししたら、もっとすごい暑さになる。でもそんなことを、だれかに宛てたメールに書くわけにはいかない。そう書いたら、年がら年中暑いのだと思われてしまう。でもそれは、この地方の姿を正しくあらわしていない。この地方は、夜にはとても寒くなったりする。「この地方《カントリー》」という言い方は正しい。どこからどこまでがどこの国《カントリー》なのか、ここではよくわからないのだ。その点、ヨーロッパとはぜんぜんちがう。ヨーロッパのように、こちらの国ではバゲットを食べるが、あちらでは食べないということはない。もちろん何らかの、アフリカ的なちがいはあるのかもしれない。でもそうしたちがいは、町に行かなければわからない。水飲み場のまわりにできた小さな集落ではなく、ほんものの町に。

町。いったい何があれば、町と呼べるのだろう? たとえば専門店があれば。靴の。

いいえ。靴ではなくハンドバッグの店がいい。ハンドバッグだけを扱う店が一軒でもあれば。

ナデシュは長靴を引っ張り出し、逆さまにして中をきれいにする。中からサソリが出てきたことは、一度もない。おそらく、靴の中にサソリが入り込んでいるというのは、ただの都市伝説なのだろう。きっと熱帯の研究者かだれかが生み出した伝説だ。だいいち、ここの土地の人は長靴など履いていない。ライオネルのスニーカー姿は、きわめて異国的に見える。現地の人々のいわばスリッパ・メンタリティとでも言うべきものを、ナデシュは今なおまったく理解できない。でもそれは、ここが自分の故郷でないせいかもしれない。自分はこのアフリカの大地を、ドイツの草地と同じように信用することはとてもできない。

ナデシュは思い切って車の外に飛び出す。最初の数歩はだいたいいつもぎごちない。でも全体としてナデシュは、自分がこの質素な生活に――少なくとも肉体的には――たやすくなじんだことに驚きを感じる。向かいにはピンクの縞模様の中継車がいる。医者用の車と、まもなく新生児を乗せることになる助産婦用の車とあわせれば、ちょっとした可愛らしい小さな艦隊だ。誇っていいはずの光景だ。会社を所有する人ならば、たくさんいる。でも、私がもっているのは――それ以上のものだ。これはむしろ赤十字のような、そして少しだが教皇のような活動と言っていい。だが、この新しい善良で理性的な教皇は、同性愛者をも差別しない。ハッケンプッシュ・アップ・ブラもむろん十分誇るべきものではあったが、でもあれにはこれと同じような、いわば高尚さが欠けていた。今ここで行われているのは、ナデシュ・ハッケンブッシュ以外のだれにもできないことだ。世界中どこを探しても。

ハンドバッグの専門店。そしてアイス・カカオ・カプチーノ。

ナデシュはひとつかみのナッツを朝食代わりに口に放り込む。人間がこんなにナッツばかりで生きていけるなんて、思ってもいなかった。ビムシャイマー・ミューズリーは番組のメインスポンサーのひとつで、広告にはいつも「ドイツでいちばんナッツが豊富なミューズリー」と表示されている。ナッツの一種ということでかなりこじつけではあるが、ヘーゼルナッツ・チョコクリームのヌテラも番組のスポンサーになっている。ヌテラの会社はナデシュに、ヌテラを現地に送ろうかと打診までしてきた。ナデシュはヌテラに敵意を抱いているわけではない。でもこの申し出は、あまりに馬鹿げていた。ふつうの難民が三食ナッツをかじっているのに、ナデシュだけが毎朝、冷蔵庫からヌテラの瓶を取り出してパンに塗るなどできるわけがない。それにこの気温では、冷蔵庫なしではヌテラは溶けて、チョコレートドリンクになってしまう。ならば現地の人がしているように、ふつうにナッツを食べるほうがましだ。郷に入っては郷に従え。幸い自分はさほど味にこだわるほうではない。その点ニコライはいつも、このバジリコはどこ産だの、このステーキ肉はどこ産だのと講釈がうるさく、味のちがいがわかるふりを装っていた。グルメと呼ばれるそういう人々はいつも、大仰にそうしたちがいを探したり騒ぎ立てたりする。そして食べ物の産地をあてただれかに、「味がわかりますね」と言ったりする。一度ナデシュはニコライに言った。「くだらないわ。もしこのパンがどこか別の場所から来ていたとしても、味なんか同じじゃない」あのときニコライはすぐ、君の言うとおりだと白旗をあげた。

本当に遠くまで来てしまったとナデシュは思う。長いフライトやその他のせいだけではない。ニコライとの電話でもナデシュはそれを思い知らされる。ナデシュはあのとき、なぜ子どもたちはまだベッドに入っていないのかとたずねた。そうしたらニコライは、「まだそんな時間じゃないだろう？」と言ったのだ。

「まだそんなって？　そっちはもう遅い時間のはずでしょう！」

「は？　そっちは今何時なんだい？」

「四時半よ」

「こっちも同じだよ」

このときナデシュは自分が故郷からどれほど遠いところにいるかを、つくづく思い知らされた。自分は、二四時間も時差があるところに来てしまったのだ。その距離を徒歩で踏破しようだなんて、無茶もいいところだ。休暇をとるなんて、できっこない。

「できっこない」ことがあるのだと、今彼女は認めなくてはならなかった。そのことについては、テレビ会議の前にライオネルと話しあった。ナデシュが今、難民キャラバンを離れてドイツに帰ったら、ふたたび戻るのは難しいかもしれない。戻るのを禁じられはしないだろう。でも、なんだかんだで時間がかかり、ぐずぐずしているうちに、ナデシュが出てこない映像に視聴者が飽き、番組から離れてしまうかもしれない。そして一五万人の難民は気がつけば、一五万人の名無しとしてどこかに消えているかもしれない。そうならない可能性もあるけれど、危険を冒すわけにはいかない。ナデシュはここを離れるわけにはいかないのだ。

たとえどんなに空の旅が魅力的でも。ベッドがあり、コーヒーがあり、シャンパンがあっても。外側が曇った冷たいグラスの気持ちよさと言ったら！

だめだ。できない。危険が大きすぎる。それはひとえに、ライブ中継があるからだ。技術的には何の問題も起きていない。それに、ナデシュ・ハッケンブッシュのありのままを見たいという連中が、アフリカにまで来てしまうかもしれない。政治家だって夏休みのあいだにだれかに押しかけられて、ろくでもないインタビューに答えているではないか。

それでもナデシュは時おり、自分がここから離れようとぜったいに試みないかどうか、自信がなくなる。自分はライオネルを愛している。それは一片の疑いもない。ここの人々が重要な存在になっているのもあきらかだ。より重要になっていると言ってもいい。なにしろ人数が増えている。これまでに給水トラックも四台か五台は増えた。それもあって、ライオネルは朝早くから仕事に出かけていく。キャラバンの人々は多くの事柄を自分で判断できるが、できないこともある。ライオネルは最初、そうしたケースを避けたがっていた。だがじきに、新入りの世話にかまけていれば問題を避けられることに気づいたのだ。アフリカに犠牲はつきものだと常々言っているライオネルはしかし、見苦しい図が前面に出るのを防ぐために、最初から、健康な人間だけを一緒に連れてきている。薬の供給は今のところ順調に行われているが、ピンク色の医療車は一台だけで、増やすことはできない。ナデシュはある放送のとき、一日中その車に乗っていた。

やらなければならないことは、じつはぜんぜん多くない。判断しなければいけないことがたくさんあるだけだ。病気になった人間は、二日もすれば元気になりそうだと判断されれば、看病を受けられる。もっと早く回復しそうだと判断されれば、薬を数個もらってそれで終わりだ。重い病気になることは、そもそもできないのである。そういうことになっている。その放送のときには重病人はひとりもおらず、彼女はそれを喜んでいた。重い病気になる人は本当にごくまれだ。そもそもライオネルは、健康そうな人間だけを連れてきているのだから。

そんなわけで、二、三日ショッピングに行っても、差しさわりはないのかもしれない。でも、そんな危険を冒すことができない理由がもうひとつある。この行進をぜったいに、ぜったいに失敗させられない理由が、もうひとつあるのだ。そしてその理由が今、車をコンコンと叩いて言う。

「グーテンモルゲン！　ナデシュ！」

その少女は、訛りのほとんどないドイツ語を話す。驚きだ。もうたくさんの言葉を喋れるし、ナデシュの手伝いもしてくれる。そして信じられないほど器用な子だ。何時間も続けて一生懸命に労働し、それでいて笑顔を絶やさない。普通の人にはとてもできないくらい、急速に言葉を覚えていく。本当にすごい子だ。四週間前にはたった二つの言葉しか話せなかったというのに。

そのひとつは「ファンタ」。もうひとつは「オットバフェス」だ。

第33章

「あのエアコンはいったいどうなっているの？　私たちに凍え死ねとでも言うのかしら？」

アストリッド・フォン・ロエルは『イヴァンジェリーネ』がようやく借りてくれたキャンピングカーの中に座り、がたがた震えながら、アウトドア用ジャケットのファスナーを上まで閉める。今やっているのは、エアビーアンドビーのサイトでパリのアパルトマンを包括的に比較することだ。首都の住民がそれぞれの居間を美しく飾り立てていることに、アストリッドはいささか衝撃を受ける。さすがは世界の都、文化の都だこと！

「ねえ、ねえ。ちょっと、見て！」

「今、手が離せないの」どこからかカイの声がする。

「すっごい部屋なのよ！」アストリッド・フォン・ロエルはあぜんとした声で言う。「あの人たち、自分が住むことだってできるのに！　私だったらこんな部屋、人に貸したりしないわね」アストリッドはマウスをわずかに脇に押しやる。「それに、こんなにたくさんの緑！　そんなもののために一晩一一七ユーロも払うのはごめんだわ！」

「エアコンを一度切って、もう一度つけてくれない？」どこからかカイが怒鳴る。

「はい？」

「エアコンよ！　切って、それから、入れなおして！」

「どうやるの？」

ボン！とくぐもった音が聞こえる。重い道具を腹立たし気にどこかに投げつける音だ。ドアが勢いよく開き、カイが部屋に入ってくる。ことさらに足音をたてながら、ドアの近くにあるエアコンのスイッチのところまで歩いていく。「ここが、切る。ここが、入れる。あら不思議、同じボタンだなんて！」

「あら、ごめんなさい！」アストリッド・フォン・ロエルは第三級の笑顔を浮かべて言う。「次はちゃんと自分でやるわ」

「ところであなた、パリでいったい何をするの？　書かなくちゃいけないんじゃないの？」

「取材のための問い合わせがあったのよ」

「だれから？　フランス・テレビから？」

「忘れたわ。テー・フェーだか、テー・ヴェーだかのついた名前よ」

「あなた、フランス語は話せるの？」

「メー・ウィ〔もちろんよ〕！」

「ウィ・ララ〔それはそれは〕！」

「重要なのは、あっちが英語を話せるということ」

「でも、あなたにいったいなんの用事が？」

「愚問だわね。エキスパートが必要だからに決まっているでしょ」

「まじめなジャーナリズムの極致ね。ジャーナリストがジャーナリストに質問なんて」

カイはドアをバタンと閉めて、部屋を出た。アストリッド・フォン・ロエルは中指を突き立てる。つまらないことを鼻にかけるのは、頼むからやめてほしいものだ。たかだかドライバーや何かの使い方を知っているだけであの態度は何？　エアコンは永久にこわれているわけじゃない。そうしたらあんなカメラ小僧、それ以上の何ものでもないくせに。

撮る映像だって、正直たいしたことはない。アルテ局でやっていた野生動物のドキュメンタリーのほうが、よほど良かった。たしかに、ドローンについてのアイデアは悪くない。あんなことをやるのはカイが初めてだろう。難民の行列に沿って飛んでいるときは、ごく当たり前のカメラの映像のように人々は思うだろう。それがゆっくり行列から離れ、高く上がって全景を映す。あるいは五〇キロメートル近い行列全体を、滑るように途切れなく映し出していく。インターネットでそれを見た人々は、どうやってこんな絵を撮っているのかと今も頭をひねっているはずだ。高価なカメラ付きドローンでも、あんなに遠くを飛ぶことはできない。普通ならドローンが信号を受けとれるよう、人間は操作可能な距離の中にとどまっていなくてはならないのだ。カイがこうして撮った映像はその長さにもかかわらずホームページに載せられ、大人気になった。そのあとクソ副編はすぐ、カイを正社員にした。いつもに似合わぬ迅速な措置だった。でもあれは、芸術なんてものではない。結局のところ、時間とやる気さえあればだれでも身につけることのできるエンジニア仕事だ。その代わりカイには、まるきり苦手なことがある。アストリッドは一度目撃してしまったのだが、カイがペディキュアを塗ろうと悪戦苦闘するようすは、とても見られたものではなかった。

「ねえ、これが台所のはずよね？　電子レンジはどこなのかしら？」

カイは、相手が人間だろうとテンジクネズミだろうとおかまいなくレンズを向ける。それが、アストリッド・フォン・ロエルとの本質的なちがいだ。カイは何もわかっていない。自分がとても重要な、比類なき出来事に関わっている自覚がまるでない。これは、世界の歴史に残る出来事だ。政治の、それもおそらく外交にかかわる出来事だ。内政にもかかわる出来事かもしれない。アストリッド・フォン・ロエルがそうしたことをも理解しているのを、あのクソ副編は幸運だと思っていいはずだ。でも雇用契約書には、それについて何も言及がない。真に興味深いのはただひとつ、よりによってあのルー・グラントがフェイク・ニュース・ディレクターに任命されたことだった。

「どっちでもかまいません。ともかく、ここでニュースをつくっているのがだれかと言えば、私に決まっているじゃないですか！」

「ああ、しかし……」

「クリエイティブ・ニュースですって！　言っておきますけど、私は彼にいっさい記事を送りませんからね」

「いや、それは……」

「ほかのだれか、やりたい人が記事を送ればいいでしょう！」

「いや。記事は今後ももちろん編集長に……」

「直接送ります。私から編集長に、**直接**！」

「ああ、もちろんだ。だが、ちょっと考えてほしい。こっちのだれかがその任につかなくてはならないのだし。そして君は、すこし先入観にとらわれているようだ。すべての社員を愛せよとは言わないが、君がグラント君のことを評価していないにしても、あの男は良いやつではあるし……」

「《良い》でそちらが甘んじるのでしたら……」

「フォン・ロエルさん。クオリティの保持については私に任せてもらえないだろうか？」

クリエイティブ・ニュース・ディレクター。そんなポストはこれまで存在していなかった。そしてそれにふさわしい人間がいるとしたら、このアストリッド・フォン・ロエルをおいてないはずだ。政治記者ならそのへんに掃いて捨てるほどいる。あんなのはだれにだってできる。『南ドイツ新聞』や『フランクフルター・アルゲマイネ』の記者らは自分の仕事をものすごく鼻にかけているけれど、でも基本的に、彼らが書いているのはすべてニュースだ。お偉いさんやプレススポークスマンの正しい電話番号さえあれば、仕事はそんなにたいしたことではないはずだ。アストリッド・フォン・ロエルがやっているのと大差ない。どんな人間に話を聞くかがちがうだけだ。だが、もうひとつちがいがある。政治ジャーナリストは、視野が限定的だ。彼らは人間というものを理解していない。男性記者は特にそうだ。彼らはいつも政治のことばかりを考えているのだから。

「私が言いたいのは」アストリッド・フォン・ロエルは気色ばむ。「ともかく人々のことを忘れてはいけないということです」

「それで？」

「そして、それを確実にするべきだと」

「肩書のことを言っているのか？」

「その通りです。肩書のことです。奥付にある」

電話の向こうでクソ副編がその瞬間、どんな顔をしたかが目に浮かぶようだった。

「それで、そちらの希望は?」

「クリエイティブ・ニュース・ディレクター」

「そう言うと思っていたよ」

「アット・ラージ付きで」

「それについては、編集長と話をしなくては。だが、君に提示できるのはせいぜい、同じ役職を二人で分けることくらいだ。もしそうなったら、この先グラント君と一緒に頑張ってくれたまえ」

なんて厚かましい話だろう? 男というものは、ちらりとでもそれを考えないのだろうか。アストリッドはこのこともナデシュ・ハッケンブッシュに話した。ナデシュはアストリッドを激励し、なにより大事なのはアストリッドがほんの一ミリも譲らないことであり、ぜったいにルー・グラントの後ろに引き下がってはいけないと諭した。外から見ればこれは単に、力と地位の、そして奥付にどれだけ大きく名前を載せられるかの争いにすぎないけれど。「でも背後では」ナデシュはふたたびアストリッドの良心に訴えるように言う。「背後ではいつも、男たちが糸を引いているのよ」

それでこそナデシュだ。いわゆる学《がく》はないかもしれないけれど、独自の賢さがある。そしてもちろん彼女は、男ではなく女の味方だ。やはりアストリッド・フォン・ロエルは最低でも、奥付にルー・グラントと同じ大きさで名前を載せてもらうべきなのだ。そうして女性によるコンテンツが相応の重みをもつようにしていかなければならない。

「それからもちろん、お給料もよ」ナデシュは念を押した。

「ああ、はい。お給料はもう増額してもらったけれど」

「それでも！　もっと増額させなくちゃ」ナデシュ・ハッケンブッシュにとってそれはまったく当然のことなのだ。「あなたが受け取らなかった一ユーロは、男が受け取っている。あなたが高い報酬を受け取るようになれば、それがふつうのことになり、ほかの女性たちも高い報酬を受け取れるようになる。そういうものよ」

アストリッド・フォン・ロエルはこれまでそんなふうに考えたことがなかった。でももちろんナデシュの言うとおりだ。

「それでそのルー・グラント君は、あなたにできない何ができるのかしら？」

「何にもよ。いっぽうの私は、ここで毎日何かをさらに学んでいる！」

「そのとおり。そしてあっちは毎日**さらに**おバカになっていくわけね」

二人はそろって笑い転げた。そしてアストリッド・フォン・ロエルはふと、こんなふうにナデシュと一緒に過ごすのはずいぶん久しぶりなのだと気づいた。でも、その原因のひとつは、アフリカに来てからの数か月で二人がそれぞれ大きく変化したことかもしれない。ナデシュにはこれまでにない思慮深さが備わったし、アストリッド自身についてもそれは同じだ。人間的にも厚みが出た——もっともアストリッドはもともと、人間的な繊細さをとくに強みとしてきたのだが。ともかくこの経験で自分は、大きく一歩前に進めた気がする。ここで見てきたのは、それを体験して人間として成熟しないなどありえないものごとだ。ここにいると、人間の命がいかに脆いものかを、そのいっぽうで人間がどれだけ強くなれるのかを、痛感させられる。そして、どん底の貧しさにあっても人間はすばらしい感情を失わないことや、さらに、健康と食べ物と水が生きる上でいかに重要なものかも身をもって知らされる。それはおそらく彼女の文章にもにじみ出ているはずだ。

アストリッド・フォン・ロエルはつい先日、前の週に自分が書いた文章を読み返してみた。以前とは明らかなちがいが感じられた。そこには深みがあり、思慮深さがあり、こう言っていいのかどうかはわからないが、哲学のようなものも感じられた。それはきっと自分の思い込みではない。気づく人は気づいてくれている。女性の有名人が何人かアストリッドにメールを送ってきて、オクトーバーフェストに来られないかと誘ってくれた。ありがたい話だが、今年はとても無理だとアストリッドは返した。彼らはみな、次のように言ったりほのめかしたりした。アストリッドの文章に新しい深みのようなものが加わったことにすぐ注意を引かれた。そしてアストリッドの記事が『イヴァンジェリーネ』全体をワンランク上に押し上げたのだと。たとえば雑誌『ガラ』になど、彼女らはもう注目していない。あんな雑誌はすぐにゴミ箱行きになっているはずだ。

ワンランク上。『イヴァンジェリーネ』全体。

やっぱり給料の件は、ぜひとも再度の要求をしてみなくては。

「今度はどう?」カメラと機械の小娘がどこかから叫ぶ。

カメラ・機械・小娘。三つの「K」から始まる「3K」だ。こういう語呂合わせを、以前はこんなにたやすく思いつけなかった。ルー・グラントは最近何かのアイデアに思い当たっただろうか？　いや、彼が当たるのはせいぜい、ろくでもない家の壁くらいだ。

「だめよ！」

「本当に？　もう一度、つけて、切ってちょうだい！」

「本当よ、カイ。私は今、文章を書いている最中なの！　悪いけど、すごく重要なことなのよ！」

また「ボン！」という音がする。

ドアが勢いよく開き、カイがスイッチのところにドスドスと歩いてくる。そのあいだにアストリッドの一〇本の指のうちの四本が、几帳面に次の言葉を打つ。

「アストリッド・フォン・ロエル（クリエイティブ・ニュース・ディレクター・アット・ラージ）」

夢のカップル、隠れ家を求める

ナデシュ・ハッケンブッシュと恋人のライオネル――
ドイツのスーパースターが逆境の中、愛のためにささやかな住まいを手に入れた。
彼女の心の恋人は、彼女の故国の言葉で礼を述べた。

アストリッド・フォン・ロエル

思わず心に浮かぶのは、レオナルド・トルストイの名作『戦争と平和』だ。オードリー・ヘップバーンが忘れがたい名演をした若い貴族の女性は、貧困と苦難のロシアで偉大な愛を見つける。記者は過日、それとのあきらかな類似についてナデシュ・ハッケンブッシュ本人に意見を求めた。記者はナデシュに『戦争と平和』のヘップバーンについて話し、ここ数週と数か月のあなたは心の上ではまさにオードリー・ヘップバーンのようだと問いかけた。ナデシュはかすかに笑い、ライオネルの手をとった。ハンサムでミステリアスな、新しいアンドレイ・ボルコンスキーだ。二人は視線を交わし、ナデシュが話し始める。「私たちがそれでも忘れてはならないのは、自分たちがまだ恵まれているということ。私たちはまだわずかでも自由を与えられており、そこに引きこもることができるのだから」つまり、数十万の人々に尽くすこの二人には、わずかなりとも素の自身になれる空間があるということだ。今回彼らは『イヴァンジェリーネ』のために特別に、二人のパラダイスの扉を少しだけ開いてくれた。

　私たちは宵の口に彼らを訪ねた。新居を構えたばかりの若いカップルのように、二人は少し恥ずかしそうに私たちを迎えた。ピンク色のジープの後ろから手を取り合って、夢見るような表情であらわれた二人は、愛し合っている――そうとしか言いようがない。「車をあなたたちのために、特別に洗ったのよ」ナデシュ・ハッケンブッシュは笑う。「結局、私がやったのだけどね」

　われわれはひょっとしたら、熱愛中の若い二人の**かすかな不和の兆し**を耳にしてしまったのだろうか？　だが、ナデシュはライオネルに愛し気にキスをし、われわれの不安は雲散霧消する。まるで色とりどりの蝶の群れが幸せそうにあたりに飛び去るように。「ええ、彼は反対だったの」ナデシュは笑いながら認める。「水のせいでね。そしてライオネルの言い分はたしかにもっともなの。男の人は往々にして、女よりも理性的だから。でも女はどうしたって、女なのだから！」

　ナデシュ・ハッケンブッシュの言葉に同意しないのは、とても難しい。真心と無類の気取りのなさと深い人間性。それらをあわせもつこの特別な女性にこの数日間、いやこの数週間や数か月間、ひとかけらも理解を示さずにこられた人間が果たしているものだろうか？　だが、まもなく《元》夫になろうとしているニコライ・フォン・クラーケンはドイツ本国から、無理解な非難の言葉を今なお雨あられのように送りつけてくる。プロデューサーとして昨今さしたる成功をおさめていない彼が、子どもたちの幸福にきわめて無関心である理由を、ナデシュは納得できるのだろうか？　私は彼女にたずねようとしたが、ナデシュはわずかに視線をそらし、目からこぼれた一粒の涙をぬぐった。ニコライが息子のキールとミンスを無理やりカメラの前に立たせたことは、今もナデシュの心を苦しめている。高視聴率のテレビ番組に出させて、「母さんに帰ってきてほしい」と懇願させるなんて、あんまりなやり方だ。たくさんの専門家が拒絶的な反応をした。いちばん新しいところでは、ドイツでもっとも有名な家族問題の弁護士であるカール＝テオデーリッヒ・ツー・ボーテン＝フュルシュテテットが次のように明言した。「これは、二人の子どもの無垢な魂を踏みにじったも同然だ」無情な法治国家においては、ただでさえ母親は無力だというのに。

ナデシュ・ハッケンブッシュは話題を変える。無理もないことだ。彼女は私たちを車のところに案内する。いすゞ自動車のD－MAXのシングルキャブ（二万二五〇〇ユーロより）。荷台の上にフレームが据えられ、そこに固定された幌が、本物のトラックのように車を尾部までおおっている。「悪天候にも強い防水シートよ」ナデシュが柔らかな声で言う。でもそれは何の変哲もない布製のシートだ。目の前にいる彼女は以前のナデシュ・ハッケンブッシュと、本当に同じ人物なのだろうか？「もちろんよ」彼女は笑って目配せをする。「見て。このために特別に染めてもらったのよ。車のほかの部分と調和するようにね。やっぱり見栄えは重要だし。性分というのは、なかなか変えられないものね」

司会者として活躍する彼女は、いっぽうで実用性という感覚も忘れていない。シートは横三面をすべて巻きあげることができる。「ちょうどよい着脱式の硬い屋根が手に入ればよいのだけれど」ナデシュは言う（着脱式鋼板屋根は各色が入手可能。値段は要問合せ）。「でも私たちと一緒に移動している人々が、そんなものをもっているわけはないし」

二三〇・五×一五七・〇センチメートルの殺風景な荷台に女性の器用な手が魔法をかけるさまは、まったく驚きだ。ピンク色のクッション（モルフェア、カバーはカティンカ・スヴェンソン製）が二個置かれ、床には、人を心地よい夢へと誘う二枚の高級断熱マットが敷かれている（エンフォーサー・ドリームヒル。詳細は www.Summitz,com を参照）。ずっとそこにいたいと思わせる隠れ家だ。ナデシュの息子たちの写真が、彼女の側の壁にネジで留めつけられている。「ライオネルが私のためにやってくれたの。私はそういう道具が苦手だから」ナデシュは言う。**「これで毎晩、子どもたちのことを考えながら眠りにつけるの」**

ＬＥＤの電灯が貨物室のような空間の両脇にひとつずつ、カップホルダーに入れて置かれているのも微笑ましい。その電灯（ライトアップ。www.HandWerk.de を参照）もやはり車の色に調和している。七〇年代当時のキャンプとは大ちがいの光景だ。けっしてそれは偶然ではない。ナデシュ・ハッケンブッシュは過去に、暗い局面を経験している。「スウェットシャツもあの頃は低機能だった。でも今はあんな思いをする必要はもうない」彼女はにやりと笑う。「現代の機能性衣料があれば、あんな目にあったりしない。それに昔のアディダスのジョギングスーツとでは、雰囲気がまるでちがうもの」たしかにそのとおりだ。簡素なメリノ羊のシャツは、たとえザルツブルク音楽祭で綺羅綺羅しく見えなくとも、この《オフィス》ではどんな日にも過不足ないだろう。

だが、こんな疑問がわきあがる。言語を絶する苦悩と絶え間のない闘いの中で、こんな平和なオアシスを享受してよいのだろうか？・「ドイツに着いてからいくらでも眠ればいいと、ライオネルはいつも言うの」ナデシュは説明する。「でも私は反論するの。いま十分休養を取らなければ、生きてドイツにたどり着くことはできない」夢のカップルが時おり愛の巣に引きこもるのには、さらにもうひとつの理由がある。ナデシュ・ハッケンブッシュが『イヴァンジェリーネ』だけにひそかに明かしたところによると、ライオネルは今、ナデシュにドイツ語を教わっている。それはドイツのメディアのためでもあるし、将来ドイツに暮らす夢のためでもある。彼は流ちょうなドイツ語で語る。「僕は怠け者になりたくない」「事業をおこしたいと思っている」

　もちろんこれは、驚くほど野心的な発言だ。しかし彼はすでに今、驚くほどのマネージング能力を日々証明している。「ライオネルは私にはとても考えつかないことを、考えている」ナデシュ・ハッケンブッシュは感嘆する。「私は状況を一日一日、見守りたいと思う。でも彼を見ていると、ひとりだけもうウルグアイかどこかまで進んでいるような印象をよく受けるの」ナデシュ・ハッケンブッシュは地元ふうの粥にナッツを添えて出す。「ドイツに帰ったらまず飲みたいのは、プロセッコのワインよ」ナデシュ・ハッケンブッシュは言う。「歯が抜けそうなくらい、きりっと冷やしたやつをね。ライオネルはまだプロセッコを知らないのだけど、これから教えてあげるわ」ナデシュは明るく笑う。「あなたが社長になる前に、プロセッコぐらい飲ませてあげるわよ」一片の疑いもない口調で彼女は言う。「プロデューサーを名乗りながら、なにもちゃんとプロデュースしない男と、私はずいぶん長く一緒に過ごしてきた。ライオネルはここで毎日、似非《エセ》プロデューサーよりずっとたくさんのことをプロデュースしている。そして、彼の助けを必要としている数十万余の人々のために、自身の命を賭けている」

　アフリカの果てしない大地に日が沈む。私たちを見送った二人は小さな巣（最大積載量一二二五キログラム）に戻っていく。遠ざかっていく私たちの目に、いすゞ自動車D－MAXの中で小さな明かりがともるのが見える。それはこの、地球上のどこよりも暗くなる可能性のある大地における、希望の光なのだ。

第34章

「これは仕事仲間同士の話だ」モージョーはそう言って、ため息をつく。「わかっているよな、あんた」日が沈んでいく。気温は徐々に下がり、なんとか耐えられる程度にまでなる。この、何もない大地においても――。いや、正確に言えばこの大地は「何もない」以下だ。難民の行列はすでに通り過ぎた。そして通り過ぎたあとにはいつも、道全体は単に荒れて空っぽになっているだけでなく、荒れて、空っぽで、しかも地ならしされているのだ。

エヒラーはうなずく。彼はあたりを見回し、ハンヴィーから双眼鏡を取り出すべきかどうかを考える。

「だれもいないよ」モージョーは安心させるように言う。「指向性マイクをもって何かしようなんてやつは、五〇キロ先に追い払ってあるさ。ジョーンズさん」

エヒラーは問いかけるような、おずおずとした視線をモージョーに向ける。サングラスの向こうの目は見えないが、口角がわずかに横に開いたのがわかる。モージョーがエヒラーのつば広の帽子のほうを指さす。エヒラーはわかったというようにうなずき、わずかに口角を上げる。そして空を見る。

「ドローンかい？　あんたはナンバープレートをつけずに運転してきた。おれら二人の姿が映っていたとしても、それがあんたであることは、ほぼだれも証明できない。わかるのはせいぜい、おれがここでだれかと会っていたということくらいだ」モージョーは両手を広げ、上を見ると、顔を輝かせた。「そしておれは、大勢の人間に会っている」

「ええ、では……」エヒラーが運転手に合図を送る。ハンヴィーにエンジンがかかり、車は走り去る。

エヒラーは肩越しにモージョーをちらりと見る。モージョーは微笑む。そして自分の車のほうにうなずき、「どこかに行っていろ」というように頭を動かす。車はエンジン音を立て、さっきの車と同じようにその場を去った。

「そこの彼は？」

「バンデーレのことか？　バンデーレはそこに存在しない。やつのことはどうぞ気にしないでくれ。バンデーレは空気と同じだ。そうだな、バンデーレ？」

バンデーレは何の反応もしない。

「これは馬鹿なことをしたもんだ」モージョーが頭を振る。「おれとしたことが、空気に話しかけるとはな。さて、それじゃもう少し歩きましょうや」

赤茶の土埃の中に車のわだちが残っている。その下に、古い別のわだちがあるのにエヒラーは気づく。おそらくトラックのものだ。そのそばには、さらにもっと大きなタイヤ痕もある。これはトラクターか何かのものだろう。エヒラーはモージョーに近寄る。長靴越しに地面の熱気が伝わってくる。モージョーからはほのかなオーデコロンの香りがする。エヒラーは鼻をクンクンさせ、モージョーにたずねる。

「カルバン・クライン？」

「すばらしい」モージョーはその通りだというように笑った。「カルバン・クライン！　聞いたか、空気のバンデーレ？　本物の捜索犬みたいじゃないか。カルバン・クライン。おれのガキからの贈り物だ。ときにあんたには子どもはいるかね？」

エヒラーはかぶりを振る。

「子どもは」モージョーは言う。「祝福であり、苦悩でもある。あまりに若く、あまりに無心だからだ。うちの子どもが何をいちばん欲しがっているか、あんたはわかるかね？　恐竜バーニーのビデオがほしいんだとさ」

エヒラーは問いかけるような視線をモージョーに向ける。

「あんたには、ほんとに子どもがいないんだな」モージョーが言う。「おっそろしい番組さ。うす紫色の恐竜がひっきりなしに不気味な歌をうたうんだ」モージョーはカアカア鳴くような声で、何かを歌い始めた。アメリカの「ヤンキー・ドゥードゥル」によく似た節に聞こえる。「こういうのがえんえんと続くんだ。シリーズはいったん終わりになったんだが、また始まった。どえらいことだ。まともな頭の持ち主があれを見たら、即座に恐竜どもをぶち殺したい欲求をおさえられなくなるだろうよ」

「子ども向け番組の中で？」

モージョーは首を横に振る。「番組の中のわけがないだろうが――自分の頭の中でだよ。おれは恐竜バーニーを殺したい。あんたもバーニーを殺したい。だが、そんなことはしない。おれももちろんしない。子どもらはバーニーが大好きだからだ。だが……」モージョーは何かを促すように腕を上げる。「子どもらにせめて、自分用の小さいテレビでバーニーを見せたいんだ。おれのでかいテレビにバーニーが出てくるのはごめんだ。一度でも出てきたら、テレビが汚染される。そうしたらテレビを破壊しなくちゃならん……」

　エヒラーがいぶかしげにモージョーを見る。モージョーは目くばせをしながら、エヒラーの肩を叩く。

「ただの冗談さ」モージョーは笑う。「うちの子どものテレビは小さくないんだ」

「ええ、それで……」

「だがあの番組はおそろしいぞ。おそろしいだけじゃない。危険なんだ！」

「そうですか？」

「ああ、そうさ。学者もそう言っている」

「人々が恐竜を殺し始めるから？」

「冗談を言っちゃいかん。まじめな話だ。本当に危険なんだ。子どもらにとって！」

「はあ」

　エヒラーはそろそろ本題に入りたかった。あたりはいくぶん涼しくなってきたようだが、ここでの「涼しくなった」は「いくぶん暑くなくなった」にすぎない。それに、靴の中にどうやら石ころが入っている。それでも今は友好的にふるまい、世間話につきあわなければなるまい。いきなり本題を切り出すのはあまりにぶしつけだろう。

「バーニーは子どもらに、嘘の世界を教えるんだ」モージョーはまじめな顔で強調する。

「ええ、ですが普段の生活の中で、あの歌はそれほど……」

「歌だけじゃない。バーニーは子どもらに教える。この世界の中はすべてが美しく、善良で、そしてすべてが快適だと」

「それは悪いことではないのでは？」エヒラーは言う。「そうではない部分についてもきっと、子どもたちはじきに理解していきますよ」

「そんなわけはないよ」モージョーが呻いた。「子どもらは成長しても、頭の中はバーニーでいっぱいなんだ。ところでそろそろ仕事の話を始めなければならんな」

エヒラーは肩を小さくすくめる。「何から始めましょうか？」

「あんたのような人間が、おれには必要なんだ」残念そうにモージョーが言う。「あんたはバーニーを見ていない。人生がどういうものかを知っている。だが、おれのところにいるのは間抜けな黒人野郎ばかりだ」

エヒラーは何の反応も示さなかった。

「やつらはおれのところに来て、不平を言うんだ。やつらはいつも不平を言っている。今はあの、ミニハウスのことで文句を言っている」

「ミニハウス？」

「知っているだろうに。あの、プラスチック製のミニハウスだよ。あれはドイツから来たんだろう。あの、クソのためのミニハウスは」

「あれもあなたがやっているのですか？」

「おれは商人だからな。ミニ・クソハウスをあちこちに引っ張っていく人間が必要なら、そういう人間をこのおれが手配しようということになる。おれはもちろん、こう言うこともできる。クソハウスを届けるのなんか、ごめんだ。だが、そうしたところでどうなる？　ほかのだれかがその役目をするだけだ。そして、そのだれかがクソハウスを運搬するうちに、ろくでもない考えを起こさないとはかぎらない」

「水の運搬にも手を出せないかと？」

モージョーはエヒラーの二の腕を拳で軽く小突く。

「あんたは賢いやつだ。今のを聞いたか、バンデーレ？　この人は勘がいいだけじゃない。頭もいいんだ」モージョーは人差し指の先で自分の鼻を軽く叩く。その動作をエヒラーは、どこかで見たことがあるような気がした。

「だが、おろかな黒人野郎どもはおれのところに来て、こう言うんだ。クソハウスを運ぶのは嫌だ。おれは言う。おまえはたくさんカネを受け取ったはずだ。山のようなカネを。そうだろう？　やつらは言う。そうです。でもあんたは、クソハウスを運べとは言っていない。おれは言う。何を運ぼうが同じことだ。粥だろうが水だろうが、変わりはない。やつらは言う。クソハウスはわけがちがう。おれは言う。人生には時おり、クソハウスを運ばなければならないこともあるんだ。やつらは言う。だが、おれはやらない」

「バーニーのせいで？」エヒラーが言う。ずっと黙っているのが耐えがたくなったのだ。

「バーニーのせいさ」モージョーが言う。「バーニーの世界には、クソハウスは存在しない。だからやつらはこう信じている。自分たちのところにも、クソハウスなんて存在しない」モージョーの歩みがぴたりと止まる。靴に何かが引っ掛かったのだ。何かが地面から突き出している。モージョーはかがみこみ、それを引っぱる。紐かホースのように見える。モージョーは力を込めて引く。思いのほか長い、二メートルか三メートルのホースのようなものが地面からずるずると出てくる。モージョーはそれを――エヒラーの祖母が昔、小包のひもを丸めていたように――くるくると丸める。丸めたホースをモージョーはバンデーレに渡す。バンデーレはそれをカーゴパンツのポケットにしまう。

「おれは言う。クソハウスの何が悪い？　やつらは言う。クソハウスは臭い。まるで子どもみたいな口ぶりでな。おれは言う。ドイツ製のクソハウスだ。外に漏れない。臭いはしないはずだ。やつらは言う。いいや、臭う。おれは言う。臭わない」モージョーが目を白黒させる。そしてふたたび地面からホースが飛び出ているのを見つける。モージョーはそれを引っ張り始める。エヒラーはまた祖母のことを思い出す。祖母が雑草をむしっているところだ。二メートル。三メートル。モージョーはホースをくるくると巻き取る。

エヒラーは時計を見る。時間はあるが、無尽蔵にあるわけではない。

「それで？」

「おれはどうすればいいんだ？　新しい人間に車を運転させ、古いやつらを説得しようとしている。それはひとつの」モージョーは左右の手をたがいにくるくると回した。「ひとつのプロセスだ。おれたちは正しい道を進んでいる」

「そうですね」エヒラーは言った。「それでわれわれは、次のプロセスに進んだ。われわれはひとつの取引をしました」

「あんたがそのことで問い合わせをしてくるだろうと、思っていたよ」

「あなたは、われわれがカネだけ払って、それで終わりになると思っていたのですか？」

「おれはすべてをむしろ、信頼を築くための措置として見ている」

「なんですって？」

「あんたが紳士だということはわかっている。あんたは何かを支払うと言ったら支払ってくれる人だ」

エヒラーはモージョーをにらむ。だがサングラスのおかげで、意図しているほど怒った顔に見せることはできなかった。

「いいことだ」モージョーは元気づけるように言う。「おれはそんなに多くの人間を信用はしない。だが、あんたのことは今、信用した。あんたがだれのために働いているのかは知らん。だが、あんたはそいつのところに行って、こう言えばいい。自分はモージョーの信頼を得ました、とな」モージョーはまた前にかがみ、地面からさらにホースを引き抜く。「あんたも手伝ってくれないか」モージョーは言って、ほかのを指し示す。

「これは何ですか？」エヒラーがたずねる。

「環境に悪いものだ。プラスチックだ。可塑剤」

エヒラーは体をかがめ、おそるおそるそれを引っ張る。

「たしかに」モージョーは言う。「ここには畑はない。農業もない——それでもな。こういうのはみんな、巡り巡ってイルカたちのところにいく。本来あってはならないものだ」

エヒラーはホースを引く。「われわれはあなたがたに、七桁のカネを届けた。なぜ配らなかったのですか？」

「配ったよ」モージョーは言う。彼はまたホースをくるくると巻き、バンデーレに放る。

「私の言いたいことは、わかっているでしょう。なぜ、水はさらに配られているのですか？　あの片田舎から先は、もう水は届かないことになっていたのに」

「思っていたより難しいだろう、なあ？」モージョーは、エヒラーが引っ張っているホースを顎で示しながら言う。「このプラスチックどもは、地獄だな」エヒラーは頷く。まったく、根っこでも生えているのではないかと思うほどだ。

「あんたたちのカネは——ざっくばらんに言おう。おれはあれを、ただの頭金だと思っていた」モージヨーは見落としているホースがないか、地面を検分する。「出資分を払って店に入る。そうしたら分け前にありつけるわけさ」

「分け前？」

「もちろん比喩的な意味さ」モージョーは陽気に付け加える。「むろんあんたらには、じっさいに分け前はないがね」

「われわれはあなたに、七桁のカネを支払ったはずだが……」

「ああ、それはわかっているさ。だがな、あんたはカネでおれを買い取れると思っていたわけではないだろう？　おや、あそこにもう一本あるぞ」モージョーはかがみこみ、新たなホースを引っ張り始める。「あんたの近くにもある。足のすぐ近くだ」

「七桁！」

モージョーは地面からホースを引き抜く。そして体を起こす。「あんたががっかりしているのは、おれにもわかる。商売をしていれば、こういうことはあるものさ。だが正直に言えば、あれぽっちりのカネで足りると、あんたは本気で思っていたのかね？　あんたは親切で頭のいい男だ。あんたのことが、おれは好きだ。だが、おれが何でカネを稼いでいるのか、あんたも知らないわけではないだろう？　おれはここで、たくさんの仕事を任されている。そしてこのモデルは、あきれるほど長く持続できる。平らに言えば、店に入るためにあんたはカネを払わなければならない。そのカネでコストを埋め合わせる。力を入れて引けよ。そうすりゃ抜けるよ」

エヒラーは力を込めて引く。そして自分も立ち上がる。

「わかりました。いくらですか？」

「今ここで、いくらですと口にすることはできないな。それはあんたも理解できるだろう。だが、おれのもとでは一〇〇〇人のドライバーが働いている。そして見たところ、おれはやつらを少なくとも一〇年は雇うことになるかもしれない。そのためにはあんたの七桁のカネが毎週届かなければ困るんだ」

「あなたは頭がどうかしていますよ」

「おいおい、友好的にやりましょうや。いくらかかるか知りたいというから、伝えただけだ」

「われわれの給料支払簿にあなたの名を載せろと言っているのですか？」

「ある意味では、たしかにな」

「あなたになにもさせないために？」

「パラドックスだ。ちがうかね？　だが、そうじゃなきゃ、いったいどうしろと？　おれのこれまでのビジネスパートナーは、文字通りの金持ちばかりだ」

「ですが、われわれにはできません！　毎週数百万のカネを準備するなんて！」

「一度に払うのでもいいが。だが金額は高くなるよ。インフレ分も入れるからな。そしてそんな金額を、あんたのとこの政府はおそらくもう、だれにも気づかれずに送ることはできないだろうよ」

エヒラーは腰に手をあてる。そして、これまでに支払った金額を返すように要求するべきか、しばし考える。だが、あまり良い考えとは思えない。「もう一度問いあわせてみます」エヒラーはそう言って、ホースを地面から引き抜く。一瞬、何か強い臭いがした気がした。エヒラーは自分の靴底を確認する。

「何か臭うかね？」

「いいえ、そんなことは」エヒラーは答える。「一瞬、そんな気がしただけです」

「臭うとしたら、それはホースだよ」

エヒラーはホースの端を検証した。たしかにそうだ。強烈な臭いがする。

「だが、そこ以外は何も臭わないさ、そうだろう？」モージョーは鼻をくんくんさせた。「これは標準的なやり方なんだ。行列が通り過ぎたあとに、毎日穴を掘る。その穴の中に、ミニハウスの中身を空ける。空っぽになったミニハウスはまた、行列の前のほうに運ばれる。ショベルカーがその穴をしっかり埋める。六フィートの深さまで砂をぶち込んである。臭ってくるわけがないさ。あのショベルカーはすばらしい。ドイツの会社のだ。リーバー？　いや、リーベーだったかな？」.

「リープヘル？」

「それだよ。ともかくやつらの通った道はすべて、そこらの難民キャンプよりずっときれいにされているわけさ」

「それでこのホースは？　嫌気性処理のためですか？」

「なんだね、それは？」

「私は下水の専門家ではないから、さっぱりわかりませんが。汚泥を汚水浄化槽に集めるというのは、本国でもやっているようです。おそらく原理は同じなのかと」

「それについてはさっぱり理解できんが、ともかく人間は呼吸をしなくてはならん」

「どの人間のことですか？」

「バーニーを見すぎたやつらだよ。おろかな黒人野郎たちだ。あんたにもう一度聞きたい。頼むから、正直に答えてほしい。無礼だとか気にすることはない。なにか臭うか？　クソのにおいがするか？」

エヒラーは鼻で大きく息を吸った。そして首を横に振った。

モージョーは身をかがめた。もうひとつホースを見つけたのだ。彼はしゃがみ込んでそれを引き抜き、口に寄せる。「さっきも言ったように」モージョーはホースの端から大声で言う。「本当に何も臭わないよな。やつらがそれを理解してくれることを願うばかりだ」

モージョーは立ち上がった。「ここであらいざらい話したと思う。あんたらが本当に仲間に加わりたいのなら、もう一度連絡をしてくれ。バンデーレ、車を呼べ。そして、手伝ってくれてありがとよ」モージョーは最後のホースを力を込めて引っ張る。ホースは最初ピンと張りつめ、それからじりじりと伸びた。まるでだれかがしっかり向こう端をつかんでいるように。

そしてホースは、一瞬のうちに地面から離れた。

「われわれは番組を続ける！」

シュピーゲル・インタビュー：マイＴＶのエンタテインメントチーフ、ヨアヒム・ゼンゼンブリンクに『苦界に天使』の成功とその社会的責任、および難民をネタに金儲けをすることの是非を追及！

シュピーゲル　おめでとうございます。ゼンゼンブリンクさん。

ゼンゼンブリンク　何に対してですか？

シュピーゲル　何について祝ってほしいですかね？　目下、たくさんの理由がおありかもしれません。マイＴＶの売り上げ高はうなぎのぼり。『苦界に天使』の広告収入も急上昇している。聞くところによればあなたは、まもなく幹部になるご予定だとか。

ゼンゼンブリンク　最初の二つについてはイエスと申し上げますが、最後のひとつについてはノーです。決めるのは取締役会であり、それ以外のだれでもありませんから。

シュピーゲル　大躍進の立役者を、取締役会は無視することができるのですか？

ゼンゼンブリンク　私が知りたいくらいですよ。ただ、私の知るかぎり、取締役会にはすべてが可能です。

シュピーゲル　もしその男が真の立役者でなかったら、そういうこともあるかもしれませんが。それについてわれわれは、なかなか面白い話を耳にしました。現在の『苦界に天使』の形式はあなたの発案ではまったくなく、おたくのスターが自発的に決断したことだったと。

ゼンゼンブリンク　私もその件は耳にしました。マイＴＶですが、はっきり申し上げておきます。マイＴＶにおいては今なお、何を放送するかは局が決定します。もちろんわれわれのスターと話し合いはしますが、それでも、最終的な決断をするのはわれわれです。

シュピーゲル　それでは、ちょうどいい方にこうしてお話をうかがっているわけだ。お尋ねしますが、難民をダシにカネを稼ぐというのはいかがなものでしょう？

ゼンゼンブリンク　カネを稼ぐこと自体はいつも、良いことです——だがあなたがたは、われわれの方法が不当だとおっしゃっているようだ。私はそうは考えない。われわれが何か良からぬことをしているとあなたがたが言うのであれば、われわれはそれについて貴誌を相手どって戦うことも辞さない考えです。

シュピーゲル　言いかたを換えましょうか。『苦界に天使』の一回分の放送には、六〇分を超える広告が挟まれています。

ゼンゼンブリンク　ならば、何分ならば適正だと？

シュピーゲル　それが問題なのではないでしょう？

ゼンゼンブリンク　あなたの論によるならば、われわれが広告によって得ているいっさいのカネは非道徳的だということになる。

シュピーゲル　非道徳的ではないと？

ゼンゼンブリンク　非道徳的なわけがないでしょう。われわれは民間の放送局です。難民について無給でしか放送してはいけないということになったら、それはすなわち、まったく放送できないということです。

シュピーゲル　あるいはほかの局がしているよう

に、あくまで報道として行えばいいではないですか。拡充の余地は十分あるやり方だ。

ゼンゼンブリンク　われわれは、自分たちのテーマにどのような重みを与えるかを、だれかに指図されるつもりはむろんありません。そういうことは前にもあったが、われわれはこう申し上げた。この先も番組を続けていくと。

シュピーゲル　評論家たちはこう言っています。もう長いこと、これはテーマの重みがどうのという話ではなくなっている。そして、そちらの番組がかかわっていなければこの問題はそもそも起こらなかったのではないかと。

ゼンゼンブリンク　難民というテーマは二〇一五年からもう、アジェンダに登場しています。ドナルド・トランプですらそれを排除することはできなかった。

シュピーゲル　それはそうですが、当時はこうした形ではなかった。ナデシュ・ハッケンブッシュというあなたの局のスターとカメラが存在しなければ、今回の難民キャラバンはそもそも始まらなかった。そして、あの番組自体が誕生していなかったかもしれない。

ゼンゼンブリンク　それには異を唱えたい。

シュピーゲル　あなたがたはあのテーマを発明したのではない。エスカレートさせたのだ。

ゼンゼンブリンク　それは見方の問題です。南米で起きた地震を例にとりましょう。メディアはそれについて記事を書く。ラジオで報道する。テレビで報道する。公共放送のARDがドキュメンタリー番組『ブレンプンクト』で特集する。だが結局のところ、報道の中身は同じ地震だ。カメラと映像は一般的にテーマを大きくはしない——ただ可視化するだけだ。

シュピーゲル　それでもあなたたちはそのテーマに、社会的な重みを与えた。

ゼンゼンブリンク　重みについて決めるのはあくまで、視聴者であり、社会です。リモコンを通じて社会がそれを決める。われわれはただ、テーマを差し出しているだけです。そして、われわれはこれまでに外したこともあった。ろくでもないリアリティー・ショーで失敗したこともある。そのときは、『シュピーゲル』のインタビューを受けることにはなりませんでしたがね。だが、マイＴＶのような局は、それだけでは生き残ってはいけない。

シュピーゲル　たしかに今、おたくの局は羽振りがいいようだ。それと並行するように、極右のＡｆＤの支持も盛り返している。調査によれば今、ふたたび二〇パーセントに届きそうな勢いだ。地域によっては二〇パーセントを超えています。それから反イスラム運動のペギーダも同様です。彼らは最近また、五桁の人々を難なくデモに集められるようになっています。先週末のベルリンで動員が六桁にとどかなかったのは、悪天候のおかげにすぎない。

ゼンゼンブリンク　それとこれとに関連性は存在しません。われわれが冬の到来について報道すれば、人々はセーターを買う。だが、われわれは冬をつくり出したわけではない。

シュピーゲル　あなたがたは時おり、一日に二度もあの番組を放送している。あなたがたはあれを、実際以上に大きく扱っているのではありませんか。

ゼンゼンブリンク　一五万の人々がヨーロッパに向かって歩いている。そしてその真ん中に、ドイツ人の司会者がいる。これをどう誇大広告できるのか、こちらが知りたいくらいですよ。

シュピーゲル　それでは、社会的な影響はあなたたちにはどうでもよいと？

ゼンゼンブリンク　あなたの論調では、われわれがまるで極右を鼓舞しているようですが。

シュピーゲル　そうでないとでも？

ゼンゼンブリンク　はっきり申し上げておきましょう。ナデシュ・ハッケンブッシュは右に寄ってはいません。

シュピーゲル　われわれもそんなことは言っていませんよ。

ゼンゼンブリンク　ナデシュ・ハッケンブッシュは難民を助け続けています。われわれの番組は――私自身が難民に寄り添っていると言ってはや言い過ぎかもしれませんが、ナデシュ本人はたしかに人々に寄り添っています。こんな言葉が右翼に好まれるとはとても思えませんな。でもそれだからと言って、報道を中止する気はありません。

シュピーゲル　あなたがたがしているのは、もはや報道とは呼べないのでは？

ゼンゼンブリンク　シュピーゲル・テレビが今私たちに行っている、揚げ足取りのようなやり方を「伝統的報道」と呼ぶなら、もちろんそれとはちがうでしょう。それでも報道にはちがいありません。

シュピーゲル　難民が移動する時間が、放送時間にあわせられているというのは真実ですか？　砂漠を撮った映像を見るかぎり、あの地では夕方から夜にかけて移動するのが合理的なのでは？

ゼンゼンブリンク　サッカープレーヤーにはもっと適切なキックオフ・タイムがあるはずです。問題は協会が、試合の中継を望んでいることだ。

シュピーゲル　あなたは難民たちの命を賭けた行進を、サッカーの試合と比較するのですか？

ゼンゼンブリンク　私が言っているのはただ、おおかたの難民もサッカー中継を一度くらいは見たことがあるだろうということです。彼らはあなたがたが思っているほど世間を知らなくはない。この世界にはポップアップ広告というものがあることだって、彼らは知っています。

シュピーゲル　簡易トイレの広告ですね。

ゼンゼンブリンク　これまで何の苦情も来ていません。それにあの製品はゴールデンタイムに半永久的な耐久テストを受け、その堅牢度を証明されているようなものだ。クライアントは満足していますし、難民も満足している。

シュピーゲル　そしてあなたがたは、番組の第二部も企画しているとか。

ゼンゼンブリンク　それが何か？　あなたがたの

口ぶりはまるで、難民の問題がもうすっかり片づいているかのようだ。そんなことがあるわけはない。

シュピーゲル　ともかく地中海があれだけ通行不能になったおかげで、ＣＳＵでさえ不平を言うのを一時的にやめていた。そしてＡｆＤと並んでＦＤＰが突然ふたたび議席を得た。

ゼンゼンブリンク　一時的に、でしょう。ともかくわれわれは難民というテーマのために、適切な空間を作り出した。現実的にふさわしい空間を。

シュピーゲル　あるいは、あなたに都合のいい放送時間ということですね。

ゼンゼンブリンク　一五万人が出発したのはわれわれがたまたまカメラを持って現地にいたからだというなら、こういう前提から始めることもできるはずです。カメラがあろうとなかろうとこれらの人々はいつか出発したかもしれない。もしかしたら三〇万人が集まるまで待っていたかもしれないが、それでもいつかは出発したかもしれないでしょう。

シュピーゲル　それは推測の域を出ない。

ゼンゼンブリンク　だがマイＴＶは、軽い映像番組やお笑い番組の局です。しかしそのわれわれは難民問題を取り上げ、国際的と言ってもいい議論を提起し、ＥＵのほとんどの国に加えてアメリカともライセンス契約を結びました。それでもシュピーゲルの眼鏡には適わないということですか？

シュピーゲル　ハンガリーとポーランドでは、他人の不幸を喜ぶような気持ちで番組が見られるのではないですか。

ゼンゼンブリンク　われわれの市場調査では、ちがう結果が出ています。難民にスポットを当てることは、一定の視聴者のあいだでポジティブに受けとめられるようになっています。

シュピーゲル　それは難民擁護派の話でしょう。難民を敵視する人々のあいだでは、むしろ拒絶が強まっている。

ゼンゼンブリンク　いずれにせよ、議論を促したのは事実です。人はそれを民主主義と呼びます。

シュピーゲル　番組はこの先、どうなるのですか？

ゼンゼンブリンク　それは私にもわかりません。悲劇的な終わり方をする可能性もないとは言えない。それを隠すつもりはありません。

シュピーゲル　では土曜の晩の最終回に、大カタストロフの映像を流す？

ゼンゼンブリンク　いずれにせよわれわれは、適切な報道をします。しかし、出来事の重要性を考えれば、われわれではなく別の局もそれをするかもしれない。それともあなたは、ＡＲＤやＺＤＦが現地にひとりの人間もやらないなどと、本当に信じているのですか？　難民がヨーロッパにたどり着いても挫折しても、公共放送はそれをわれわれと同じように報道するはずだ。

シュピーゲル　ですが、形式がいささかちがうでしょう。

ゼンゼンブリンク　たしかに。われわれの番組ではジークムント・ゴットリープのひとりよがりなコメントを聞くことはないでしょう。そういうのは、公共放送の特権ですからね。

第35章

マライカのそばにいて本当に勉強になるのは、ジャーナリストといかに仕事をするか、どうやったらジャーナリストと仕事ができるのかだ。彼はいつもこう思っていた。いちばんすばらしいのは新聞の記事になること。あるいはテレビに出ること。でもマライカは、そこからさらに多くを引き出す。マライカはいつも、まるでほんものの商人のように何かの取引を頭の中で考えている。そういう意味ではモージョーと似ているが、モージョーよりマライカのほうがもっと巧みかもしれない。たとえばジャーナリストが「自分は○○や△△について書く」と言うと、マライカは、別のこと――たとえば薬が足りないこと――について書くようにと言う。そしてその代わりにわざわざ短いズボンに着替えたりする。あるいは、わざわざライオネルと一緒に写真におさまったりする。難民の行列には今、新生児用の二台目の車が加わった。どこかの会社が、給水トラックで運ぶ飲料水に加える健康な添加物も寄付してくれた。

うっとうしいこともある。とくに、番組がドイツ以外の国でも放映されるようになってからだ。あれ以来、一日中取材がある。だが驚くべきは、数十人はいるかと思われるジャーナリストたちがみな、判で押したように同じ三つの質問しかしないことだ。

どうやってこのアイデアを思いついたのですか？

どこをめざしているのですか？

成功できると思いますか？

以前のインタビューを見れば、マライカと彼の受け答えはわかるはずなのに、記者らはそれをしない。彼らにとってはどうでもいいことなのだろう。ときには二人のインタビュアーが同時に取材を行うこともあり、そして、双方がまったく同じ質問を口にすることもある。だがインタビュアーたちは、別の質問を思いつかないらしい。答えがいつも同じでも、腹を立てる人はいない。彼らが望んでいるのは、マライカとライオネルがひとりひとりのインタビュアーに対して同じ答えを繰り返すことなのだ。

そのうちにライオネルは、ミキのバーであのアイデアをひらめいたときのことを、眠っていても説明できるような気がしてきた。その記憶を彼はずっと大事にしている。なのに最近それは、人々にさんざん手をふれられたあげく、もとの場所に戻された果物のように感じられてきた。マライカはそれをまったく気にかけていないようだ。インタビュアーが来ると彼女は、いつもまったく同じ話を顔を紅潮させて繰り返す。ときどきライオネルはこう感じる。もしかしてマライカは、毎回新しい答えをしているつもりなのだろうか？　でもそんなことが可能なのだろうか？　ライオネル自身は、すべてがどんどん人工的になってくるように感じている。ライオネルさん、もう一度繰り返して。ライオネルさん、もっと短く言って。ライオネルさん、もう少しゆっくり話して。ライオネルさん、平野のほうを見て、一〇秒間そのまま動かないでいてくれる？

そんなことを繰り返すうちにライオネルは、自分の本当の名前がライオネルであるような気さえしてきている。

携帯電話が鳴る。でも、ライオネルはそれをとりたくない。いっそのことマッハムードをニュースペーパー・アドミラルにでもしようか？　でもそうしたらあのバカはまた、馬鹿げた船長の帽子を引っ張り出してきて頭にかぶるのだろう。自分でやるほうが、まだましだ。ライオネルは深く息を吸い、携帯電話に手を伸ばす。

「ハッロウ！　ご機嫌はいかがかな、いとしきさすらい人よ」

「『ベイウォッチ』はどのくらい進んだかい？」

ライオネルはほっとしたような声を出す。じっさいに彼は、ほっとしていたのだ。

「おや、『ベイウォッチ』に興味がわいたのか！　『フレンズ』は知っているか？」

「いや」

「見てみろや！　出だしからもう勃つぜ。あれは世界最高のポルノ映画だ。だが、いろんな阿呆どもが出てくるのに、だれひとりジェニファー・アニストンをやろうとしないんだ。ともかくあのケツは見るべきだ。それからおっぱいもな。連中が泉で水遊びをするんだ。ジェニファーはぴったりしたプルオーバーを着ている。そして、おれたちみんなのために全身びしょぬれになってくれるんだ。あの顔！　それなのにだれひとりファックしないんだ！　だれも！　少なくとも、数に入れられそうなやつはだれひとりな！」

「たぶん、その番組のテーマはぜんぜんちがうことなんじゃないかな？」

「まったくな！　ジェニファーのほかにも二人、ケツの軽そうな女が出てくるんだがな、そいつらもまともにファックされないんだ。ひとりはがりがりのブロンドで、もうひとりは味気なさそうなブルネットだ。なあ、言わせてもらうが、あれは不自然きわまりないね。それを人は、ドラマツルギーとか呼ぶんだとさ！　ジェニファー・アニストンはファックされない。なぜならいつもあの、のろくさい二羽のフクロウとつるんでいるからだ。あの番組ぜんたいは、おれに叫びかけてくる。モージョー、アメリカまで来て、ジェニファーをこのつまんない人生から助け出して！とな」

「それで、あんたはやるのか？」

「あったりまえさ！　だが詳しくは言えない。パンツの中がはちきれちまうからな。しかし、もっと大事なことがある。奇妙な話をいくつか耳にはさんだ。おまえさんに関する話だ」

「こっちには奇妙な話なんか、ひとつもないよ」

「おまえさんはモロッコに向かうんだよな？」

「いや」

「リビアか？」

「いや」

「チュニジアか？　アルジェリアか？」

「ちがう」

モージョーは不愉快そうに黙り込む。ライオネルは自分がモージョーからどんな反応を期待されているのかよくわからず、一緒に黙り込む。黙り比べに勝ったのはライオネルのほうだった。

「それじゃ、本当だというわけだ」

「何が《本当だ》というのさ？　おれはリビアに行くともモロッコに行くとも、一度も言ったことはない」

「行くつもりがないとも、言わなかっただろう」

「それはどうでもいいよ。でも、あんたにとっても悪い話じゃないはずだろう！　この先も、日ごとにカネが支払われるのだから」

「日当がどうとかいう問題じゃねえんだ！　おまえは未来への投資だ。おまえにはドケツランドまで行ってもらわなくちゃならない。それでやっと大金が動く。おまえさんたちが何年も砂漠をぐずぐず歩いていたら、おれのところには大金のかけらも入ってこない」

「その点では、利害が一致したな」

「いや、こっちはちがう。おまえさんにはモロッコかリビアに向かってもらう。そこからは普通の人間と同じように、ボートを探すんだな」

「おれにはできない」

「おまえさんはまた、おれに何かを指図するつもりか？」

「数か月間、何もないところを歩き通して、あげく無数の先達とまったく同じように溺れ死ねだなんて、人々に言えるわけがない」

「やつらはチャンスをつかんだんだ。それ以上のことは求めていないだろう」

「どんなチャンスでもつかめばいいってものじゃない」

「モロッコはスーパー・チャンスだろうが！」

「ふざけるな！　ボートはクソだ」

「ボートの何にケチをつけているんだ？　数千年の歴史がある由緒正しい乗り物だ。だれもボートに不満を言ったりしていない」

「海をコントロールすることはあんたにもできない。ボートの質をコントロールすることだってできない」

「それは砂漠についても同じだろうが」

「砂漠はもうこれ以上、乾燥しようがない。それにこっちの強みは数だが、斡旋屋はカネをふんだくったあげく、おれらを小さなグループに分割して、順々におぼれさせちまう」

「まあ、多少はそうなるかもしれんな」

「なんとか向こう側にたどりつけるのは、ほんのひと握り。せいぜい一〇〇人か二〇〇人だ。でもそいつらは、単に連れ戻されるか、もっとひどい何かをされるだけだ。テレビクルーはその場にいない。おれたちは海のど真ん中で、敵のいいようにされる」

「だが、スーパー黒人のおまえさんには、もっと良いプランがあるわけだ」

「ともかくひとつ言えるのは、他人をあてにしていないプランだってことだ。あてになるのはおれたち自身だ。おれたちの足と、おれたちのカネだ」

モージョーは黙って耳を傾けている。

「あんたにも悪い話ではないはずだ。さらなる成功。さらなるカネ。さらなる車両。さらなるジェニファー・アニストン」

「それでおまえはどこまでいくつもりか？　エジプトか？」

「もっと先だ」

「もっと先？」

「海にぶちあたったら、すべては文字通り水の泡だ。海には行かない。ぜんぶを歩く」

「エジプトを通り抜けて？」

「エジプトを通り抜けて」

モージョーは沈黙した。

「モージョー。それがおれたちの……」

「口を閉じろ。考えているんだ」

ライオネルは口を閉じる。

「よく聞け、この頓馬野郎。わかったか？」

「聞いている」

「いいか、頓馬野郎、おれは今すごく我慢しているんだ。普段ならそんなことはしないが、今は我慢してやっている。おまえはこれまでおれに、嘘くさい話をさんざしてきた。でも、その嘘くさい話は嘘ではなかった。おまえはおれにたくさんカネを払うと約束し、おれはたくさんのカネをたしかに受けとった。おれはおまえに一目置いている。おまえは弟分だ。支離滅裂な弟ではあるが、弟だ。そしておれはおまえと、おまえの嘘くさい話が気に入っている。聞いているか？」

「聞いている」

「ところどころはおまえの言うことに賛成してやってもいいさ。ボートはたしかに揺れる。海はクソだ。斡旋人はカネをむしり取って、おまえを海に沈ませるかもしれん。おまえが一日ごとに支払いをしたいというのも、もっともな考えだ。おれとしちゃ、先払いしてもらったほうがありがたいが、おまえには日払いのほうが具合がいいというのもわかる。おまえは支離滅裂な弟だが、ときにはそれほど支離滅裂ではない。だが、そのモデルには限界がある。おれは、おまえとエジプトより先はつきあえない」

「この先も歩合給は支払うよ」

「そう願いたいものだ。だが、問題は歩合給じゃない」

「じゃあ、なんだ？」

「頓馬なおまえさんは、地図を一度でも見たことがあるのか？」

「あるさ」

「シリアやヨルダンの話はここではしない。あれらの国にはもしかしたら、おまえを通してくれる人間がいるかもしれない。だが、おまえをぜったいに通さないというやつが少なくとも三倍はいる。おあいにくさまだ。トルコについては、やつらが尊敬のほかに何を欲しがるのか、だれにもわからない。やつらはすべてを欲しがるのかもしれない。それからおれの知るかぎり、スエズ運河でも同じ程度の障壁にはぶつかるだろうよ。それらは想定の範囲内だ。だが、想定すらできない国がひとつある」

「イスラエルか」

「イスラエルだ」

「直線距離にして一〇キロメートル。道路沿いでも一四キロメートル。冗談だろう」

「いや、冗談なんかじゃない。たかが一〇キロメートルと言っても、最強の軍事力をもつ偏執狂的な国を通る。軍事的にいちばんやばい一〇キロだ。あの国は、自分らにとって都合の悪いやつらや、怪しいと思ったやつらには容赦なく武器を向けてくる。ユダヤ人はまず撃ってから、質問してくる。機嫌が良かったり泥酔していたりすれば、ひとりや二人は通してくれるかもしれない。でも、三人目が通れる保証はない。そしておれのトラックもまず通れない。そうしたら水や食べ物の供給もストップする。クソ・ミニハウスのパラダイスも終わりだ」

「ならばヨルダンは？」

モージョーは深い呼吸をした。そして大声で怒鳴る。「ヨルダンだと！　ヨルダンをどう扱えっているんだ？　おまえ、あの国になにを求める気だ？　たしかにカネで解決できるものごともいくつかはある。だが、ヨルダンの中にはぜったいに入れっこない」

「直線距離で一〇キロだ」ライオネルは頑なに言う。

「無制限の軍事射線だぞ、そこは。おまえのかわいい黒い頭をユダヤ人はズドンと撃ってくる。そして、頭を撃たれたら一巻の終わりだ。聞いたところによると、生きていくためにはやっぱり頭がなくちゃならないと言うじゃないか。ドケツランドでもな！」

「なんとか道を見つけるよ」ライオネルは言う。「そうしたら、あんたのトラックも一緒に来られる。もしうまくいかなくても、あんたは少なくともあと半年は、おれたちから稼ぐことができる。もう切らせてくれ。取材があるんだ」

ライオネルは赤いボタンを押して、携帯電話をおろす。もちろんイスラエルのことはわかっていた。自分は、本当はモージョーが何か思いついてくれることを期待していたのだ。魔法の袋のようなモージョー。ライオネルは突然、がっくりと弱気になる。信頼できる友人や助言者たちの輪に戻っていきたい。でも、その輪にはたくさんの信頼や友情のようなものが含まれているいっぽう、理解はわずかしか含まれていない。マライカもイスラエルの件では、食べ物と飲み物の大将《アドミラル》と同じくらいしか役に立たないだろう。でも、まだ時間はある、それはたしかだ。ともかく重要なのは、できるだけ前進することだ。だがイスラエルについては、他のすべての国境と同じようには打開策が浮かんでこないのだ。

携帯電話が鳴る。アメリカの国番号だ。電話を受けようとしたまさにそのとき、メッセージの着信があった。ライオネルはそれを開く。差出人はモージョーだった。

「よく気をつけろよ、支離滅裂な兄弟」

第36章

外はもう暗い。おおかたの事務所はすでに空っぽになっている。週末よりも、さらにもっと空っぽだ。廊下沿いにあるたくさんの部屋のドアは閉め切られている。時おり、ひとつだけついている電灯の明かりのもとに、片づけられた机が見える。椅子が下にきちんとしまい込まれており、まるで小さなガレージのように見える。不思議なことだが机を見ていると、それが週末のために片づけられたのか、休暇のために片づけられたのかがすぐにわかる。週末のために片づけられた机は折り目正しく見える。クリスマス休暇のために片づけられた机は、持ち主がひょっとして戻ってこないかもしれないように見える。ロイベルはそれが好きだ。ロイベルの机も、ちょうどそんな表情をしている。

ロイベルはコートを手すりにかけて、手すりにもたれかかる。階下のロビーにクリスマスツリーが飾られている。ツリーの下にプレゼントはない。それが、デパートのクリスマスツリーと役所のクリスマスツリーのちがいだ。デパートのツリーの下にはプレゼントが置かれている。受付嬢のクラスニッツァーさんが下からロイベルに気づき、大きく手を振る。ちょうど片づけを終えたところのようだ。ロイベルは手を振り返し、無音で、しかしはっきりと伝える。「良いクリスマスを」大きな投げキスが返ってくる。心地よい穏やかな気持ちが自分の中に広がっていくのをロイベルは感じる。

コートをふたたび手に取り、さらに廊下を歩く。突き当たりまで進み、角の部屋に入る。ドアは開いていたが、ロイベルはノックをした。

「お邪魔してもいいかな?」

「ほかならぬあなたなら」

事務次官はまだ机に座っていた。

「仕事は終わりにしてはどうだね! いくら事務次官でも、一二月二三日の夜まで世界のために尽くすなどありえない」ロイベルはスタンド式のコートかけにコートをかける。

「仕事ではないですから」事務次官が言う。

「それで? なにがあるのかな?」

「いつものように、あなたが選んでください」事務次官はかがみこみ、机の上に一本の瓶を置く。「まずはこちらを。グリューワイン用です。バイエルン製。厳選しました」

ロイベルはその瓶を懐疑的に見つめる。「言っておくがフランケンのワインはバイエルンのとはちがう。保証する。長いあいだ味わってきたからわかるんだ」

「ちがうのですか?」

「ああ、そうだね」

「小さなガスコンロも用意したんです。でないと、無粋な電気コンロでワインを温めなければいけなくなりますから」

「それはともかく。ほかには何のワインがあるのかな?」

「キュヴェ。プーリア産」

「買った」

事務次官は微笑む。「いかなる奇跡か、もうすでにデカンタにあります」

ロイベルは、まさにそれを期待していたのだというように事務次官を見る。そしてソファセットのところまで歩いていく。テーブルの上にはすでに、短くて太い、飾り気のない蠟燭に火がともされている。暗い窓ガラスに蠟燭の炎が映る。ロイベルはここから町を眺めるのが好きだ。今日はここでクリスマス前の飲み会をするのだ。以前はロイベルの執務室で行っていたが、いつだったか事務次官が自分の部屋のほうが眺めが良いと言ってから、場所を変えることにした。たしかにすばらしい眺めだ。

目の端でロイベルは、事務次官がパソコンにブルーライトカット用の覆いをかけたのを確認する。事務次官はグラスを二つとデカンタをもってくる。そしてロイベルの向かいに座り、少量のワインをグラスに注ぎ、グラスをぐるぐると回した。

「本当にそれで、味が変わるのかね?」

「白ビールでなければ」

事務次官はワインを注ぎ、ロイベルのほうにうやうやしく差し出す。ロイベルはグラスを受けとり、香りを嗅ぐ。そして目を閉じる。事務次官はいつものように、良いワインを選んでいる。ロイベルはグラスを前に差し出し、軽い音を立てて事務次官のグラスにぶつける。ワインが口の中を転がり、毛布の中にいる猫のように口蓋にまといつく。「それでは」ロイベルはそう言って椅子に背をもたせかけた。

「クリスマスの始まりだ」

事務次官はグラスをおろし、やはり椅子に背をもたせかける。二人はそろって、灯りのともる町を見下ろす。

「それで、君はトミーに何をプレゼントするのかな？」

「いわゆる大人のオモチャです。ナミビアのプリンス。二二×五センチメートル。模様有り。吸盤および陰嚢つき」

「それはそれは」ロイベルが無感動に言う。「しかし、そんなつまらん冗談では私はもちろん、あのゼーホーファーだってだますことはできまいよ」

「本当のところは芸術品を。何か新しいものを。それで、あなたの奥さんには？」

「一九六九年以来、いつも同じだよ」

「後世に残りそうな言葉ですね」

「うちではプレゼントのやりとりはしないんだ」

「一九六九年から？」

「一九六九年から」

「ずいぶん時代の先を行っていたのですね。消費の放棄とかそういうことの。そのころにはまだＳＰＤだってそこまでは行っていなかったでしょうに」

「さあな。左が計画経済について考えるより二〇〇〇年も前から、イエスという人物は商人たちを寺院から放り出していたがな」

事務次官はワインを一口飲む。「イエスが言ったことを、あなたはすべてやるのですか？」

「イエスが言ったことを、だれが知っているのかね？」ロイベルが言う。

「知っているといっているやつは、何人かいるでしょう」

「やつらはしかし、それらすべてを自分たちだけで独占している」

「それは、自分たちに都合の悪いことをイエスが言っているからでは？」

ロイベルは手の中のグラスをにこやかに見つめる。「信じてほしいのだが、神は何かを言いたければ、万人に理解できるように言うはずだ。そしてだれかがもし『自分ひとりが他の人々よりも神の言葉をよく理解している』と言ったら、こう考えてまちがいない。そいつは確実に、神の言葉を理解していない」

事務次官はワインを啜る。「いい話ですね」

「うちの娘はこのことで、私らを憎んだがね」

「神の話のことで？」

「いやいや、贈り物を廃止したことだよ。娘は、自分に子どもができたときにはすぐ、私たちとは反対のことをした。でも一〇年後には、やはり私と同じ考えになった」

二人は沈黙する。雪が降り始めればいいのにとロイベルは期待する。

「これからどうしますか？」事務次官は言う。

「待つさ」

「それだけですか？」

「あれはやってみる価値はあったのさ。だが、はっきりしたことがある。成功するためには、計算が不得意な人間と交渉をしなければならない。明日の一〇〇〇万よりも、今日の一〇〇万を取るような人間をな」

「それで、今は？」

「今は何もない。君は何を考えていたのだね？」

「あらゆる策略を駆使することになるのではと」

ロイベルはグラス越しに事務次官を見る。「われわれの基準で言えば、もうどっぷり策略につかっているよ」

「しかし……」

「君のほうで何か提案があるのか？」

「それは……」

「言ってみたまえ」

事務次官は一瞬ためらってから、口を開く。「アメリカだったら、もっと何かをするのではないでしょうか。あるいはイギリスも」

「どういうことを？」

「具体的にはちょっと言えませんが、もっと汚い手を使うのではと」

「気にせず、詳しいところまで話してかまわんよ。だが、われわれはテレビを禁じることはできないぞ。ここはロシアではないからな」

「それはもちろんですが……」

「ほかにまだ泥仕事が？　やつらのトラックを爆破でもするのか？」

「いや、爆破はちょっと……」

「よかろう。では連邦警察対テロ特殊部隊に難民の行列を見張らせて、こっそりトラックのタイヤをパンクでもさせるか？」

「そうおっしゃられると、なんだか馬鹿げて聞こえますが……」

「なら別の言い方をしたまえ。もし効果があるなら、ドイツ連邦共和国は一五万人のよるべない人々を喉の渇きで死なせるよう、積極的にそれを試みるだろうよ。効果がなければ、三日後にやつらはまた新しいタイヤを調達する」

「必要なのはおそらく……本件の首謀者に……」

「……プルトニウムでも盛る？……」

事務次官は目をぎょろりとさせる。

「すべてをあのライオネルというやつがとりしきっているわけではない。ほかのだれかが引き継げないほど、複雑には組織されていないんだ。おまけにやつらには、聖者がついている。やつらはミイラにするような防腐措置をそいつに施し、歩く告発者として行列の先頭に掲げている。これで事態が良くなる材料があるとでも？」

「それではわれわれにできることは何もない？」

「何もない」ロイベルは言う。「こうしてうまいワインを飲むことのほかにはな」

ロイベルはワインを一口飲む。そして事務次官の視線を感じ、返答した。

「何だね？　いったい君は何を期待していた？」

「よくわかりません。でも、なんだか変な感じがするのです。何か居心地が悪いというか」

「今の人はあれをもう知らないからな」

「何を？」

「何かのものごとが失敗に終わるという感覚だよ」

「それはつまり、あなたは、彼らが本当に……」

「それはつまり、われわれが悪い札を手にしているということだ。そしてこれはポーカーではなく、スカートのゲームだ。新しいカードを三枚引くことはできない。われわれは悪い札を手にしていても、それでなんとかやっていくしかない」

「それは何を意味するのでしょう？」

「君はあまりカードをやらないようだな。さっきのが意味するのは、そうなったらゲームに負け、カネを払わなければならないということだ」

「ええ、ですが、そもそもわれわれがゲームに参加すると、いったいだれが言ったのですか？」

「われわれだよ。まだまともに見えるカードが手元にあるうちに、われわれがゲームをやめなかったからだ」

事務次官はかがみこみ、膝の上に肘をつく。そしてワインの入ったグラスを手にとり、何かを考えながらくるくると回す。

「多くの人には不興を買うかもしれませんね」事務次官は言う。

「政治家はいつも良いニュースばかりを伝えることはできない」

「ですが、それではもう選挙に勝てなくなるのでは？」

「かもしれないが、有権者には、経済復興の時代もあれば石油危機の時代もあるという事実と折り合ってもらわなくてはいけない。世界の歴史の中に、これまでいつもつねに上り坂だった国家は存在しない。だがそのいっぽうで、突然すべての光が消えた国家も存在しない。おおかたの場合、徐々に光が消え、暗くなっていく」

事務次官はワインを注ぎ足す。

「もちろん第三の道も存在します。いくつかの国が手本を示しています」

「それについて私がどう思っているのか、君は知っているだろう?」ロイベルが警告するように言う。

「でも、何らかの手を打たなくては!」

「われわれがドイツ人だからというだけで?」

「それが今の話とどう関係するのですか?」

「われわれドイツ人は万事に計画を必要とする。だが世界には、ちがうふうに考える国もある。彼らはこう考えている。それが本当に起きるのかを、まず考えるべきだと」

「われわれはまだ……」

「われわれがろくでもないカードを手にしていることは、はっきりしている。しかし、だからといって、ほかのやつらがミスをしないというわけではない。相手は考えすぎたり、考えが足らなかったりするかもしれない。あるいはまずいカードをうっかり出してしまうかもしれない。あるいは、われわれがまったく予測していなかった新たな参加者があらわれるかもしれない。たった今、だれひとり撃ち殺せないからといって、すべてが負けと決まったわけではないさ」

ロイベルは励ますようにグラスを掲げる。事務次官はためらいながら、それに倣う。

「今はクリスマスだ。何もできはしない。私は何の贈り物ももたずに妻のところに行く。君はそのナミビアのプリンスとやらをもってトミーのところに行くんだな」

グラスが小さな音を立てる。ロイベルは窓の外を見る。雪が降り始めている。彼はグラスを口にあて、もう一度、そのすばらしいワインを口の中で転がす。事務次官がため息をつくのが聞こえる。ロイベルは元気づけるように、事務次官の肩を叩く。「われわれに運がついていれば、ひょっとして、ロシアが襲いかかってくるかもしれない。そうしたらまたＤＤＲ（東独）に逆戻りになる。それでもどれだけの難民がわれわれのもとに来たいと言うか、見てやろうではないか」

第2部

第37章

ライオネルは可能なときはいつも、マライカの車の一台を使い、いちばん近い丘か山の上までひと走りしてきた。といってもイラク北部に山はそれほど存在しない。山らしい山があらわれ始めるのは、国境に近づいたときだった。ライオネルは山だか丘だかを可能なかぎり高くまで登り、車を降りる。双眼鏡を取り出し、行列を見下ろす。その作業に慣れようとする。好きではないが、不承不承でもない。ただ、義務だからやっている。自分の進歩を評価もする。ワクワクしながらではない。そうして己を奮い立たせなくてはならない気がするのだ。そして今、彼は自分に言い聞かせている。この光景を見てももう、少なくともおれの胸にもう不安は湧き上がってこない。たとえ行列が当初の二倍ほどの長さになっていても。

信じがたいかもしれないが、五〇キロメートルと一〇〇キロメートルのちがいは見ればわかる。一年にわたって五〇キロの行列を見続けた者には――。でも最近、こんな恐ろしい問いが胸に浮かぶ。いったい行列の終わりがときどきでも見えるのだろうか。あるいはこう言ってもいい。いったいどのくらい高い丘に登れば、行列の終わりが見えるのか？　このあたりにはいずれにせよ、それほど高い丘などありはしないのだが。

　こんなふうに考えるなんて思ってもいなかったが、ヨルダンまでの道のりはなんというか、リラックスしていた。楽だった。彼らがここまでやれるなど、だれも思っていなかった。だからこそ、行列に加わる人があとをたたなかった。もちろん北アフリカにはもともと、ヨーロッパに渡りたい人間が山のようにいたわけだが。ともかくそれは、気のふれ具合を競うコンクールのようだった。単独で砂漠の横断を試みる者に比べれば、行列で移動するのはまだ、多少なりともまともなアイデアに思われた。だがそのやり方は、「北アフリカから・ボートに乗って・向こうに渡る」という古き良き手法ほどには定評がなかった。行列で進むというアイデアは、「少し多くリスクを冒してもいい」人々にとって中程度の魅力をもっていた。そして、途中で押しかけた参入者を吸収することができた。

　そういうわけで四週間か六週間おきに、ライオネルはモージョーに、トラックを一台追加しなければならないと言ってきた。いつごろか、ライオネルに対する過度な要求は止まっていた。人々は、奇跡のようなものを期待しなくなり、前の日に与えられたものでなんとか満ち足りるようになっていた。頑固な不平屋も、一日の終わりにはともかく一五キロ前進するという事実には、文句のつけようがなかった。だが、ヨルダンからはすべての勝手が変わる。その先もまだ頼みになるのは、カネのすばらしい力、それだけだ。

　モージョーはあいかわらずコネを打ち立ててくれていた。そして当然ながら、今も取り分を取っていった。カネはモージョーを経由してさらに流れていく。そういうわけでライオネルはモージョーから、ヨルダンにはヨルダン人だけでなく、パレスチナ人もたくさんいることを知らされた。そして、パレスチナ人が非常によく組織されていて、また、よその国民と同じくらい金儲けに余念がないことも知った。パレスチナ人は、彼らが目の敵にするイスラエルで大きなプロジェクトを計画しているからだ。

パレスチナ人はそんなわけで、以前のモージョーのコンタクト・パーソンと同じようにインフラを整えてくれた。携帯トイレまでそろっていた。マライカは彼女の基金を使って、以前と同じようにモージョーを通してそれらを組織した。ものごと全般についてライオネルがいちばん可笑しいと思うのは、マライカとテレビの人間が、基金のカネは特別に美しく清潔なものであるようにいつも行動し、ほかのカネと比べて、それを使うさいには特に気をつかい、無駄遣いはけっしてするまいとしていることだ。ライオネルは干渉しなかったが、パレスチナ人との直接交渉もできたはずのマライカは、結局またしてもモージョーを頼った。まるで、携帯トイレを運ぶ人間を見つけられるのは世界の中でモージョーただひとりだと思っているかのように。モージョーはカネをしっかり受け取ると、その四分の三をパレスチナだかどこだかに送る。モージョーへのコミッションは二五パーセント。モージョーが自分の取り分を得るのにかかる時間は一五秒だ。いや、モージョーは短縮ダイヤルでパレスチナ側に連絡をしていたので、じっさいは五秒だったかもしれない。

壮観だった。給水車とコンクリのミキサー車が、光と岩と土埃の海の上で等間隔で並んでいる。時おりよその車が、無関心な人々の群れを押し分けるようにゆっくり進む。群れは大儀そうにゆっくり道を開け、車が通り過ぎるとその後ろでふたたび穴が閉じる。車に乗っている人にはきっと、重油の中を運転しているように感じられるだろう。

車が通り過ぎると、人々はいっせいに動き出す。あまりに動きがそろっているので、静止しているようにも見える。軌道に乗るまでには少し時間がかかる。人々に求められるものごとの中で、これはいちばん難しいくちだ。こうしていっせいに動き始めるとき、渋滞をつくってはいけない。重要なのは、トラックの周りでキャンプをしている人々がみな、後ろのトラックの周りにいた人々が到着するその瞬間には遅くとも、姿を消していなければならないことだ。これは決して簡単ではない。そして新しいトラックが行列に加わったときには、新参者たちがひとりで何とかやるのを待つのでなく、少なくとも一〇パーセントくらいは経験のある人間を混ぜてやることが肝要だ。三分の一であればなお良い。

行列はコースをたどっていく。平野の向こうに行列は吸い込まれ、徐々に見えなくなる。マライカの車は見えない。今日は撮影で行列の後ろのほうまで行ったのだろう。だが、これだけ長い行列である以上、マライカのピンクのゼブラ・カーを一日中目にしない日がしばしばあっても、だれも驚かなくなっている。彼女の人気はまったく衰えず、とくに子どもからの人気はさらに高まっているほどだ。携帯電話が鳴るが、ライオネルはそれをとろうとしない。電話をいつもとる必要なんてない。ときには電話をとらない必要だってある。そうでもしなければ気が変になってしまうときには。

それにしても、途方もなく大勢の人間だ。

ヨルダンを通過するのにかかったのは五日間にも満たなかった。その間にも新たな人々の流入があったことを、マッハムード大将が報告してきた。キャラバンの映像は世界中に広まっており、それをテレビや携帯電話で見た人々が押し寄せてきたのだ。たくさんのゴムボート。たえまのない水上の行き交い。狭くて鏡のように静かな紅海のわずか一五キロの領域を、ゴムボートが渡っていく。あまりに水面が穏やかなせいか、小さな子どもがはしゃいで順番を待っている。イスラエルはそれらを見て見ぬふりをした。向こう岸にはピンクのゼブラ・カーが待っている。医療用の車と赤ん坊用の車もいる。結局、イスラエルを通り抜けなければならなかったのは、そしてそれを許されたのは、これらの車だけだった。マライカは、親ユダヤ的な雑誌編集者——物書きアストリッドの上司の上司——と組んで、うまくことを進めた。人々がゴムボートから降りてふたたび歩き始めるころには、トラックは位置についていた。事態はスムーズに進んでいたが、新たな流入者があまりに多いので、五日後には早くもトラックを追加しなければならなくなった。ライオネルは電話でモージョーにそのことを伝えているときも、まだ狐につままれたような気持ちだった。いっぽうのモージョーは笑いでなかなか落ち着きを取り戻せなかった。

「どうしてそんなにスムーズに行ったんだと思うか？」

「カネを払ったからだろう？」

「たいした額はそこでだって払っちゃいないさ。考えてみろや。その国には軍隊もいれば、沿岸警備もある。どれだけのものを押しのけなければならないかは、おまえさん自身がわかっているはずだ。それを考えれば、ずいぶん安くすんだとは思わないか？」

「いいや。エジプトよりも高かったし」

「ああ、だがそれほど大きな差はない。それにな、ヨルダンは内戦こそ起きていないが、ある程度しかまともな国とは言えない」

「まあな。それがどうかしたか？」

「ヨルダンで何が起きているか、おまえは知ってるのか？」

「内戦は起きていない。そのほかのことは、おれたちには関係ない」

「内戦はたしかに起きていない。だがあそこには難民がいる。数十万人も」

「それで？」

モージョーは、頑固爺さんに話をしているかのように、大きな鼻息をした。

「いいか。難民でいっぱいの国があるとしよう。そこには数百万人の難民がいる。彼らがその国にいるのは、ほかにどこにも行き場がないからだ。彼らを喜んで受け入れてくれる国は、当座どこにもない。よく聞く話だろう、なあ?」

「おれだって馬鹿じゃない」

「そしてその国にスーパー難民の行列がやってくる。一五万人の大ろくでなしたちを一万キロの彼方まで連れてくるのに成功したスーパー難民だ。あまりに遠くまで来たので、もといた場所に帰ることはもはやありえない。さて、そろそろわかったかな?」

ライオネルは何も言わなかった。頭も胃も全部裏返ってしまいそうな気がして、何も言うことができなかった。

「やつらはおまえをさらに先に進ませるだろうよ。町からははるか遠く、難民キャンプには限りなく近くを通らせながら。そうして行列がふくれあがるほど、やつらはおまえを引きとめなくなる」

「モージョー!　どうやってそれを組織化すればいいんだ?」

「大丈夫、きっとうまくいくさ。それがおまえさんの通行券なのだと、いつも思い出すんだな。ヨルダンを通り抜けられるだけじゃない。そうすることでイラクを通り抜けるのはもっと容易になるはずだ。だから、泣きわめくのはやめて、タオル頭を行列に入れるんだな」

ライオネルはモージョーの言うとおりにした。ヨルダンにいるあいだだけで、合計八万人ほどが行列に加わった。そして彼は、交渉すればヨルダンから少しは特典を引き出せるのではないかと思いついた。トラックの追加は何の問題もなかった。水は無料で供給された。そして行列が国境までたどり着いて、輸送手段やトラックやサプライチェーンがパレスチナ人からクルド人治安部隊のペシュメルガに引き継がれるころには、行列に参加している人間の総数は二三万に達していた。中継地代わりのトラックは八〇か所にある。行列の長さは八〇キロになった。

行列に新参者が加わっても、ライオネルたちは主導権を保持していた。規模が大きくなるのは恐怖ではあったが、主導権を握っているのがみなアフリカ人であるのは気分がよいものだった。人々のあいだに争いごとは驚くほど少なかった。その理由は明らかに、このプロジェクトを興したのが黒人だからだ。シリア人もチュニジア人もエジプト人もレバノン人もアフガニスタン人もパレスチナ人もイラク人も、だれかが自分たちを連れていってくれることをおそらく嬉しく思っている。ライオネルやほかのメンバーにとって、これほど大きなプロジェクトの舵を黒人がとっているのを見るのは初めてだった。ほかのだれもこんなことを成し遂げられなかったのは明白で、議論の余地がなかった。

そのうちに、新生児用の車は三台に増えた。トラックは水や食べ物のほかに、マライカの基金から寄付された毛布のストックも運ぶようになっていた。だが気温はこのごろ、夜間でもずいぶん耐え忍びやすくなってきた。今は夏だ。そしてそれは偶然ではない。マイTVは頭をひねった末、行列が到着するのに最適な時期を決めた。それは、夏休みの前であり、サッカーシーズンが終わったあとだ。ちょうどサッカーの欧州選手権もワールドカップもない年だったことを、テレビ局の人間はシャンパンを開けて祝ったはずだ。

イラクではさらに七万人が行列に流入した。ライオネルは双眼鏡を目から離した。もう一度、終わりの見えない人々の行列に目を凝らす。行列の先頭は今、ライオネルの見ている地点を通り過ぎ、七番トラックに向かって進んでいく。七番まではあと六キロ。五番までは四キロ。いつのまにかライオネルは指を使わなくても、計算できるようになっている。どこかの時点で、行列に参加する人々は三五万に達するかもしれない。ライオネルは深く息をする。混乱した気持ちになるのはいつものことだが、今日はいつもほど不安を感じない。三五万人——時おりそれは、好ましくさえ聞こえる。

あと二週間。

そうしたらトルコの国境に到着する。

第38章

事務次官はマリエン広場の人ごみの中を歩いている。車を頼むこともできた。党か省か当局が車を手配して、代金だって支払ってくれたはずだ。だが、事務次官はロイベルのやりかたに賛同している。政治家はあらゆる機会を利用して、路上で起きていることを見なければならないのだ。だが、今日はいろんなことが路上で起きすぎている。車を頼んだほうが早く着けたかもしれない。マリエン広場はこのところ月曜日のたび、クリスマスマーケットのときのように人でごった返す。以前はこんなふうではなかったのに。

事務次官は、ペギーダが以前ミュンヘンで集会をしていた当時のことを今も覚えている。ムスリムやムエツィーンの歌声に反対する集まりが毎月曜日に開かれていたが、参加しているのはほんの一握りの馬鹿者たちだけだった。それは文字通り「一握り」であって、六人も集まっていれば多いほうだった。今日ではそれが、まったく様変わりしている。ヴィクトアーリエンマルクトの向こうにもう、警察の兵員輸送車が何台も待機している。

事務次官は人ごみをかき分けながら歩みを進める。人々の肩や頭越しに、反対声明のための巨大なデジタルスクリーンが見える。全部で三つのスクリーンを主催者は借りてきたらしい。ひとつ目のスクリーンには、難民の行列をドローンで撮った映像がエンドレスに流されている。行列全体を四五分間にわたってえんえんと映し続ける、あの伝説的なドローン映像だ。二つ目のスクリーンには、行列の進捗をあらわす映像がやはりエンドレスに流されている。一日ごとに難民がどれだけ前進したかが、戦争のころの前線の動きのように、精確に示されていく。そしてじきに、不気味な映像があらわれる。スエズトンネルの中を徒歩で進む果てもない行列の図だ。そして紅海を渡るゴムボートの図。そこからは挑発するような侵略の香りが漂ってくる。その下に「あと何キロメートル」という表示があり、ドイツ国境までの距離がカウントダウン式で示されている。きわめて巧妙な見せ方だ。一万二〇〇〇キロを超える道のりの最初は何の心配もないように見えるのに、ビデオが一通り終わるたび、残りがわずか三〇〇〇キロしかないことが明確に示されるのだ。もちろん事務次官は自分で計算することもできたが、ミュンヘンでのこの月曜日にようやく、難民たちが行程の四分の三をすでに踏破した事実を恐ろしいほどはっきり突きつけられた思いがした。

三枚目のスクリーンには、行列の人数の増加がシンプルなグラフで示されている。それを見ると、非常に長いあいだ一五万人程度にとどまっていた人数が、最後の最後で驚くほど急増し、二倍以上にまでなったことがわかる。事務次官は、不安げな市民のグループの中で立ち往生する。人々は太った禿げの男を中心に、前世紀の中ごろになされた分離政策について熱心に議論をしている。太った男の腕にはそのシンボルの刺青がある。その提案は非常に思い切った、まちがいなく有効なものだったが、今は何といっても二一世紀なのだから、まったく同じ形で行うのは難しいのではないかと人々は話す。太った禿げは人々の議論ににこやかに耳を傾け、こう言う。やってみればいいのではないか。一時的にでもそうした措置を行って、問題がすっかり解決したら、また措置を停止すればいい。市民のひとりはその発言を受けて、一時的というのなら、むろんすべてに対してそれが考えられるのではないかと言う。

身動きがとれなくなっていた事務次官は、ヴィクトアーリエンマルクトの方向に必死に戻り、マリエン広場の下を横切る地下鉄に乗る。市庁舎で働いている党の同僚は、今のミュンヘンの市政がいかに壊滅的かをよく愚痴ってくる。リベラルな町ミュンヘンは左翼的気風の町であり、保守のCSUの地盤がもたらすカネと利益を赤（SPD）と緑（緑の党）の有権者が使い果たすことも許される土地柄だった。しそれが今ではドレスデンと同じほど過激な街になってしまった。毎週ここには数万の人々が集まる。しかも、この程度の数字でとどまっているのは、二週間おきに、オデオン広場で第二のデモ行進が行われるからだ。歴史的な理由からミュンヘンの町はこうした動きを妨げようとしたが、法廷で敗北した。現在ではデモの参加者数はほぼいつも六桁に達するようになっている。万事がまだ平和的に行われているのは、デモに反対する勢力を大勢の警察部隊が町の別の地区に迂回させているからにすぎない。

マリエン広場の反対側にようやくたどり着いたとき、またあのかけ声が聞こえてきた。「われらの国を取り戻せ！」もうそれを耳にするのにも慣れてしまった。遠慮というものは、すでに存在しなくなって久しい。だからこそ、それとは別の、ありえないスローガンまでもが幅をきかせ、すべての人々がそれを受け入れるようになった。もともと東からきた言葉なので、東出身でない人はむろん本当の意味などわからないはずなのに、彼らはその言葉を飽きることなく唱え続ける。「寄付金と大豆粉の代わりに、壁を築き、射撃命令を出せ！」ミュンヘンの人間がそんなふうに繰り返し唱和するのはオクトーバーフェストのときの「乾杯の歌」くらいなものだ。

だれかの肘が肋骨にぶつかる。相手もわざとではないのだろう。事務次官はやり返さない。空気に暴力が漂っている。だれも武器を持ち出さないのは、警察が目を光らせているからにすぎないと思えてしまうほどだ。人ごみはようやく少し解消し始めた。事務次官は、大きな流れと逆に向かう小さな流れに潜り込み、マリエン庭園《ホーフ》のほうに押し流されていく。それでもホテルに着いたのは、約束の一五分遅れだった。事務次官は階段をのぼり、バーに入る。角の席でくつろいでいたロームがこちらに手を振る。

「ここは運動の首都だからな」事務次官が隣の席に座ると、ロームは言う。「おまえたちはマジでもう、事態をおさえ込めなくなっているのか？」嘲笑的ではあるが言葉の合間から、ロームですら、多数派を誇っていた昔のＣＳＵを懐かしんでいることが隠しようもなく伝わってくる。

「聞いてくれるな」事務次官は呻く。「昨日新たな調査結果があがってきた」

「それで？　世論調査と同じくらいひどいことが？」

「もっとひどい。支持者をとりまく状況を分析したのだが、結果は――ぜんぜんだめだ。こんな数字はこれまでに出たことがないそうだ」

ロームは事務次官を見つめる。「数字的には？」

「かろうじて二三パーセント」事務次官は呻くように言い、必死に肩を落とすまいとする。突然頭に、バイエルンのトレーナー、ナーゲルスマンの「体をしゃんとさせろ！」という怒鳴り声が響き渡った気がした。

「クソだな」ロームはそう言うと、ウェイターのほうを向く。「白ビールのハーフパイントをひとつ」ロームはバイエルン訛りで言う。

事務次官は二番目に高いジンを使ったジントニックを注文する。

ウェイターが飲み物を運んでくる。事務次官は一口飲む。もっとジンが濃いほうが好みだった。

「ずいぶん久しぶりだが」ロームが心配そうに言う。「会うたび、しんどそうだな。ひどい顔をしている」

「それはどうも」

「一週間くらい病気の届けを出して、トミーにやさしくしてもらったらどうだ？」ロームは頰の内側を舌でリズミカルに打ちながら言う。「やつならおまえのために魔法でゴージャスな寝室を出現させてくれるだろうし」

「トミーは出ていったよ」事務次官は放心したように言う。

「本当に？」ロームは突然ビールのグラスを置く。「それは……残念だったな」

「これでよかったのさ」事務次官はジントニックの残りをすばやく飲み、ウェイターに手を振る。指の動きで彼は、ジンを――ジンだけを――もう一杯ほしいことを伝える。トニックはまだ小さいボトルに十分残っているのだ。ホテルの前が騒がしくなる。新しいデモの集団がやってきたのだ。防音ガラス越しにもその音は聞こえる。メガホンをもった警官が何かをわめきたてている。射撃を命じるスローガンと、さらに、事務次官が初めて耳にする何かだ。

「ヘルメットをかぶれ。射撃準備――警官にもっと権利《レヒト》を！」

事務次官はロームを見る。ロームは目をぎょろりとさせ、頭を振りながら両手を広げる。

「おまえ、これを知っているのか？」事務次官がたずねる。

「前に、ベルリンで聞いたことがある。それから――ああ、エルフルトでも。でもやつらが何を言いたいのかは、今もさっぱりわからない」

「刑事《デカ》におもねろうとしているんだろ。左派の過激派はそういうことにうといだろうが」

「いや――おれが言いたいのは、あれは言葉遊びなのかどうかということさ。おれにとっては刑事どもはもうすでに十分右《レヒト》だからな」

「だれにもわからんさ」事務次官が言う。「連中のところでは言葉遊びはあまりポピュラーではないはずだが。でも、本当に両方の意味で言っているのかもしれない」

「ところで内務省は何をしている？」

「ほとんど何も、と答えるしかないな」事務次官はグラスの氷をけだるげにカラカラと鳴らした。

「ついには聖ロイベルへの批判のような声も聞こえてきそうだな」

「外にいるあの馬鹿どもを見ろよ。野放しになんてできるわけがない。情勢を緩和しなくちゃならないのに」

「そしておまえは、どうすればいいのかもわかっている」

「ああ、もちろん。あ・あ・も・ち・ろ・ん」

「聞くよ」

「別に魔法なんかじゃない。まずは国境にフェンスを築く。一キロメートル築くごとに、デモをする人間は一〇〇人は減るだろうよ」

「興味深い計算だ」

「立派なフェンスであれば一五〇人減らせる。レーザーワイヤーと見張り塔と投光装置をつけて」

「自動発砲装置は？」ロームが提案する。

「それを外側に向けて置けば、そうだな、二〇〇人はデモ参加者が減る。発砲装置ひとつごとに」

「だが、ロイベルはそれを望まないんだろう？　おかしなことだ」

　事務次官はロームのあてこすりを聞かないふりをする。聞きたくなかったせいでもある。「ロイベルにはあれこれ提案をした。でもひとつも取り上げてもらえない。拒否するわけではないのに、取り上げてくれないんだ」

「もしかしたら、合法ではないからじゃないか？」

「われわれには移民に関して上限がある。それは十分、法だろうが」

「最初から弱腰な法ではあるがな」

「いや、それはちがう。法が弱腰なのは、こっちにガッツがないときだけだ。たしかにゴムみたいな条項だが、そのゴムの部分をものすごく硬化させればそれは、混じりけのない授権法に変身する。重要なのは、あえてそれをする勇気だ。オーケー。連邦首相府や国防省はどちらも隠れ蓑から出てこようとはしないだろう。それについては何もいぶかしく思わない」

「ロイベルについては、いぶかしく思うわけだ」

「それは、ロイベルが何も不安を感じていないからさ。不安どころか、確信に満ちている。彼は、ＣＳＵが何でできているかを知っている。それだけでなく、どうすればＣＳＵをいちばん高く売れるかも知っているんだ。だからこそおれは、ロイベルが理解できない。今、何もする気がないというのなら、いったいいつするんだ？　あと三〇〇キロでやつらはトルコに入ろうとしているのに」

「トルコは、体重別で言うなら別の階級だとおまえは思っているんじゃないのか？」

「そのとおり。だが、何かをする時間はまだ十分あるともいえる。そのためには、今すぐにでも動き出せば」

事務次官はジンをもう一杯注文する。

「もしかしたら、ロイベルは慎重に考えているのかもな」ロームはそう言って、まだ半分中身の残ったビアグラスをウェイターの手に押しつけ、「グラッパをひとつ頼む」と言う。

「ひとつはっきりしているのは」事務次官が不吉な口調で言う。「ロイベルは自分がしようと思っていることを、ずっと前からわかっているってことさ」

「単純に、質問してみたらどうだ？」

「おまえのところとはちがうからな。愉快に議論をして、そのあとすぐたがいに、自分の感情について話せるわけじゃない。内務省は、男の中の男の省なんだ」

「ヴィレッジ・ピープルのマッチョなやつらみたいに」

「ははは」

「どこに問題がある？　おまえの上司は解決策を知っている。ならばそれに寄りかかって、道行きを楽しんでいればいい。まあ、よその人間はたぶんそうは見てくれないだろうがな。もしおれがそれを言いふらしたら、人々は老ロイベルがもうろくしたと噂し、パニックに陥るかもな。だが、おまえはまだどうやらロイベルを信頼しているようだしな」

「ロイベルはもうろくなんかしていない。でも、それだけでは何にもならない。待っているだけでは、何ももたらされない。すべての状況がどんどん悪化していくだけだ。対抗措置というのはふつう、遅く使えばそれだけ効力が薄れていく」

「酔っぱらっちまう前にそろそろ飯を食いに行こうや」ロームが提案する。「もちろん、ぜんぶをやめにして、トンズラするいう道もあるがね。状況がそんなに絶望的だとは、おれは知らなかった。おまえたちが何かのカードを袖に隠しているのではと思っていたくらいだ」

事務次官は立ち上がる。「ひとつは、まだある」そう言いながらも事務次官は、自信たっぷりには見えなかった。

「まるで、クラブのジャックよりダイヤの七のほうがましだと言っているみたいだな」

「なんだい？　それは羊頭ゲームか？」

「トランプのスカートというゲームだよ。オッホン、事務次官君。君たちは、良い切り札をもっているのか？　雑魚しかもっていないのか？」

事務次官は右手をくねくねと動かし、最後にぱっと上に振り上げる。ウェイターがクレジットカードの端末機をもってくる。事務次官は立ち上がり、サインをし、コートを手にする。

「明日には、彼がカードを切ったかどうかわかる。遅くても明後日には」

「もしそうならなかったら？」

「そうしたら上司はおれに、おまえが正しかったのだから、すぐに取りかかれと言う」

「そうしたらおまえは上司に言うわけか。なぜ最初からそう言ってくれなかったのかと」

「たしかに」事務次官は同意し、ロームの横で考えごとをしながら階段を下りる。

なぜ、最初からそう言ってくれなかった？

なぜ？

第39章

「難民難民難民」アストリッド・フォン・ロエルはラップトップに打ち込む。そして、わざわざ大文字で「**クソ！！！**」と付け足す。ご丁寧にビックリマークも三つつけて。そしてすべてに印をつけ、文字を一三二ポイントに拡大する。次に、とりわけ固い雰囲気の書体を探し、さらに、とりわけ可愛らしい雰囲気の書体を探す。まずは「ジジ」。それから「パレス・スクリプト」。

なんてくだらない、クソみたいな仕事だろう！

正直に言えば、半年前から何だかそんな気分はあった。そして三週間前ごろにもそう思った。でももう、本当に限界だ。もう、難民についてはすべてを、余すところなくすべてを書き尽くしてしまった。少なくとも難民についての興味深い出来事で、ナデシュに関連のあるものは——。でも、ここでの出来事のほとんどすべては、ナデシュにかかわりがあると言っていいくらいなのだ。難民たちが以前に何をしていたのかという話ももう書いた。これはともあれ《読める》記事だった。多くの人々は最初から難民だったわけではなく、難民になると最初からわかっていたわけでもない。何人かの人は、難民になる前は仕事をもっていた。もちろん本人が農民を自称しても、じつのところ、ヤギを一頭飼っていただけではだめだ。そういうのではなく、本当の《仕事》だ。車の修理をしていた人もいたし、教師をしていた人もいた。靴とTシャツなどのブティックというなかなか心躍る仕事をしていた女性もいた。

アストリッド・フォン・ロエルは恨めし気にパソコンのキーボードを見る。コンサート・ピアニストのように両手を高く掲げ、振り下ろす。両手が憎しみとともにキーボードにぶつかり、がちゃんと音がする。「レレレレレレ」と表示が出る。アストリッド・フォン・ロエルは大きな声で言う。「クソクソクソ」

仕事の話もじきにネタが尽きた。ある人間の生涯ならば、まだ書ける。でも、一〇〇人の生涯なんて――冗談じゃない。だって、読者にとっては現実の生活がこの先も続いていくのだ。このおかしな難民の世界に密着していないふつうの人々には。ここにいると、だんだんこれがふつうに見えてくるかもしれないけれど、こんなのがふつうなわけがない。冷静に考えなくては。おおかたの人類は靴を一足かそれ以上もっている。Tシャツだって二枚か、神の加護があれば三枚はもっている。ここの人間がそういう幸運に恵まれていないからといって、そしておおかたの人々が夜、金色のフォイルの寝袋で眠るからといって、ここ以外の場所でも同じなわけがない。ああ、ありがたいこと！

それにしても、あのフォイル製の寝袋の腹立たしいことと言ったら！

夜に一歩でもキャンピングカーの外に足を踏み出せば、あちこちからギシギシキュンキュン音がしてくる。だれだったか、この地上に砂漠の夜空ほど美しいものはないと言った人がいたが、賭けてもいいがそいつは、こんなふうにガサガサ音を立てるニスを塗られた幼虫のようなものに囲まれて夜空を見上げてはいなかったはずだ。幼虫の群れのようなものは時には咳をし、いびきもかく。

星空。

そんなのは幻想だ。星空なんて。

ここの人たちはだれも、わざわざ空なんて見ない。当然だ。だって、星なんてみんな、おんなじじゃないか。究極の環境オタクだって認めないわけにはいくまい。ネオンサインだったら、そんな問題は起こらないと。

このシロピという場所には、ネオンサインがあるのかしら?

グーグルで調べたのだ。トルコに入ってすぐシロピというまあまあ大きな場所がある。町と言っていいかもしれない。人口は一〇万だというし。そこまで車を転がしてみてもいいかもしれない。カイロでは、行列から離れる危険を冒したくなくて、それをあきらめた。ヨルダンとイラクでは究極の荒れ地の中を道案内され、通り過ぎるのは難民のキャンプばかりだった。でもトルコに入ればもう、いちおうまともな国の中にいると言える。トルコには二度、休暇で行ったことがある。一度はアンタルヤに行き、もう一度は週末に休暇をくっつけてイスタンブールに行った。ああ、あそこには路面電車まであるのだ! 奇妙なことだが、西ヨーロッパの人間はいつもほとんど自動的に「路面電車まである」と、わざわざ「まで」つきで考えてしまう。もちろんトルコとドイツはともに何かの加盟国だ。EUではなくて、別の何か——ああ、国連のだ。一日ぐらいカイをひとりでほうっておいて、車をさっと拝借して、シロピとやらまで行ってくればいい。一〇万人も住んでいるのなら、その人たちだって買い物ぐらいはするはずだ。バーや店やブティックやレストランもあるだろう。そこでショッピングをするのだ。まるで明日などないかのように。イエーイ! ヤッホー!

ああ、どれほどそういうことに焦がれているか——。そして、いちばん忌々しいのは、ここでは「あと何日」と言えないことなのだ。あとどれだけの時間がかかるのか、だれもわかっていない。たぶん半年はかからないだろう。おそらく、それよりはかなり短いはずだ。でも、まだあまりに漠然としているので、数えることなどできない。ときどき彼女は、ドイツの連邦政府がこう言ってくれまいかと夢想する。「これにて終了。戻れ。あとはこちらが何とかしよう」ありえない話ではない。そうしたら、すべてがともかく終わりになる。そうなったら、自分はなにごともなかったような顔でさりげなく編集部に行く。編集部に足を踏み入れたら、まずジビレが、そしてゾーニャが首に抱きついてくるだろう。それはちょっとあれに似ていなくもない。若い母親になった社員が事務所を訪れ、赤ん坊のお披露目をするときだ。赤ん坊はだれのも、同じように見える。でももちろん、自分はそれよりもあたたかく迎えられる。そしてはるかに関心をもってもらえるはずだ。何と言っても自分には、語るべきことがあるのだから。そこへクソ副編がやってきて、こう言う。「おお、これはすごい人だかりだ。だれの誕生日かな？」そうしたらきっとジビレが言う。「見てくださいよ、だれが来ているか！」そうしたらクソ副編はさも感動したように、こう言うのだ。「フォン・ロエルさん。どうか信じてほしい。私はこういうことはあまり言わないのだが、あなたとふたたびこうして会えてとても嬉しい――あなたはわが社にかけがえのない貢献をしてくれた」たしかに彼はそういう言葉をあまり口にしない。前に一度だけそれを耳にしたのは、重鎮のビルギット・シェッツィング＝フランクが会社を辞めたときだ。彼女はその実、ちっとも重鎮などではなかったのだけど。ともかく副編にそう言われたら、アストリッドはこう答えるのだ。「副編集長。私は、こうした立場に置かれたすべての女性がするであろうことを、実行したにすぎませんわ」

あるいはもっとシンプルに「どうもありがとう。ともかくみんなでワインで乾杯しましょう！」でもいいかもしれない。

　そうしたらクソ副編はこう言う。「ワイン？　いやいや、こういうときには編集部がシャンパンを奢りましょう！」その場のみなが歓声をあげ、ゾーニャが言う。「ねえ、話してよ！」そこには、インド洋の島のありきたりな休暇から帰ってきただれかに言うような、儀礼的な響きはない。みながアストリッドの話を聞きたくてうずうずしている。ピーター・パンに出てくるウェンディの周りに、親からはぐれた少年たちが集まるように、社員たちはアストリッドの周りに集まる。アストリッドはシャンパンを一口飲み、話し始める。あちらではごくふつうに起きていたささやかなエピソードを。だが、ほどなくみんながぎょっとした顔をする。そのときアストリッドはようやく、ずいぶん前からルー・グラントがドアのところに立っていたらしいことに気づく。気分を害しているようだ。でも、無作法な真似をするわけにはいかない以上、どんなに不本意でも、やつはその場から離れることはできない。みながアストリッドの話に感心しているあいだずっと、グラントは歯噛みをしながらその場に立っている。だれもこちらに注意を向けないことに、彼は腹を立てている。歯ぎしりをした口の端から歯のかけらがこぼれ落ちるようすが目に浮かぶようだ。だが、アストリッドにはむろん、それを気にかけてやることはできない。なぜならちょうどそのとき、社長が部屋に入ってくるからだ。社長は「やあ、フォン・ロエルさん」と言い、「僕のことはハルトムートと呼んでくれ」と言い、「みんなで集まらなくてはならないな。君にやってほしい大きなプランがあるんだ」と言う。「大きなプラン」という言葉を聞いたルー・グラントの体が萎びて小さくなる。なぜなら社長はルー・グラントには、もちろんいかなるプランももちかけないからだ。やつにもちかけられるのはせいぜい……インプラントくらいだ。ハ！　そんなわけでルー・グラントは残念ながら、アストリッドがハルトムート社長に「本当にありがたいお話ですわ」と言うのを聞くことはできない。社長が「いやいや、こちらこそ！」と言い、アストリッドは「それがじつは……今年の終わりにはニューヨークの『ヴォーグ』に移る予定なんです。クリエイティブ・プレミアム・エグゼクティブ・ディレクター・アット・ラージとして」と言う。歓声があがる。ゾーニャとジビレは嬌声をあげ、わがことのように喜ぶ。彼女ら自身、いつかニューヨークで働くことを夢見ている。でも、あの二人に『ヴォーグ』はぜったいに無理だろう。

もちろんよ！

あるいはアストリッドが寛大にもルー・グラントのほうに少し顔を向け、人間はろくでもないふるまいばかりをする必要はないのだと示してやるのもいい。あるいは「名残惜しいわ」と言葉をかけてやるとか。最高ににこやかな笑顔を向け、「いつかあなたがニューヨークで働くようなことがあったら、一緒にコーヒーでも飲みましょうね」と言ってやるのだ。

はん！

だが、そうなるためにはとりあえずこの、この素材をもとになんとか記事を、こんなのは朝飯前であるかのように、作りあげなければならない。ゴミ同然の文章を発表してはばからない人間ならいざしらず、自分には、失ってはならない名前というものがある。アストリッド・フォン・ロエルという名前がある以上、単なるゴミ記事を出すことはできない。そしてそれこそが問題なのだ。ここで求められているような質の高いジャーナリズムは、世界中を探してもおいそれとは見つからない。そして自分はすべてを試みた。文字通りすべてを試みた。どうやればいいかはともかくもう身についているのだ。でもじきに気づいた。ここには人が足りない。自分のためのアシスタントが足りないというだけではない。そうではなく、登場人物が、有名人が足りないのだ。

「有名人がいないのなら、つくればいいんだよ！」

以前の編集長にそう言われたことがある。そして本当にあっというまに、有名肉屋や有名パン屋や有名美容師が生まれた。まるでテレビの世界のように。あの世界では、画面に頻繁に登場するだけでだれでも有名人になれる。だが、この場でそれを試みたらどうなるだろう。ここの人々は仕事もそれに類することも、何もない。彼らはただ、貧しいだけだ。アストリッドはナデシュ・ハッケンブッシュと一緒に、ずいぶんたくさんの難民のそばをやむなく通り過ぎてきた。難民たちがみな努力をしているのはたしかだったが、正直に言って、ぜひもう一度会いたいと思う相手にはただのひとりも出会わなかった。あるいは、写真におさめたいと思うような相手にも。最初の撮影のために集められたモデルたちでさえ、ロクなものではなかった。それどころか少なくとも二人は――断言したくはないが、きっと見込みちがいだったのだ――ともかく少なくとも二人はいつのまにか、尻軽女のような真似をしていた。それ自体を非難はせずとも、トラックの運転手に身をまかせたとあっては『イヴァンジェリーネ』の格式にそぐわない。

せめて相手が、サッカーのナショナルリーグの選手ならまだよかったのに！

残る唯一の駒は、ライオネルの仲間で大将《アドミラル》と呼ばれている男だ。だが、写真はせいぜい一枚で十分だし、話だって、書く価値のあるようなものはない。以前クリスマスのころ、必要に迫られて一度だけ彼についての記事を書いた。愉快な顔の背後にある痛ましい魂がどうとかという、馬鹿げた記事だ。彼の身に起こったことの中でいちばん痛ましいのは、子犬に関する出来事だった。そしてそのエピソードにすこしでも味をつけるために、アストリッドはそれこそ一語一語、しかるべき言葉を相手の口の中に置くようにして話を聞きださなければならなかった。

「あなたは子どものころ、きっと、子犬を飼っていたんじゃない？」

「へ？」

「犬よ。あなたが直接飼っていた犬でなくてもいいわ。近所の犬とか」

「近所の犬？」

「ワンワン、犬よ。いたでしょう？　今ではなくて、昔に？　あなたが小さかったとき、犬がいなかった？」

「犬？　それなら、もちろん、そこらじゅうにいた」

「そうよね。たくさん犬がいるわよね。でも昔、一匹の犬がいて、その犬が死んだりしなかった？　可愛そうな犬。それであなたはとても悲しくなった」

「よくわからない。犬の世話はあまりしたことない。犬はその辺を走り回っている。犬は死ぬ……」

このうすのろめ。いったいどうしたら、こんな頓馬をネタに良質なジャーナリズムなんてものを生み出せるだろうか。それでもこれはまだ、いちばん興味深いほうの話なのだ。でもそんなこと、だれも信じてはくれない。クソ副編もそうだった。

「フォン・ロエルさん。これはちょっとないよ。一〇万人もいるのだから、『イヴァンジェリーネ』の読者にもっとアピールする話があるはずだろう」

「どこからそんな考えが出てくるんですか？　言っておきますけど、ここの人たちは朝起きて、行列になって歩いて、また横になって寝るだけです。次の日も、その次の日も、そのまた次の日も同じです。まるで工場みたいです。その中で人々が、ただうろうろ歩いているだけ。天気以外には、何の変化もないんです。食べ物だって、毎日毎日同じだし！」

こうした議論ももちろん仕事の一部なのだ。本国の快適なオフィスで仕事をしている連中はこうした議論を通じて、アストリッドがここでやっているのがいかに困難な仕事か、そして、社内をうろうろしているだけの頭でっかちではなく、この私がその仕事を引き受けたことが社にとっていかに幸運かを、思い知るはずだ。

ああ、街灯の光が恋しい！

トラックのサーチライトなどではなく、ふつうの人々が享受しているような、上から降ってくる光だ。それから、信号も！

アストリッド・フォン・ロエルは時計を見る。あと二〇分、あるいはどんなに長くても三〇分以内に何かアイデアを考え出さなければならない。翌日に動画にもできる最善のアイデアを考えなくては。以前はまだ楽だった。ナデシュと一緒にいると、ネタが浮かんできた。あのころはまだ二人で一緒によく座っていたからだ。どうしてかナデシュは、こうしたすべてにうんざりしているようにはまるで見えない。きっとまた本を書く大きな契約でも獲得しようとしているのだろう。アストリッドがナデシュと一緒に、まるで友人同士のように時間を過ごしたのは、一週間以上前のことだ。そのとき何が話題になったか、もう思い出せない。たぶん、ニコライ・フォン・クラーケンのこと、そして彼の強欲についてなどだ。悶着はまだ続いているのだが、でも問題は、一週間のあいだにそのときの話は一言一句すべて書いてしまったことだ。あのクソブログが、文字通りすべてのネタを吸いだしてしまった。キールがシンナー遊びをしたという話は書くことができない。書かないと約束したのだ。そしてあの、難民のモードというプロジェクトも実現はむずかしい。みんなはあからさまにノーとは言わないだろうし、興味を持っているふりくらいはしてくれるだろう。でも、読者がどんな人々かを彼らは知っている。難民のような恰好をしたいという人はいない。少なくとも、難民そのものに見えるような恰好をしたい人はいないだろう。それに難民たちだってひとたびドイツに入れば、すぐに何かまともな服を購入するだろうし。

アストリッド・フォン゠ロエルは目を閉じ、ナデシュ・ハッケンブッシュがかつて言ったすべてを思い出そうとする。心を集中させ、ナデシュの姿を思い浮かべる。ピンク色のボロ車の座席に座っているナデシュ。砂漠用のサングラスを押し上げるナデシュ。片手で車のハンドルを叩き、もう片方の手で髪にふれているナデシュ。

何かが頭にひらめく。

第40章

マライカは、ライオネルがこんなに怒っているのを見たことがなかった。記憶をどれだけたどっても、そんな光景は一度も見た覚えがない。もともと彼は、あまり怒らないたちなのだ。たしかに状況は、彼にとってもほかのみんなにとっても厳しい。それにしたって、もう少し多くのことに満足してもいいはずなのに。最初の数か月間、彼はマライカと一緒にピンク・ゼブラのピックアップトラックにいられるだけで、喜んでいるように見えた。そう、喜んでいいはずなのだ。難民キャンプに比べれば、どのみちましなはずだから。それに、テレビがらみで仕事を得ることもできた。局からは『苦界に天使』の協力者として、今も給与を得ている。その件ではマライカが少しばかり力を貸した。ともかく今はキャラバン全体をライオネルが仕切っており、局が最初に渡していたような少しの金ではこの先ずっと彼を丸め込めないのはどこかの時点であきらかになった。今ももちろん、それほど多額を支払っているわけではない。もっと気前よく金を払うようにマライカから局に言いはしたのだけれど。ひと月に五〇〇〇ユーロだなんて、冗談ではない。税金だって、少なくとも当面はかかっていないのに。

ライオネルの怒りを理解できないわけではない。あのエヒラーという男が立ち寄ったとき、ライオネルはもっと大きなものを期待していたのだ。連中は数週間も前からライオネルに、アポを申し込んでいた。目的は明かされなかった。ただここに立ち寄るだけですね、と二人は答えた。だがエヒラーは要求した。三人だけで、完全に内密に、カメラは入れずに話をしたいのだと。そこで二人は場所を探さなければならなくなった。エヒラーの側からも何か提案があったが、ライオネルは即座に動揺をあらわにした。「やつらは君を誘拐するよ。君を連れ去って、二度と戻ってこられなくする」ライオネルがいつまでも不安がるのをナデシュは最初、相手にしなかった。今のドイツはドイツ連邦共和国であって、ナチの時代のドイツとはちがうのだから。だが、どんな人と話してもライオネルの言うことはそれほど馬鹿げていないと言われるので、だんだんナデシュ自身もライオネルの意見をそこまで不適当とは思えなくなった。二人は散々探した末に会談の場所を決め、エヒラーには直前にそれを伝えた。そして二人は車でその場所に向かった。

どことも知れない埃っぽい場所に立つ、半分壊れかけたような小屋。いったい何のためにどこかのだれかがここにそれを建てたのかという質問は、そいつがなぜこの小屋をせめてきちんと建てなかったのかという質問と同じほど、答えるのが難しい。だがそもそもドイツふうに家を建てる人など、ここにはいないのだ。ここでの《家》は、だれかが中に住んでいればまだ形を保っているが、中が空っぽになれば乾ききったケーキのようにぼろぼろに崩れてしまう。この小屋はひとつの壁がまだかろうじて残っており、その陰に二人は腰を下ろす。敷物をそこに広げたのはナデシュのこだわりだ。そうすることで、すこしでも居心地よく、すこしでもオフィシャルに見せようという目論見だ。二人はそこに腰を下ろし、待った。

「まあ見ていてご覧なさい。ここに来る人間が、あなたたちをみなドイツに連れていってくれるかもしれないわ」

「ドイツはグッドな国だよ。でも、そりほどグッドじゃない」ライオネルのドイツ語は日々上達しているが、まだどこか可愛らしいままだ。もうドイツ語で話しかけられても、ほぼすべて理解できる。だがドイツ語とよく似た言葉が英語にあると、ついそれを口にせずにはいられないようだ。まるで彼の頭の中のある場所が、すでに英語で占められているかのように。

「じゃあ、やつらは何を望んでいると思う?」

「そりは、わかるよ。じきに」

地平線に土埃があらわれる。ライオネルは立ち上がり、車のところに歩いていく。キーをイグニッションに差し込み、エンジンを始動させる。こうしておけばいざというとき、すぐにその場から逃げることができる。だが、地平線にあらわれたのはたった一台の、デコボコのある白いトヨタのピックアップトラックだった。双眼鏡で見るかぎり、荷台にはだれも乗っていない。車の中に座っているのは二人。車はかなり離れた場所で停まり、ひとりの男が外に出てくる。彼は運転手に何かを言い、ドアをバタンと閉める。ピックアップトラックはゆっくりと、どこかに去っていった。車から降りてきた男はポロシャツを着て、ベージュ色のカーゴパンツをはいている。足にはハイキング用のブーツ。上手に隠していないかぎり、武器はもっていないようだ。サングラスをかけている。彼は小走りにライオネルとナデシュのほうに近づく。そして手を振る。

ライオネルはふたたびエンジンを切ったが、鍵はそのままにした。車のまわりをぐるっと回り、手を振り返す。それからナデシュの隣に立って、客が近づいてくるのを待った。客はサングラスを外し、まずナデシュに力強い手を差し出す。

「こんにちは、お越しいただき感謝します。私はエヒラーと言います」

二人は日陰に座り、エヒラーに水をすすめた。だが、エヒラーはズボンのポケットから自分用の水のボトルを取り出した。

「政府筋の方ですか？」ナデシュは好奇心からつい、婉曲抜きでその質問を口にした。

「だれが私をここによこしたかは、もちろん、申し上げられません」エヒラーは礼儀正しく言った。

「ですが私は、広範にわたる権限をもっています。そして、その権限にもとづいて……」

「ケンゲン、それはどういう意味ですか？」ライオネルが言った。

「おお、わかりました。それはつまり、私はあなたがたを相手に非常に多くのものごとを交渉できるという意味です……わかりますか？　そして私があなたがたに何を話すかを考えれば、私をここに送った可能性のある人間の候補は、かなり絞られるはずですよ」

「連邦政府があなたをここによこしたのですか？」

エヒラーはすまなそうに両手を広げてみせた。顔の表情はまったく変わらない。ほんのわずかな表情の変化すら、気のせいかと思わせるほどに。

「オーケー。そりで、何を話したいのですか？」ライオネルが言った。

「いきなり本題ですか――あなたはドイツに来ても、うまくやっていけるでしょうな」

このときはまだ、話は良いほうに進んでいたのだ。ナデシュは顔を輝かせて言った。「私が彼にドイツ語を教えたんです」

「でも、いったい何について、あなたは話したいのだすか？」

「それはともかく、まずはお祝いを言わなくては。あなたがたは驚くべき成果を成し遂げた。まったく驚くべきことです。率直に申し上げて、非常に深い感銘を受けました」

「予想外だった。そうでしょう？」ナデシュはからかうように言った。

「あなたがたにはテレビがついている。そして、テレビを使って比類なきものを届けているのは、自身がご存じでしょう。番組としてだけでなく、あなたがたの成果そのものが比類ないという意味です。ですがわれわれはいっぽうで、いささかの懸念を抱いてもいます」

このときはまだライオネルは、笑っていた。とってつけたような笑顔なんかではなく、ちゃんと笑っていた。まだ会話の雰囲気が、悪くはなかったからだろう。

「ケネンを抱いている？　そんなの、する必要ないです。僕たちはちゃんと、ゼンシンしている」

「ええ。ですが、これからゲームは新たな局面に差しかかるのですよ」

「そのとうりです。この先は、今よりシンプルアーになる」

このとき、エヒラーは明らかに心配そうな表情を浮かべ、身を乗り出してきた。「正直に言いましょう。われわれはみな、あなたがたの行っているような企てについて、とても経験が少ないのです。あなたがたは、自分たちに与えられた可能性を創造的に活用してきた。これについて私は異を唱えるつもりはありません。私たちのだれひとり、あなたがたがヨルダンまで来られるとは思っていなかった。そしてシリアどころか、イラクにまで来るとは考えていなかった。だが、それでもこれらの国はまだ、きわめて御しやすかったはずだ。エジプト、ヨルダン、イラク。これらの国々はどれも、カネさえあればどうにでもなる、カオスの国だ」

「カネさえあれば、どうにでもなる」

「だが、この先あなたがたは文明の中に入っていく。次の国はトルコだ。そしてそこから先にあるのは、きちんとした構造をもつ国家ばかりだ。あなたがたも、トルコの大統領に《油をさす》ことはさすがにできないはずだ。トルコには紛争の起きている地域もあり、厳しい監視の目がある。そこらじゅうに軍隊がうようよしている。警備兵の手に一〇〇ユーロ紙幣を一枚押しつければ話がすむようなことは、まるでない。やつらは戦車をもっているのです」

「そりならば、二〇〇ユーロを押しつければいい」ライオネルが悠然と言った。「僕らは、どこに行くかわかっている。何をするかわかっている。いつも、不安をもって暮らしている。トルコは、僕らをさらに不安にさせない。べつの不安だけ」

「不安はじっさい、少なくなるくらいです」ナデシュが言った。ライオネルの立場を今一度強調し、有利なものにするためだ。「人々があのゴムボートにどれだけの不安を抱いていたか、あなたがたが知っていたら！　それに比べたら今の不安など物の数ではありません」

「紅海の映像からは、そうした不安は感じとれませんでしたな」エヒラーが言った。

「スイミングプールのように静かな海を、一五キロメートル渡るだけでしたから」ナデシュは言った。

「進行は最初から最後まできちんとコントロールできました。そして、私たちがお金を払った人々は、はっきり理解していました。ひとりでも難民がおぼれ死ねば、だれもボートに乗ろうとはしなくなる。そうしたら商売も終わりだと。必死に注意を払うさまはまるで、品質保証マークがついた運航業者のようでした。みんなにスエズ運河の下を通り抜けさせるほうが、もっとたいへんでしたが」

「それはそうだが、トルコはまったく勝手がちがう。あなたもそれはわかっているはずでしょう」

「そりで、ここにきたですか？　もうすぐトルコだと、僕たちに言うために？」

エヒラーはふたたび後ろに寄りかかった。「もしかしたら、私の言い方がまずかったのかもしれません。結局のところ、あなたがたの状況をもっともよく評価できているのは、あなたがた自身だ。何が自分たちの強みなのかも、あなたがたは自分でよく理解している。私にはできない。私にはただ、次のように想像できるだけです。状況は厳しくなっている。この先もっと厳しくなる可能性もある。そして私はあなたがたに――あなたがた二人に！――今この瞬間、あなたがたが孤立無援でないことを保証したい。あなたがたが望めば、あなたたちに助けの手を差し伸べる力をもつ人間は存在します。つまり……オルタナティブが存在するということです」

エヒラーは二人を見た。どちらも何も言わなかったので、エヒラーは、自分の言い方が十分に明確ではなかったのだと思った。「私は」彼は言い直した。「あなたがた二人に知らせたいのです。オルタナティブがあるということを」

これでもまだ、あまりはっきりした提示ではなかった。基本的には先ほどの話と同じだ。そしてナデシュが、さっきとの差がわからないのは自分が未熟なせいなのか、あるいは何かのトリックが隠れているのかと考えているうちに、ライオネルが質問した。

「どういう、イミ、ですか？」

「あなたがたが、人々をドイツまで連れていくの？」ナデシュが言った。

「ハッケンブッシュさん」エヒラーが苛立ちを隠せないようすで言った。まるでそれが、きわめて馬鹿げた質問であるかのように。「どうしてそんなことができると？　二〇万の人間を連れていくなど、とても……」

「三〇万です」

「……では三〇万でもかまいません。それだけの人間をドイツに連れていくなど、法律的にもまったく不可能です。できるわけがない」

「ではどういうおつもりなの？」ナデシュの声は少しばかり甲高くなっていたのかもしれない。エヒラーは、手でなだめるようなしぐさをしながらこう続けた。「落ち着いて議論をしましょう。気に入らないのなら、同意をする必要はありません。そしてあなたがたに腹を割って申し上げておきますが、私は決して施しのようなものを申し出ているのではありません。私が今ここで提示する事案にはむろん、一定の協力が必要なのです。それを隠すつもりはいっさいありません。私をここに送り込んだ人間が何を思い描いているか、話をさせていただいてもいいでしょうか？」

「そりは、どういうことですか？」

「先ほども申し上げたように、われわれの視点からすると、あなたがたはここで残念ながら、袋小路に入り込んでしまいそうに見えます。あなたがたにもそれはわかるでしょう。そして、それを防ぐことはあなたがたにはできない。だが私をここによこした人物は、あなたがたがどれだけの熱意と熱狂をもってヨーロッパを、そしてドイツをめざしてきたかもよく知っています。そしてあなたがたがドイツに来るためにどんな準備をしてきたかも、つぶさに見てきました。たとえば、あなたは言葉を学んできた。そしてイニシアティブや決断力、豊かな着想や忍耐力を発揮してきた。それらは――ハッケンブッシュさん、あなたもよくおわかりになるだろうと思いますが――われわれがドイツにおいて必要とするだろう資質なのです。私はここでわざわざ月並みな言葉を口にしたくはありません。しかし、もしも仮にドイツ的な資質というものが存在するのだとしたら、それはまさに、ライオネルさん、あなたがここで日々証明している資質にほかならない。あなたがたがここで行っているのは、ドイツに対する信じがたいほど情熱的な賛成表明にほかならないのです。その潜在性にかんがみれば――そしてもちろん人間的な影響力も考慮すれば――あなたがたがおそらく期待していた以上に、われわれがあなたに歩み寄るのは可能なのです」

エヒラーは言葉を切って、さらに続けた。「しばらく時間がたてば、わかりますよ」

「それであなたは、人々をドイツに連れていかないの、いくの？」ナデシュが言った。

「わかりません。なにを、いっているのですか？」ライオネルが言った。

「それは難しいです。なぜなら、私がここであなたがたに申し上げているのはすべて、公式なことではないからです。だれかが私に質問をしても、私は何も知らないとしか言えない。もしマスコミが少しでもこのことを嗅ぎつけたら、取引はお流れになります」

「何の取引？」ナデシュが言った。

「なんの、とりひき？」ライオネルが言った。

「私は――一定の条件が満たされれば――可能にすることができます。つまり、あなたが、ライオネルさんが、ドイツ連邦共和国に来ることを可能にできるのです」

「来る？」

「永続的にです。つまり、あなたに市民権を与えるということです。一定の条件下で」

「どうやって？　いつ？　すぐに？」

「言質をとろうとするのは、お願いですからやめてください。ですが何週間後とか何か月後とかいう話ではありません。来週の終わりまでにはおそらく――。お役所仕事ではありえないことです。ハッケンブッシュさんがあなたにきっと教えてくれますよ。ドイツのような法治国家において、これがいかに特別な機会であるかということを」

「それで、ほかの人々は？」

エヒラーは残念そうにため息をついた。「すでに申し上げたように、三〇万の人間をドイツまで連れてくることは、だれにもできません。不可能です。ですが今回のケースでは、事態の特別な厳しさと、あなたの仕事と業績があなたひとりの手で成し遂げられたわけではないことをかんがみて、今回のケースに限って言えば、あなたの協力者三〇名に対しても同様のオファーを出すと確約しましょう」

「どの三〇人ですか？」

「それはあなたがたが自由に選んでください。もちろんセキュリティサービスのチェックを通らなければなりませんが、それだけです。あなたは自分で選んだ三〇人の協力者を、ドイツ人にすることができるのです」

このときにもライオネルは、かっとなったりしなかった。むしろその逆で、ナデシュは一瞬、ライオネルの落ち着きぶりに心から感動したものだ。

「そり、かいて、くれませんか？　紙に」

「あなたたちが同意してくれれば、そうしましょう。先ほど申し上げたように、私がここに来ていることを知っているのは、ひとりか二人の人間だけです。あなたたちに同意をもらえなければ、この会談は存在しなかったことになります。ですが、もし同意していただければ、二四時間以内に証明書をお持ちしましょう」

「だれが書いたものを？」

「上層部です。だれとは申し上げられませんが、でもその書類があれば、あなたがたにも安心していただけるでしょう。ドイツ連邦軍のヘリコプターがあなたがたを迎えに来て、空路でお送りします。断言しましょう。われわれはあなたがたの状況を理解している。あなたがたが保証を必要としていることも理解している。そしてあなたがたは、その保証を手に入れることになる」

「われわれが、きょうりょくすれば？」

「ああ。でもそれは通常の枠内のことです。あなたがたに何か大きなことをしてもらう必要はありません」

「そりでは、なにをする？」

「特別なことではありません。われわれが前提としているのは、ハッケンブッシュさんとあなたがもちろん一緒にドイツに向かうこと。そして、テレビカメラが現地にとどまる必要がなくなることです。これはともかく不可欠な条件ですが、それほどたいしたことではないでしょう。あなたがたがメディアに対してそれをどう示すかは知りませんが、われわれから見ればストーリーはもう結着したようなものだ。お話は終わり、ということです」

「なぜ、あなたは、そんなことを？」

「このプロジェクトをつぶしたいと思っているからよ」ナデシュ・ハッケンブッシュが言った。

「いやいや、それは誤解ですよ。あなたの目にはそのように見えるかもしれない。ですが、私に仕事を依頼した人間はあなたがたがここでどのように決断しようとも、キャラバンはいずれ失敗するだろうと考えています。いや、私の理解するかぎり、たしかにそこにはいささかの利己心がからんでいるかもしれない。われわれは、あなたの潜在性を認めている。そしてその潜在性が——ありていに言えば——一種の自殺的行為の中に消えてしまうことを惜しく思っているのです」

「そしてあなたがたは、彼の……潜在性の中にどんな興味をもっているの？」

「単に市民権を与えようというだけの話ではありません。この、ライオネルさんの特別な、そしてすでに証明済みの能力ゆえ、彼を雇いたいということです。基本的には、これは仕事のオファーです。あなたは複数の言語を身につけているし、すばらしいオーガナイザーでもある。ライオネルさん、あなたにはまちがいなく一〇〇パーセントの統率力がある。私の見るかぎり、今回の件は決して慈悲の行為ではありません。われわれはあなたをいわばスカウトに来たのです。ドイツの難民救済のために、われわれはあなたを必要としている。事業を率いる人材として」

「じぎょうをひきいる？」ライオネルが聞き返した。

「ええ、私はそう理解しております」

続いて起きた出来事を、ナデシュは自分ならとてもやってのけられないと思った。ライオネルは笑い出したのだ。ライオネルは皮肉をひとかけらも気づかせない笑顔でエヒラーのほうに向きなおり、顔を輝かせてこう言ったのだ。「一〇〇人、いっしょにひつよう」

「何ですって？」

「いっしょに働く人が、一〇〇人、ひつようです」

そしてライオネルは、エヒラーが必死に言い逃れをするさまを見物していた。まずエヒラーは、それはまったく難しいだろうと言い、五〇人ではどうかと言い、さらに七〇人ではどうかと言った。それはまるで、お金ではなく人間で何かのオークションをしているかのようだった。あまりにも信じがたく、耐えがたい光景だった。ライオネルはその間ずっとさらに交渉を続け、恥知らずな国家と恥知らずな人買いの化けの皮をむしり取り、あさましい素顔をむき出しにしようとした。やつが自分から、嘘で固められた正体をあらわにしていくさまは見もので、その場にカメラがいないのが、つくづく残念だった。ライオネルの悠然としたようすに、ナデシュは見惚れた。自分にはとても、あんなことはできない。でも、怒りに震えながらライオネルを見つめているのはとても消耗する。だからナデシュは、茶番を終わりにさせた。

ナデシュはぱっと立ち上がり、エヒラーに言った。お話になりませんわ。このライオネルは、あなたが考えているような人間ではありません。彼はあなたとちがって、心と良心をもちあわせたまっとうな人間ですから。たとえどんな条件を提示されても、自分を信頼してきた人々を見捨てたりはしないでしょう。そして、私たちも同じです。この私とテレビのカメラが、人々がドイツへの道を見出すより先に彼らのそばから離れることも、また同じほどありえないでしょう。その安っぽくてショボくさい買収方法はどこか別のところに使ってくださいな。なぜならそれは、安っぽくてショボくさい買収方法にすぎないからです。ドイツのパスポートと怪しげな小銭と、うさんくさいビジネスリーダーの座で三〇人だか一〇〇人だかの人間を買収しようとするなんて——。

もちろんナデシュはライオネルの目を見た。自分はあの瞬間、ライオネルの目論見を台無しにしてしまった。ライオネルはクールにふるまいたがっていた。あのいかがわしいエヒラーの愚かとしか言いようのない申し出を、エレガントに放棄するつもりだったのだ。きっと大物政治家がよくやるように、仲間の数を冷酷に一〇〇〇人まで引き上げ、そうしたうえでエヒラーの申し出を笑顔で拒絶し、相手に惨めな気持ちを骨の髄まで味わわせ、視野の狭い俗物の小さな脳みそでも教訓をしっかりと理解できるようにしてやりたかったのだろう。だが、ときには、そうした教育的配慮に割く時間や機会がないこともある。そして二人はともかく、自分たちの立場をはっきりさせた。エヒラーが尻尾を巻いて逃げ帰ったとき、ライオネルはひどく怒っていたけれど――。一瞬、彼は怒りのあまり泣いているように見えた。ライオネルがナデシュのことを追い払いまでしたのは、きっと涙を恥じたからだ。そうして涙を流すからこそ、自分はライオネルが愛おしかったのだが。

でも、なんだかとても奇妙な気がする。ライオネルのことをそこまでわかっていなければ、自分はこう信じてしまったかもしれない。ライオネルが怒っている対象は、この私なのかもしれないと――。

第41章

　ロイベルがどう頑張っても、その男の顔は見えない。背広のベストのボタンはすでに外してある。顔の見えないその男がじきに、そこにマイクをさしこむはずだ。そうしたらベストの前をふたたび閉め、蓄電池につながるコードをその下に隠す。蓄電池は、いちばん邪魔でないところにしまう。たとえばブレザーの内ポケットとか。

「蓄電池は、いちばん邪魔でないところに入れてください」顔なし男が言う。「たとえばブレザーの内ポケットとか」

　小さなマイクがベストの折り返しに留めつけられているあいだ、ロイベルは男の顔を見定めようとする。これは礼儀の問題だと、ロイベルは考えている。あちこちに足を運び、たくさんのメディアに顔を出せば、ひとりひとりの顔を覚えることはたしかに難しい。だが、それでもロイベルは努力した。マイク担当の男性が名もなきマイク担当であることを、ロイベルは是としなかった。マイク担当だけに限らない。ホテルに泊まれば二日後にはだいたい部屋係の顔は覚えるし、朝食のとき部屋番号をたずねたり

「コーヒーと紅茶のどちらが良いか」とたずねたりする従業員の顔も覚えてしまう。ジャーナリストの顔はもちろん知っているし、カメラマンも、小さな地方紙に所属するものまで広くよく知っている。だが、テレビで働く人間についてはなかなかうまくいかない。

マイク担当の男が何か言う。これまで一〇〇回くらい聞いたが、いつもすぐに忘れてしまう注意事項だ。テレビスタジオを懐かしく思うことはこの先ないだろう。ロイベルにははっきりわかっている。今日は、別れの始まりなのだ。今日という日は。

自分はどれくらい長いあいだ政治をやってきたのだろう？　五一年？　五三年？　どこを起点にするかで答えは変わる。だが、はっきりしているのは、最初は政治への積極的な関心はまったくなかったことだ。最初は嫌悪からだった。学生運動と名乗る、それでいて学生でない人間を次々に吸い込む何かへの嫌悪であり反感だ。友人も訓練生も職人も、チェスのクラブも、そしてサッカー協会までもがそこに引き寄せられていった。当時のことを思い出すと、今も怒りがわいてくる。自分の青春はあの六八年世代によって奪われたようなものだ。

もうひとつ覚えているのは、そうした流行の勝利に自分が唖然としていたことだ。あれは、ろくでもない流行でしかなかった。それははっきり言っておかなくてはならない。だが流行のかげには秘密があった。人々は、自分を内実よりも立派に見せようとして運動に加わっていた。そして、単に親の世代とちがうことがしたいという願望ゆえではなく、もっとはるかに重要な権限ゆえ、そう行動しているように見せかけていた。ロイベルは深く息をする。

「どこか具合が悪いところはありますか？」顔なし男が聞いてくる。

ロイベルはいくつかの動作を試す。マイクのコードはきつくもないし、邪魔でもない。ロイベルは男のほうを見る。万事問題ないことを二人は確認し、別れる。男の顔をしっかり見定める時間はなかった。ロイベルは楽屋に戻り、出番を待つ。

机の上に数冊の雑誌が置いてある。例の『イヴァンジェリーネ』もある。ウッシー・グラスが短い自分史を書いている。ウッシー・グラス。あの当時、完全に頭がいかれることのなかった数少ない人間のひとりだ。当時の圧力はすごかった。今の人間にはとても想像できまい。人々はみな、こんなふうに思っているのだ。当時のあれは兵士の銃口にチューリップをさしこむ無害な人々だった。そして、それのどこが誤りだったのか？　銃口から飛び出してくるものとして、花以上にすばらしいものなどないだろうに。

だが、当時の彼らは——その大半は——夢想家などではなく、世直し屋でもなかった。単にちょうどあの時代に生きどころを見つけた、神経にさわるお喋り軍団にすぎなかった。連中は独善的なやりかたで庶民を俗物と見下し、己を輝かしい革命家としてもちあげた。それからあの《行動の専制》がやってきた。「アカデミックガウンの下には一〇〇〇年のカビ」と謳った彼らは結局そのカビを、自分たち独自のカビ——果てしない議論や、不気味な髪型や、決まり文句の羅列——に置き換えただけだった。彼らはあるものごとには言及しないように注意を払ういっぽうで、できるかぎり頻繁に「生産関係」「批判」「反革命家」などを口にしなければならなかった。この不毛な教条主義が機能していた唯一の理由は、その当時ピルが開発され、エセ革命家たちが人気の女の子を確保できるようになったことだった。そんなわけで目端のきく青年はみな、遅かれ早かれ運動に加わった。さして人気のない女の子もそこに加わり、さして利発でない青年も加わった。それはきわめて露骨だったが、だれも目くじらを立てなかった。だが、ロイベルはちがった。ロイベルは、エリザベート・フェルチュのそばにいたいがために、プロレタリアートについての文章や全生産力の同権的集結についての文章を暗唱するのはごめんだった。エリザベートと一緒にルディ・ドゥチュケを礼賛する気もなかった。

そうしてロイベルはCSUに入党した。

エリザベートとはそれきりだった。そしてその後は？　三年後にエリザベートは地方から出てきた娘らの例にもれず、子どもを妊娠した。唯一のちがいは、父親になった革命家が一銭も養育費を払おうとしなかったことだ。エリザベートは了承し、それを解放と受けとめさえした。ロイベルは雑誌を手に取り、ぼんやりしながらページをめくる。このうえなく純粋な時間旅行だ。

ノックの音がする。ドアが開き、若い女性の顔があらわれた。彼女は言った。「あと一〇分です。大臣」

表面的にはあるものごとを行いながら、同時に別のことを運ぶ。フランツ・ヨーゼフ・シュトラウスは、それができる政治家だった。いささか時間がかかったがそれを理解して以後、ロイベルはシュトラウスに投票するだけでなく、賛美するようになった。シュトラウスはきっと国の良き長になれたはずだ。シュミットももちろん悪くはなかったが、シュトラウスにもおそらくそれはできた。これほどすぐれた候補者が二人もいたとは、なんともすばらしい選挙があったものだ。昔の政治は今よりもっと楽しみがあった。それはロイベルが今日、政界を去る一歩を踏み出す理由のひとつでもある。

「どうぞ、ロイベルさん？」

先ほどのアシスタントが戸口に立っている。ここの女性たちは少なくともだれも、そろいの黒いベストを着ていない。それでもロイベルはもう、髪の色でしか女性スタッフをめったに覚えておけない。ロイベルは考える。今からファーストネームで呼びかけるのは、なれなれしいだろうか。孫娘のビンヒェンならスマートフォンで写真でも撮っているだろうが、それは若者だけに許された特権だ。年寄りがやればもうろく爺に見られる。ロイベルは立ち上がり、アシスタントの後に続く。

「ここには詳しいですか？」

ロイベルはうなずく。「クロービンガーには以前二度出演しました」それでも説明が来ることを彼は知っている。

「ええ。ですが念のために、そして制作部長が新しくなりましたので、ご説明します。まず、舞台でちょっと座ってみてください。照明をぴったりに調節します。もうひとり別の者に照明を任せることも可能ではあるのですが、さきほども申しましたように制作部長が替わりまして、彼は照明係を二人にするのを良しとしないので」

「この世界には、信仰の問題があふれていますからね」ロイベルは鷹揚に言い、もう一度アシスタントに目をやる。髪の色は茶色だった。賭けてもいいが、もとは黒か濃い赤毛だったはずだ。

アシスタントがロイベルをスタジオの席に案内する。行く途中でロイベルはカメラマンや照明係やその他の職員と握手をする。それは親しみからでもあったが、習慣からでもあった。カメラマンとて有権者だ。番組のホストのロベルト・クロービンガーはまだ来ていない。ロイベルは椅子に腰を下ろし、座ったままあたりを見回す。そして番組の引力に身をゆだねるように、体を椅子に沈ませる。以前はもっと緊張した。だが考えてみれば、自分が最初にテレビの番組に出たころ、あるいは最初にテレビの取材を受けたころ、テレビには三つしかチャンネルが存在しなかったのだ。あのころテレビに出るということは、国際試合に出る選手のようにたくさんの視聴者の前に立つことを意味していた。今日《こんにち》ではおおかたの失敗は――ユーチューブがあるにもかかわらず――すぐに忘れ去られると、ロイベルは知っている。

クロービンガーがあらわれ、ロイベルと握手を交わす。スタジオのスピーカーから短いアナウンスが流れる。ロイベルは立ち上がり、舞台装置のほうに向かう。そして二枚のプレスボードの壁にはさまれるようにして、まるで家具製作所に来たお客のような体勢で出番を待つ。先に舞台の席についたクロービンガーの前にアシスタントのひとりが歩いていき、自分の耳のイヤホンに手をあて、片方の手を上に伸ばし、指でカウントダウンを始める。五、四、三、二、一。最後に残った指でアシスタントはクロービンガーを指さし、なめらかな動作でふっと下に屈み、まるでマジシャンのように姿を消す。

クロービンガーが聴衆に挨拶をし、短い導入ビデオが始まる。ナデシュ・ハッケンブッシュとライオネルが画面にあらわれ、彼らが数十万人の行列を率いるようすが映し出される。一万人からなるクセノフォンの行列や毛沢東の長征や、ガンジーの塩の行進やムッソリーニのローマ進軍や、その他多くの歴史的行進を思わせる簡素でいて多様な輝きをもつ光景だ。何も新しいことなどない、基本的には昔から繰り返されてきたのと同じ愚行だと、ロイベルは思う。

旅が始まった当時の困難が映し出され、砂漠を、そしてスエズ運河の下を歩く人々のようすが示される。ゴテゴテ脚色されていないのが、まだ救いと言うべきだ。これが民放のＲＴＬ局だったらきっと、なにもしなくても十分強烈なこれらの映像に、ほろ苦い音楽を組み合わせていただろう。画面には次に、ドイツで週を追うごとに拡大しつつあるデモのようすが映される。さらに昨今の選挙結果と世論調査の結果が映し出される。社会不安と、そこから利益を得ている者が示される。

導入ビデオが終わる。クロービンガーが今日のゲストに歓迎の意を述べ、ロイベルは自分の席へと、いつも通りのかくしゃくとした足どりで歩いていく。これまで無数のニュース番組のために、《ヤコブの巡礼路》を踏破できるほどあちこちを歩き、その姿を撮られてきた。議事堂の廊下を歩くロイベル。

階段を下りるロイベル。カメラのほうを見るのではなく、リラックスしてカメラの前を通り過ぎる。これはいつも同じだ。

「……ヨーゼフ・ロイベル内務大臣。ＣＳＵ所属。今日はお越しいただき感謝します。先ほどの映像をあなたもご覧になられたでしょう。ご自身はこれまでたびたび、この難民の行列は行く先々で困難に遭遇するだろうと強調してきました。その彼らがここまでやってきたことに、今、いかほど驚きを感じておられますか？」

ロイベルは首を横に振る。「それほどではありません。驚きなのはむしろ、だれももっと早くこのことに思い至らなかった点です。もうすでに、これは時間の問題です。彼らは命がけだ。あの危険な海をさえ命を賭けて渡ろうとしていた人々だ。たとえ危険でも、こうして進んでこないわけがないでしょう」

クロービンガーが驚いた顔でロイベルを見る。ロイベルはその瞬間を楽しむ。ロイベルはうんざりするほど長いあいだ、決まりきった文言ばかりをマイクに向かって語ってきた。今これから何が起こるかはわかっている。突っ込みどころがおおありの誘惑的な発言をしたのだ。クロービンガーは今、準備してきた質問のカタログをすべて無視**しなければならない**はずだ。ロイベルが見る前で、クロービンガーが小さなカードを無造作に繰る。そして従順に次の質問を口にする。まるでロイベルがそれをクロービンガーのために書きとめていたかのように。

「それでは、なぜドイツはもっとよく準備をしてこなかったのでしょう？　あなたがたはそれに失敗したのですか？」

「私の思うに、あなたは私と同じほど、この件の責任の所在を理解しているはずです。有権者はこれ以上難民を見たいと思っていなかった。そのために政治家たちは、一種の目隠し用スクリーンを築いた。われわれはアフリカの中に境界を固く定め、難民をせきとめた。だが、流出口をいっさいつくらずに何かをせきとめておけば、いずれ何が起こるかはだれもが知るところです。ダムの水はあふれ出す。あるいはダムが壊れるのです」

「この場合に水のたとえが適切なのかどうか、私にはわかりませんが……」

「それはあなたのお好きなように、名づけていただいてかまいません」

「……ですが、あなたの比喩をそのまま用いるとすると、あなたの言うダムは何の役にも立たないことになる」

「批判するのは簡単です。だが、われわれがあそこで何をしてきたかは、みなが知っていることです。われわれはモロッコ、エジプト、トルコ、そしてチュニジアと協定を結びました。これらの国々はまだいちばん安定しているほうだが、それでもあなたはあれらの国で中古車を買おうとは思わないでしょう。それは私も、そして有権者も同じだ。そしてもし仮に、現在の価格では斡旋業者にカネを払えないが、二〇一五年の料金でなら払えるという難民を数百万人集めたらと考えてください。それらのカネがぜんぶ集まれば人々が徒歩で――巧妙にやれば――どこでも行けるだけの額になるのです」

「しかし、協定が……」

「一〇人か五〇人、あるいは一〇〇〇人程度なら、それらの国が引き留められるかもしれません。しかし、二五万人を引き留めることはまったくできない。とりわけ人々のそばにテレビカメラがついているのなら。そして人々がそれらの国々に、『自分はここに滞在するつもりはない』と確約したらどうなるでしょう？　その結果起こるべきことが今、現実に起きているのです。軍隊は人々を引きとめるのではなく、送り出している。軍隊がせいぜい注意を払うのは、人々が何かろくでもないことをしでかさないようにということくらいでしょう」

クロービンガーは見るからに混乱していた。彼はカードの束を脇に押しやる。次の問いは自分自身の問いだったからだ。

「つまり、これらの人々はさらに進むということですか?」

「ええ、その通りです」

「この先だれが彼らを止めるのですか?」

「わかりません」ロイベルが言う。「もしかしたら、イスラム国ならできたかもしれません」

「まじめにおっしゃっているのですか?」

「あなたもほかの皆さんも、よく地図をご覧になってください。彼らは今、トルコに近づいています。トルコが人々を引き留めると思いますか? 暴力を伴わずに」

「なぜそんなことがわかるのですか?」

「トルコにいる仲間と話をしましたので」

「しかし、トルコはそれを……」

「どんなことが起きるか、申し上げましょう。難民がトルコの国境に近づいてくる。非常にゆっくりと、しかし着実に進み続ける。そして彼らは国境のフェンスを——あるいは彼らを阻む何かを——押す。さて、もしあなたがトルコの国境警備兵だったら、あなたはここで選ばなくてはなりません。世界中のテレビカメラがゴールデンタイムに映像を送り届けようとしているその前で、無力な人々に対して流血沙汰を繰り広げるか、あるいは押し寄せた人々が圧死し、ついにはフェンスをなぎ倒すのを傍観するか」

「それはあなたが考えたシナリオですか?」

「いいえ。これは例のライオネルという男が、トルコのコンタクト・パーソンに言ったことです」

「自分たちは死に向かって行進しているのだと?」

「いいえ。それまでしてきたのと同じように、命を賭けるということです。地中海をゴムボートで渡るという宝くじよりは、そちらのほうがはるかに分があるのだと」

「それで、トルコは?」

「ふうむ、トルコが何をするというのですか? 難民たちが本当にその通りにすれば、トルコはもう門を開くしかない。どうして彼らが私たちのために人々を殺したりするものでしょうか?」

「それは……その、難民を抱えて身動きができなくなるからでは?」

「それについて、あなたは私と同じほどよくわかっているはずだ。難民たちの夢の目的地はトルコではない。彼らは私たちの国をめざしている。それではあてにしてみてください。ライオネルという男が、次の国境で何をすると言ったか。一回ごとに新しいアイデアは必要ありません。ひとつあれば十分なのです」

「つまり、あなたの見立てによるならば、彼らはＥＵの国境までやって来るということですか?」

「いいえ」

「だれが彼らを止めるのですか?」

「あなたは誤解しています、クロービンガーさん」ロイベルが穏やかに言った。「彼らはＥＵの国境まで来るのではない。ドイツの国境まで来るのです」

「ですが、ハンガリーや、オーストリアが……」

「われわれの東のパートナーの軍隊については、よく知っています。助けをあてにはできない。彼らはわれわれのために、仕事を引き受けてくれたりはしません。彼らは難民の群れを、前にもしたのと同じように通すだけです」

「ええ、しかし——それはつまり、われわれはそれに対して準備を……しなければならないということですか？　ドイツの国境を武力で守る準備をするべきだと？」

ロイベルは深く息を吸い込む。かつてないほどリラックスした気分だった。ロイベルはごく軽く身を乗り出す。自分の答えを過度に強調したくはなかった。

「難民に対してですか？　いいえ」

クロービンガーはもっと長大な答えを予測していた。はぐらかすような答えを、あるいは、ともかくちがう答えを期待していた。観客の見守る中、クロービンガーはいらいらしたようすでメモの束をつかみ、そして、きっぱりとそれを脇に置く。

「私はあなたのおっしゃることを、正しく理解しているのでしょうか？」

「そう思いますが」

「それであなたは、相応の命令を下すつもりはないと？」

「ありません」

「それは……その……連邦政府としての総意なのですか？」

「私の、総意です」

「ええ……私は、その……それはあなたの任務の範囲なのかと。内務大臣としての」

「そのとおりです」

「それでは――表現についてはお許しください――それではあなたは内務大臣の座を……」

「承知の上のことです。連邦政府は、今回の件をちがうふうに見る人材を、探したければ探せばよい。ですが、服務宣誓に違反する準備のある人間を見つけられるかどうかは、疑わしいと思います」

「なぜ違反を？　服務宣誓は、国境守備をこそ要求しているのでは？」

「服務宣誓が要求しているのは、国民の利益を増大させること、そして国民の不利益を回避することです」

「それらは国境の守備と同義では？」

「難民を不利益とみなせば、そうなります」

クロービンガーは一瞬、これが民放番組だったなら――というような表情を見せた。もしそうだったらここでコマーシャルを要求することもできるのに。

「それでは、あなたはそう考えていないのですか？」

「客観的に見れば、難民が来るのは、われわれの暮らしの質が――たとえばロシアよりも――優れているという確かなしるしだと言えます」

「このようにまとめていいでしょうか？　数十万余の人々が不法に国境を越えようとしている今、その阻止を拒絶すると、連邦政府の内務大臣がドイツのテレビで発言したのだと。なぜならば内務大臣の考えによれば、これほど多数の難民が来ることは、ドイツにとって品質保証の印のようなものだからだ」

「まとめるのはかまいませんが、正確にお願いしたい。私がそれを拒絶する理由は、難民が数千人単位で死亡すれば、それが大きな不利益になるだろうからです」そう言ってからロイベルは「現時点では」と念押しした。そう言われてクロービンガーは、もちろん繰り返した。

「今のところは?」

ロイベルは体を後ろにもたせかけ、ゆったりと落ち着いた声で言った。「救命ボートのあの有名な比喩のことはあなたもご存じでしょう? ボートがいっぱいになれば、それ以上の人助けはボートの中にいる人々を危険にさらすことになる。そうしたらあなたは人々を救うために、撃たなくてはならなくなる。ですが、みなさんもおそらく、タイタニック号の救命ボートがどんなようすだったかご存じでしょう。あの船の救命ボートには半分しか人が乗っていなかったのです。その状態でだれかを撃てば、それは殺人にほかなりません」

「あなたは、ボートが半分空っぽだと言うのですか?」

「この先、もっと空っぽになっていきますよ。われわれがこうして話しているあいだにも。というのも、これは特殊なボートだからです。このボートは木でできてはいない。すばらしく機能している経済によってつくられたボートなのです。この経済システムの中でより多くの人がともに働くほど、ボートにはより多くのスペースができます。適切に操作をすれば、あなたが中に座っているあいだにも、ボートの容積は増えていくのです」

「それはつまり、われわれは難民を受け入れるべきだ、それによってより多くの難民を受け入れられるようになるから、ということですか?」

ロイベルは頷く。

「それでは、その数はいつ減少に転じるのですか?」クロービンガーは嘲笑的にそう言って、水を一口飲んだ。

「転じません」

クロービンガーはゲホっとむせた。ロイベルはクロービンガーにハンカチを差し出しながら言った。

「ですが、われわれの豊かさはある程度、守られるでしょう」

「ですが純粋に技術的には」クロービンガーはせき込み、拳で胸をたたきながら言った。「純粋に技術的には、半分しか埋まっていないボートで快適に旅をしながらでも、われわれの豊かさを守ることはできますよね、そうでしょう？」

ロイベルは首を横に振る。

「半分しか埋まっていないボートに座っているのは、自分の快適さのために他人を殺した人間です。彼らは殺人者であり、それをいずれ何かで埋め合わせなければならない。まず彼らは、自分の殺人を小さく見せかけようとする。次には言い訳をしようとする。だが、これは通用しない。ボートが半分しか埋まっていなかったのは、みなが見ていることだ。すると彼らは次に、批判をする者たちを黙らせようとする。わかりますか？」

「その流れは必然なのでしょうか？」

「そのとおりです。難民の遺体が地中海を漂い始めた二〇一三年にわれわれはもう、救助を怠るという罪を犯している。ですが、だれがそれを認めたでしょう？　それどころか、難民をまだひとりも見たことがない人たちまで、自分を被害者だと解釈しなおし始めたのです。この右傾化が、二〇〇〇キロメートルも離れたところで起きた死に対する、われわれの反応だ。われわれの家の真ん前で大量殺人が起きたら、人々はいったいどれだけ右傾化するだろうかと考えてみてください」

クロービンガーはしばし考えた。「あなたは、民主主義が終わりを迎えると警告しているのですか？」

「いいえ、われわれの裕福さが終わりを迎えるのです。多くの人々は、裕福であるうえで民主主義は不必要だと考えている。スマートフォンやコカ・コーラや、インターネットやポルシェ。こうしたものを開発できるかどうかによって、チャンピオンリーグの国か二部リーグの国かが決まるとでも思っているかのように。だが、先のような製品やそのアイデアは、ロシアやトルコや中国からは生まれない。だからこそ、難民はそうした国ではなく、われわれの国をめざしてくるのです」

「ナチスはいくつかの、非常に進歩的なものを発明しましたが」クロービンガーが嫌味をこめて言う。「たとえばV2ロケットなど」

「そうしたものごとすべての生みの親は、ナチスではなく、戦争です」ロイベルが返した。「ですが、あなたの言うことにも一理ある。殺人者の社会は、存続のために敵を必要としている。だからこそ私は、彼らに銃を向けるのに反対しているのです」

クロービンガーは沈黙する。

「それでは、どうするのですか？」

「われわれが長いあいだやるべきだったことを、実行するだけです。彼らの到着に対する準備を、われわれとドイツ国民の双方で行います」

「彼らの到着に対して？　あるいは彼らの滞在に対して？」

「とくに、滞在に対してです」

「それで、あなたは国民にどう準備させるつもりですか？」

「これから何がやってくるかをまず話します。数十万の人間がこの国にやってくる。その大部分はここにとどまるだろう。そしてさらに多くの人間がやってきて……」

「しかし……」

「……さらに多くの人間がやってくる。そしてわれわれは、それを知っており、それを受け入れる以上、事態を予測可能な方向に導くことができる。将来的には、彼らのような人々が母国にいるときから、教育を受けられるようにするべきです。そして、もっとも努力をした人間を、もっとも早くわが国に迎え入れるようにします。アフリカもしくは旧東独地域に職業訓練所も建てます。そうすれば地域の活性化にもつながるでしょう。そのために一〇億規模のカネを——五億ではなく五〇億に近いカネを——投入します。毎年毎年です。そうして、この国に来る人々がこの国に適応できるようにします。いっぽう、大仰に騒ぎ立てるうるさ型の面々にはまず、その名誉心と意欲に訴えて、自身の国のために働くよう迫り……」

「失礼、あの……」

「……ですが彼らは固い給料の仕事を蹴り、さらにナチ化していくでしょうな」

ロイベルは手のひらでテーブルをばしんと叩き、ふたたび椅子に沈み込む。疲れきったようすではなく、むしろ、散々打ちのめした相手がもう一度こちらに向かってくるのを待つボクサーのようだった。

「失礼」クロービンガーが言う。「ロイベルさん。先ほどおっしゃったことのいくつかは政府と申し合わせをされているのでしょうか?」

ロイベルは率直に言った。「いいえ」

「しかし、それならば——さきほどのは一大臣が心の内をただぶちまけただけということですね。もっともな主張で、人間的でもあります。しかし現実的なレベルで変化を起こそうというものではない」

「それはちがいます」ロイベルはゆっくりと言う。「人生には時として、正義や法律や指示権限よりも、現実のほうが重要になることがあります。わかりますか。この任務をぜひやりたいという人はだれもいない。丸腰の人々を撃ち倒すという仕事はだれもやりたくないのです。トランプのババは私のところにある。内閣のだれからも、こんな声は聞こえてこないでしょう。『ロイベルは正しくない。**われわれは**ロイベルのかわりに発砲する』この問題を別のやり方で解決しようという人間がいるならば、私はこの番組が終わって一時間後に、大臣の座を辞する覚悟です。だが、あなたは一〇〇パーセントの確率で、明日もまだ私が職を辞していないことに気づくはずだ。だが、良いニュースもひとつあります」

「それはどんな……」クロービンガーが圧倒されたような声で言った。

「第一にわれわれには、未来においても豊かな国であり続ける大きなチャンスがある。第二にわれわれはほかのどの国よりも、より良い教育を受けた移民を受け入れることになる。なぜならわれわれは彼らを、われわれの必要に合わせて教育できるからです。これは一種の取引です。われわれは相手に保護と収入を与え、かわりに労働力を得る。第三に、少し運が良ければほかの裕福な国々がわれわれのモデルを真似することになるかもしれない」

クロービンガーは何も言わなかった。ロイベルは微笑みながら、「水を一口いかがですか?」と声をかける。クロービンガーは狼狽しながら、それに従った。そして言った。「CSUの党員の口からこんな……」ロイベルは肩をすくめた。彼は水差しを手にし、クロービンガーのグラスに水を注ぐ。

「おわかりでしょうが、CSUの中でもときにはだれかが、みながナチ党へと走らないように、強硬に何かの立場をとらなければなりません。ナチ的な考え方を保守的な立場によって、民主主義的にさしさわりない程度にまで薄めるのがCSUの役割であるからです。しかしどこかの時点で私は気づいた。今のわれわれは本来とは逆に、キリスト教的な核心をナチのソースに溺れさせようとしている。シュトラウスだったら、こんなことは拒絶しただろう。シュトラウスならAfDを選んだりしない。やつらの面前でつばを吐いたことでしょう」

「それは……それは、すばらしい締めの言葉ですな」クロービンガーはそう言いながら、狼狽した顔をカメラに向ける。「本日は、お越しいただきありがとうございました。次回は、その……その」

ロイベルは机に置かれた紙の束を手に取り、クロービンガーに手渡す。クロービンガーは急いでそれを最後までめくり、探していた情報を見つける。

「……次回は、その」

クロービンガーは言葉に詰まる。そしてしわがれた声で突然笑い出す。「だめだ、どう頑張っても、こんなこと、考えられっこない」

第42章

あのクソ野郎！

　ゼンゼンブリンクは肘掛椅子に座って、拳を丸める。その拳で何をしたいのかは、よくわからない。肘掛の部分を思い切り殴ってやろうか。でも、それではとても気がすまない。テーブルを殴りつけるのでは、まだ足りない。振り上げられた拳は空中にとどまったまま、痙攣したように丸まっている。何かにつつかれたハリネズミのように。

「今、そんなことを言い出すなんて！　今の今！」

　ベアテ・カールストライターが辛気臭い顔をする。死のような沈黙がその場を覆っている。ゼンゼンブリンクは座ったまま頭を振る。顔は怒りで青ざめている。もう片方の手が、目の前に置かれた厚い書類の山に忌々しげにぶつかる。そして書類の束をひっつかみ、怒りの雄たけびとともに部屋中にばらまく。

「ちっきしょう！」

「あの、ちょっと落ち着いて」カールストライターが用心深く言う。「もしかしたら、すべてがおしゃかにはならないかもしれないのだし……」

「ほう、そうかね？」ゼンゼンブリンクはあざけるように言う。「ドイツ連邦共和国の内務大臣から、テレビの、それもゴールデンタイムに、おまえらの番組はこうやって終わると言われたのに？」

「もしかしたら、ということでしょう？」カールストライターは両の手のひらを上にあげ、なだめるような、おもねるような、どちらともとれる動作をする。「もしかしたら、そうなるかも、というだけよ」

「もしかしたらだって？　では単純に聞こう。君は、ＡＲＤが日曜日の晩の刑事ドラマ『事件現場』の前に、もう一度『ブレンプンクト』を入れてくると思うか？　小さなアンケート調査をしよう。そうすればここにいるそのほかの人間も参加できる。二週間後の日曜日に、いつもの時間通りに『事件現場』が放映されると思う者は手を挙げて！」

　ゼンゼンブリンクは結果を待たなかった。その質問の、口に出されなかった意図は何か、その場の人間はみな理解していた。放送局はその日、ゼンゼンブリンクのために番組枠をかなり大きく空けていたのだ。『フォーミュラ　1』を蹴りだし、さらに日曜の晩も空けてもらった。夜の八時一五分。いつもならハリウッドの大ヒット作が『事件現場』としのぎを削っている時間帯だ。そこに、難民キャラバンの山場の放送をぶちこむ。数十万人の難民の行列がトルコの国境に接近するようすを、生中継する。トルコの国境守備兵がどう反応するかは、だれにもわからない。行列の先頭にはいちばん見場の良い難民——女と子ども——を配置する。彼らがその晩を生き抜けるかどうかは、未知数だ。ベルリンの壁崩壊以来の緊迫した報道番組になることうけあいだ。そして現場のど真ん中には、ドイツ屈指の美女がいる。ドローンを一〇チーム出し、あらゆる角度から映像を撮る。一〇〇人の難民にはカメラや発信機をつないでいる。国境のフェンスの真ん前から絵が送られてくる。たとえ銃弾が降ってきても。

あのとき、幹部を集めた小さな会議の席で、ゼンゼンブリンクは「想像してみてください」と言ったのだ。「トルコが撃ってきます。われわれは調整室で映像をチェックします。そしてあなたがたはすべてを手にします。閃光。恐怖。パニック。勇敢な人々が逃げ出すこともできず、逃げようともせずにいるようすを、オリジナルの音声とともに見るのです。そして突然、五二番カメラの映像がぐらつき始める。ディレクターがそれに気づき、スイッチを切り替える。しかし五二番カメラは降下し、二発の銃撃が聞こえ、まだわずかに動いている。それが……」ゼンゼンブリンクはここで短い間をあけた。「……もはや動かなくなる。そしてわれわれは地面の高さから、動かぬ映像を見ることになります。映像は少し傾いている、そして最後に少し動き……そして……そのままになります」

否定的なつぶやきはだれからも漏れなかった。一五秒か二〇秒のあいだ沈黙が続き、そしてボスが冗談交じりに言った。

「もしかしたら、単に転んだだけかもしれないがな」

それを受けてゼンゼンブリンクは、「そうですね、もしかしたら」と落ち着き払って言ったのだ。

あの瞬間ゼンゼンブリンクは、日曜日の勝ちを確信したのだ。五時間の枠。ライブ。終わりは定めない。

それなのに今、連中はおれのことを食い物にしようとしている。日曜日にいったい何を放送するのかね？　いつもと同じやつらを、ボタンホールにカメラをくっつけて使う？　スタートから三か月後にも う、難民にはカメラをもたせただろう？　それについてのジョークまで作られたのに、忘れたのか？

よろしい、ゼンゼンブリンク君。なにも起きなかったことに感謝する――。

「もしかしたら、そうならないかも……」本質的には頼りになるアンケが言いかける。「何だ?」

「いえ、もしかしたら、彼らはもう一度、別なふうに考えるのではないかと」

「だれからもそんな情報が来ていないのに?」ゼンゼンブリンクはがっくりしたように手をふる。「ひとつはっきりしているのは、もしトルコがわれわれにとって十分友好的にふるまい、車止めの役目を担ってくれるという情報があったとしたら、だれかがそれを知らせてきただろうということだ」

「でも、自分たちの物語を壊したくない人々もいます」カールストライターが言う。「もしトルコが私たちを助ければ、AfDやパニック稼ぎ屋たちはそれをできるだけ小さく扱おうとするでしょう。ソーシャルメディアの人々はパニックが大好物ですから」

「しかし、政府はそれを発表するだろう。それにトルコも記者会見を開いて、国境の不可侵性がどうとか、国家主権がどうとか、国家による暴力の独占がどうとかなんとか、話すのでは?」

「それはともかく。トルコがどう出るかは皆目わからないすよ。今交渉が行われている可能性も、ないわけじゃない」オーラフが冷静に主張した。

「これは政治よ。そして政治の世界においては今もなお、すべてはカネの問題なの」カールストライターが同意する。

「そうか、きみらはまったく抜け目がないな。海岸を少しでも見張るために、これまでドイツは三〇億をかけてきた。では、テレビのゴールデンタイムに世界中のカメラの前で、丸腰の人々に向けて銃弾を降らせるには、いったいいくらかかると思うか?　計算機を出してみろ。五〇〇〇万以下なら広告収入から払える」

「五〇〇億でしょうか？」ひとりが推測する。

「マジで算出なんかせんでいい」ゼンゼンブリンクがどなる。

「いったん、すべてを客観的に考えてみましょう」ベアテ・カールストライターがユースホステルの寮母のような役を買って出る。「いったい何が変わったのか考えてみて。トルコはたぶん撃ってはこない。でも、よく考えれば、以前だってトルコは撃たなかったかもしれない。そうでしょう？　それなら事態はすべて、以前のまま変わっていないことになるわ」

「問題は、映像の筋書きが変わってしまうことじゃない」ゼンゼンブリンクはため息をつく。「問題はあのもうろく爺が、どんなふうに事態が終わるかを万人に向けて言い当ててしまったことさ」

「そして、よその局がうちより上手《うわて》の筋書きを手にしてしまったことですね。それはたしかに」本質的には頼りになるアンケが言う。「ＣＳＵの党員が騒ぎ始める。ロイベルは正しいか否かで激しい議論が起こる。右派には一〇〇万人規模で支持が殺到し……」

「番組の終了後すぐに、ベルリンで自然発生的にデモが始まる。警察発表によれば参加者は一〇万人。真夜中にもかかわらず！」

「警察《デカ》が一〇万と言ったときには、二〇万いるものですよ」

「そして今晩もまた！」

「……そして、すべてはニュースで報道されるんだ。ＡＲＤもＺＤＦもこれをとりあげる。それでうちの局は？　歯が痛んできそうだ。『難民、国境に挑む』という完ぺきなナンバーがおじゃんになるかもしれないなんて。二週間もさんざん準備して、たきつけたあげくがこれだよ」

「では結婚路線に進めては？」カールストライターがたずねた。

これがやつの唯一の欠点なのだと、ゼンゼンブリンクは思う。作家でもないくせに、この女は。ここはともかく、オーラフの助け舟を期待するとしよう。あるいは、本質的には頼りになるアンケの助けを。というのもオーラフは携帯電話の画面を見て、（ちょっと失礼）というジェスチュアをするや、部屋を出ていこうとしたからだ。

「携帯電話は切っておけと、言ったはずだが」ゼンゼンブリンクは憎々しげに言う。

「ああ」オーラフは半分もう扉の外に出ながら言う。「でも、重要な用事なんで」ゼンゼンブリンクはあきらめたようにエンピツを放り投げる。

「それで、結婚の件は？」カールストライターが食い下がる。「それはすごい強みになるかもしれないわ」

「何とかなるとは思います。でもそれは、ゼンゼンブリンクさんがはっきりそれを希望すればです」本質的には頼りになるアンケが断言する。「われわれとしては勧めません。むしろ逆です」

「われわれとは？」

「作家サイドのことです」

「いったいどうして？　結婚式はすばらしいのに？」

「ストーリーの他の部分との兼ね合いがあるんです」本質的には頼りになるアンケが言い、ため息をつく。カールストライターとおそらくあのハイヤットを除けば、この部屋にいる全員が知っている何かをまた説明しなければならないからだ。「ナデシュとライオネルが無事到着した後、結婚するというのは、とても美しい筋書きです。そして、次の日を生きて迎えられるかどうかわからないから結婚するというのは、もっと美しいです」

「まるでヒトラーとエヴァ・ブラウンだな」ゼンゼンブリンクが鷹揚に解説する。

「ですが、そうしなければ何も起こらないから二人が結婚するというのは」本質的には頼りになるアンケがこぶしを握り、次にそれを、ぱっと開く。「不発です。それでは視聴率のために結婚の誓いを新たにするユーチューバー夫婦と同じです」

「オーケー、オーケー、ひとつの提案ということよ」

「それより何より肝心なのは、あの年増がまだ離婚していないことだろう」ゼンゼンブリンクが言う。

「単純なことを質問するが、そっちはいったいどうなっている？　フォン・クラーケンは離婚に同意するのか、しないのか？　その件を担当しているのはだれだ？」

二列目にいる中年女が手を挙げ、話し出す。「私たちが担当しています。『イヴァンジェリーネ』と一緒に。その件はおそらく単に金銭の問題です」

「どういうことだ？」

「ニコライ・フォン・クラーケンはナデシュにカネを要求しています。じつに不愉快な人物です。まったくいかがわしい……」

「なぜいかがわしいんだ？」ゼンゼンブリンクが苛立たしげに言う。「慰謝料を要求するのは当然だろう？　ちがうか？」

「それは見方の問題では……」

ゼンゼンブリンクは歯を噛みしめる。

「……しかし、法的にはそうなるだろう」

「道徳的にはちがうのでは？」

「まあ、なかなか難しいでしょうね」

「どういうこと?」

「お金なら、ナデシュは不足してないでしょう」カールストライターがちくりと嫌味を言う。

「不足してはいません。ですが、話によれば問題は、ハッケンブッシュさんの友人のあいだでは離婚の経験者がとても多いことです。そして彼女はどうやら、離婚のさい、女性が男性にお金を払うケースを知らないようなのです」

「おおかたのケースでは、男のほうが稼ぎがいいからさ」アルムおんじのひとりが言う。ゼンゼンブリンクは同意するようにうなずきながら、そちらを見る。「たしかに。あのクラーケンはいったいどうやって稼ぎを得ているんだ? ナデシュはちょっと考えてみるべきだな。プロデューサーと呼ばれているあの男が、ここ数年何をプロデュースしてきたかを。そこには二つのカテゴリーしかない。失敗と、看板倒れだ」

「それはそうなのですが、ハッケンブッシュさんはどうやら、こうした場合に女性がお金を払わされるのは、詐欺的だと思っているようなのです。つまり、裁判を起こすかもしれないということです。そうなったら、すぐに離婚というのはとりあえず忘れていいですね」

「いやいや」ゼンゼンブリンクが言う。「必要とあらば、あの野郎にこっちがカネを払ってやってもいいくらいだが。ハッケンブッシュからすれば、自分が払わなくていいのなら、だれが払おうがどうでもいいだろうし。われわれがうまくかたをつければ、明後日にでも二人を結婚させられる。だがたしかに、何のドラマもなくただ結婚するというのはクソだな。だれか、ほかにもっといいアイデアはないか?」

「政府が何かするべきだと、訴えることもできるのでは……」ハイヤットが提案した。

「それはいい。憲法裁判所どの、どうかわれらの番組を救いたまえ」ゼンゼンブリンクが嘲笑的に言う。

「敵方を撮るのはどうかしら？」カールストライターが提案する。

「どういうことだ？」

「クカテンの放送後に必ず、ペギーダについて一五分間放送するのです」

「『ジャーマニーズ・ネクスト・トップモデル』の放送後に、あのくだらない追伸を入れるようなものか？」

「まあ、そうですね」

「そうか。そうしたら、番組のあとのあとのあとに警視総監が懸念を述べて、さらにマンションの管理人の義兄弟が何かを――いや、これはあまりに安直だな。それにわれわれが制作しているのは天使と英雄の番組であって、ナチスの番組ではないし」

「ぜんぶがぜんぶ、ナチスってわけでは……」

みなが笑った。人々をいくらかリラックスさせる程度には役立ったようだ。カールストライターがみなに静かにするようにと言いかけたとき、ドアが開き、オーラフが戻ってきた。

「お帰りか」ゼンゼンブリンクは咎めるように言ったが、オーラフはそれを聞き流した。彼はいつものように人を食った表情を浮かべてはいなかった。全身に緊張をみなぎらせながら、オーラフは携帯電話をポケットに隠しもせず、ゼンゼンブリンクとカールストライターのほうに身を乗り出した。その直後、カールストライターはひどく急いだようすでこう発言した。「オーケー。休憩にします。五時にもう一度集合して。それまで各自、緊急プランを考えておくこと」

眉をひそめながら、人々は椅子を動かした。みながそれぞれの部屋に戻っていく中、本質的には頼りになるアンケひとりは、部屋を出ていくとき、オーラフがゼンゼンブリンクにこう告げるのを小耳にはさんだ。

「もしこれが正しければ、やつらは日曜日の『事件現場』を遅らせません。中止するはずです」

第43章

　やれやれ、このロースト肉は冷凍しなくてはいけないかしら。いや、ぜったいにそうしなくては。自分ひとりには、ともかくこの肉は多すぎる。ビンヒェンが一緒に食べてくれたとしても。オーガニックなロースト肉を焼いたときは、ときどきそうしていたのだけれど。

　ヨーゼフが今日家に帰ってこなければ、このロースト肉は多すぎる。そうしたら、冷凍するしかないだろう。

　しかたがない。

　簡単なことだ。

　彼女は立ち上がる。

　彼女は腰を下ろす。

　あんなにロースト肉が好きな人を、彼女は知らない。どんな調理の仕方でも。酢漬けの牛肉でつくるザウアーブラーテンでさえ。ただし、彼女がこしらえたものであれば——。「食堂では、あまりに多くの失望を味わってきた」彼はいつも言う。「シュニッツェルなら、まだそれほどはずれはない。だが、ちゃんとしたローストや、まともといえるローストは……ああ、それからジャガイモ団子のクネーデルも」

彼女のつくるクネーデルを、彼は好む。だがもちろん、彼が家に帰ってこないのなら、わざわざクネーデルの生地をつくったりしない。永久に保存できるわけではないのだし。そうしたら、ジャガイモを茹でる必要もない。

彼女は立ち上がる。

でも、そうだ、ジャガイモを茹でる必要はないのだ。

彼女はまた腰をおろす。

でも、今日が初めてなわけではない。例の出来事の少し前に彼は電話をかけてきて、週末はずっと泊まりだと言った。

「別の女性《ひと》がいるの？」彼女はたずねた。「だったら素敵だな」彼は言った。そして一緒に笑った。彼女はほかのすべての人々と同じように、彼がクロービンガーに出てから何が起きたかを知っている。それは通常のメディアのスキャンダルや新聞の怒りなどとはまるきり次元がちがう、まったく新しい出来事だった。三〇万人がドレスデンで、一五万人がドルトムントでデモを行った。

「ロイベルはドイツ人を消滅させる」

「ドイツ東部は、難民の捨て場ではない！」

「われらの憎しみ！　われらの行進！　難民の尻ぬぐいは、おまえが自分でやれ！」

買いだめをする人が、ここでさえ出てきている。

それはそうと。自分もそろそろ買い物に行かなければならない。店が閉まる前に。そして彼女は立ち上がる。

彼女はまた腰をおろす。

連邦政府がロイベルの発言を否定していれば、状況はもう少し落ち着いていたかもしれない。そうしたらロイベルは辞任を申し出、別のだれかが後任になっていただろう。そうしたら明日にでもロイベルは、ロースト肉を食べられていた。子牛のローストを。だが、政府はロイベルの発言を取り消さなかった。しかし、援護もしなかった。ロイベルの言うとおりだとは、そして五〇〇億をそのために用意しようとは、政府は言わなかった。そう言っていたら、デモに参加する人々の出鼻をいくらかくじいてやれたかもしれない。だが、彼自身の党でさえ、安全な場所からけっして出てこようとはしなかった。

会派のトップはこう言った。「その問題については、ぜひ議論をしなくては」

事務総長はこう言った。「ロイベル氏は経験のある人物です。しかし、五〇〇億という数字はむろん、あまりに突拍子もないものだ」

連邦首相府はこう言った。「トルコからのそのような情報は、われわれのもとには届いていない。それは、氏の独自の意見ということかもしれない」

そんなわけで放送後、ロイベルは文字通り二四時間態勢で出勤している。彼は自分の計画のための場所を事前に検分していた。仮の宿もおさえてあった。まるでもうそこに難民がいるかのように。そして、彼の言葉を疑問視する人間には、こう言った。「自分勝手なクソ発言をした内務大臣は、翌日にでも任務を解かれるはずだ。私のことを信じてくれなくてもいい。ただ、明日も私が内務大臣の座にあるかどうかを見てもらえればいい」そしてじっさい、翌日も、さらにその翌日も、ロイベルは内務大臣のままだった。

「まさかあなたは、背後で政府の糸を引いているのですか？」クローピンガーは電話で質問してきた。ヨーゼフは終始誠実に答えていたが、クローピンガーの指摘はあたらずとも遠からずだと彼女は思う。ヨーゼフがしたことは、本来なら連邦政府の首相がやるべきつとめだったのではないか？

それはともかく。ヨーゼフが明日も帰ってこなかったら、食事に何をつくればいいのだろう？　ビンヒェンがもうすぐここに来てくれたら、一緒に話し合えるだろう。ビンヒェンが何か食べたいと言ったら、それをつくってあげればいい。その次の日も、さらに次の日も。なぜなら、次の日も、さらに次の日もロイベルがここにいないだろうことははっきりしているから。

なんとかやりすごせるだろう。これまでだって、ロイベルはしばしば長い留守をすることがあった。彼はいつも、ものごとを客観的に見ろと言う。そして客観的に見ると、これまでの留守との唯一のちがいは、これまでは、どれだけ留守が続くかを事前に正確に言えたという点だ。彼はいつも、自分たち二人に何が起こるのか、自分がいつどこにいるかを事前に告げていたし、晩に帰る前に必ずもう一度電話をしてきた。ずっと昔、電話をするのが今よりたいへんだった時代にも、そして、いたるところでスパイが聞き耳を立てる東側諸国にいるときにさえも。だから唯一のちがいは、今回は彼がそれを事前に言わなかったことだけだ。

彼女は立ち上がり、流しのところに行く。蛇口をひねり、水がシンクに流れ落ちるのをぼんやりと眺める。蛇口の水に手をやる。水は冷たい。自分が冷たい水がほしかったのか、お湯がほしかったのか、彼女は思い出そうとする。でも、思い出すより前に、そもそも水など必要ないことに気づく。クネーデルが必要ないなら、ジャガイモも、水も必要ないのだ。なんて馬鹿なことを。彼女は首を振り、蛇口を締める。そしてまたソファのところに行き、腰を下ろす。

何を料理すればいいかしら？

スーパーマーケットに行けば、何かアイデアが浮かぶかもしれない。いろいろなものが驚くほどきれいに分類されているから、ときどきそこでメニューを思いつくのだ。でもここ数日間は、もちろんそんなふうにはいかなかった。果物売場でちらちらと視線を向けてくる人々。怒鳴られたことさえ何度かあった。もちろん、親切にしてくれる人々もいた。近所の人の何人かは、彼女が買い物用のカートをだれかにわざと倒されたとき、すぐに手を差し伸べてくれた。昼日中《ひるひなか》の、駐車場でそんなことをされたのだ！

「あんたの亭主はここに二度と顔を出さなくていいからな！　外国人のホモ野郎！」

くだらなすぎる。だいたい、外国人のホモ野郎ってなんのこと？

たぶん、スーパーマーケットに行くべきではないのだろう。彼女は立ち上がり、テレビのリモコンのところに歩いていく。リモコンはタイル張りの床に落ちている。リモコンのふたが外れ、電池は外に落ちている。彼女はひとつだけ電池を見つけ、リモコンに入れる。もうひとつの電池はソファの下にでも転がってしまったのだろう。彼女はリモコンをソファの机の上に置く。きっとこれでもなんとか動くだろう。試してみようかどうかと、彼女は考える。彼女はテレビのほうに目をやり、リモコンをそのままにする。

彼女はふたたび腰をかける。

ロースト肉のあれは、いいアイデアだ。冷凍はとてもいいアイデアだ。今どうするべきかわからなくても、とりあえず問題を凍らせられる。もっとたくさん凍らせてしまえばいい。なぜ、すべてを凍らせることのできる機械が存在しないのだろう？　冷凍は、もちろんすべての解決策ではない。たとえばテレビについては、冷凍は何の役にも立たない。それは彼女にだってわかる。

彼女はテレビの機器のことをあまりよくわかっていない。だがもちろん、テレビには画面が必要であり、壊れていない箱が必要なはずだ。その程度のことはわかっている。ヨーゼフがいれば、そういうことを喜んで片づけてくれるはずだ。ヨーゼフは電器店が好きなのだ。でもヨーゼフはいない。今ヨーゼフはここにいないし、明日も、明後日もいない。そうしたら電器店に行くこともできない。でも人は、テレビなどなくても十分やっていけるものだ。テレビに良い知らせが流れるのはごくまれだ。そして恐ろしい知らせはしばしば流れる。

あれをすべて見せる必要がいったいあるのだろうか？

人々がヨーゼフを、礼儀のかけらもなく、やじり倒している場面。人々の憎悪、人々の顔。警官たちは、ロイベルのために演壇の場所を空けておくことすらほとんどできない。人々が何と言っているのかはほとんど理解できない。わかるのは、テレビ越しに嫌でも耳に入る怒号の大きさだけだ。人々は叫んでいる。われわれはあんなことは何も望まない。われわれは、事態がすべてそのままとどまることを望む。だが彼らはわずか一瞬も思い出さない。この完全に見捨てられた地域において、失業率が言葉に出せないほどの数字になっている現状を。そして、卵が飛んでくる。ヘルムート・コールのときのようにだれかが卵を投げつけられる事件が起きるたび、ヨーゼフは肩をすくめてこう言っていた。「卵は、プロレタリアートが意見を表明する古典的手段だ」今回もきっと彼はそう言う。

だが彼は、何とか相手に話しかけようと努力する。機動隊がまたあの忌々しい盾を広げようとし始める。それでも、また卵が飛んでくる。

そして、今度はトマトが飛んでくる。

彼女はまだ考えていた。二、三個の卵とトマトのサラダ。夏らしくて軽い、素敵な組み合わせだ。けばけばしい赤が、白いシャツの上に広がる。熟れすぎたトマトの強烈な赤だ。そして彼はいつものように冗談を言い、わざとよろけてみせる。彼女が彼にうっかりぶつかるとき、いつも彼はそうするのだ。まるでトマトに一〇〇キロもの重みがあるかのように。彼が何でもユーモアで対処しようとするところが、彼女は好きだった。少しばかり、昔のブリュームに似ている。だがその瞬間、彼女は、彼が楽しげな顔をまったくしていないことに気づく。彼の口が開き、また閉じる。まるで、「ア」を含む何かの言葉を口にしようとしたように。「ブラーテン（ロースト肉）」あるいは二つの「ア」を含む言葉。「カルブスブラーテン（子牛肉のロースト）」

次の瞬間、彼の顔の右半分が吹き飛ぶ。

彼女はそれを見たくない。だが、リモコンはすでに下に落ち、しかも壊れている。いったいどうすればいい？　四九年間ともに幸福に暮らしてきた人間が、テレビの中で突然体を吹き飛ばされ、そしてこの、ろくでもないテレビのボタンを人が見つけられず、同じ映像が何度も何度も繰り返されるときには。トマトが飛ぶ。「カルブスブラーテン」と彼が言う。頭が飛ぶ。

トマト。「カルブスブラーテン」。頭。

とても客観的に。

とても客観的に。

彼は言っていた。週末には帰れない。それはよくあることだ。まったくふつうのことだ。彼は週末には帰ってこないだろう。彼女は立ち上がる。

彼女は座る。

トマト。

カルブスブラーテン。

彼は帰ってこない。

ヨーゼフ

第44章

本質的には、何も変わっていない。同じ町。同じ建物。同じ部屋。メンツまでも同じだ。ゲーデケ。カスパース。カルプ。みながその場に勢ぞろいし、今回はエヒラーだけでなく全員が同じくらい疲れ切った顔をしている。今は朝の七時だ。新しい事務次官のアインシュタイガーが昨夜突然、メンバーに招集をかけた。夜の一一時のことで、メンバーはだれひとり、事前にそのことを知らされていなかった。以前事務次官だった、そして内務大臣になってからまだ一〇時間もたたない男が、夜の一一時少し前にアインシュタイガーを事務次官に任命した。内務大臣本人も眠っていない。就任の宣誓以来、彼はたえまなく航空写真を眺め、地図を引き比べている。軍にいる古い友人の何人かに電話もかけた。それからシャワーを浴び、洗い立てのシャツを着て、冷蔵庫から何かを取り出した。「トミーがいたころは冷蔵庫がいっぱいになっていた」と、考えずにいられたのはずいぶん久しぶりだった。

トミー。

もう何年も前のことのように感じられる。

新しい内務大臣はコートをほかのコートの近くにかけ、飲み物のテーブルに向かう。彼が一番遅い。それはたしかだが、たった五分の遅刻だ。それでももう、三つ目のポットにコーヒーはわずかしか残っていない。彼は内線電話をかけて、コーヒーの追加を注文する。それから、半分しかコーヒーの入っていないカップを持って自分の席に着く。

「申し訳ない。これはたしかに最善のスタートではありません」彼は言う。「一本電話を受けていました。もちろんここにいるみなさんも、おそらくたくさんの電話を受けているとは思いますが。それはそうと」

彼は自分のスマートフォンを手に取り、電源を切った。ゴンドルフもそれに倣う。

新内務大臣は一瞬ぼんやりと会議室の机の真ん中を見る。そして体を起こし、息を吸う。まるで心の中で助走をするように。

「現状をあらわすのに適切な言葉が見つかりません。しかし、状況が憂慮すべきものである以上、死者を悼むのは当面ほかの者に任せざるを得ません。われわれのもとから刻一刻と時間が失われている現状は、ロイベル氏の死によってもなんら変わることがありません。むしろ逆に、彼の死は状況の切迫度を高めることになりました」

内務大臣は一同を見まわす。彼らの顔にはほとんど表情がない。そこからは批判も同意も読みとれない。彼らは、何がやってくるかを予測しているが、だれひとり内務大臣にかわってそれを口にはできない。彼らがどう思うことになるか、大臣にはわからない。だが、きっと大多数は賛成するはずだ。役所というのは普通、非常に保守的なものだ。

「包み隠さずに言いますが、私はロイベル氏の政策に全面的に賛同していたわけではありません。だが今ここで、その政策を批判するのはよしましょう。第一に、氏にはもう自説を擁護することができないから。そして第二に、私にとっても次のことはきわめてはっきりしているからです。それは、もしこの国でその政策をやり遂げられる人物がいるとしたら——そして《インテグレーション（統合）事業》というものが実行可能だという確信を、私を含むドイツ国民に抱かせてくれる人物がいるとしたら、それはヨーゼフ・ロイベルを措いてなかっただろうということです」

一同がその言葉にうなずく。

「しかし、今日この場ではっきり述べておかなければなりません。ロイベル氏のような確信を私はもはや抱いていません。この道はハイリスクだとさえ確信しています。そして、ロイベル氏のような統率力のある稀有な人物を欠いた今、この道はドイツを破滅に導く可能性がきわめて高い」

「ようやくそう言ってくれる人がいた」ベルトホルトが満足そうにひとりごつ。

内務大臣は、これを受け流すかどうかしばし考える。だが、カルプがその仕事を引き受けてくれた。

「おいおい、頼むよ」

「そのままを言っただけですよ」

「それはともかく」内務大臣が話を戻す。「私はヨーゼフ・ロイベルではありません。だが私は内務大臣だ。そして私は次のことを確信しています。ドイツ連邦共和国への移民の受け入れは、難民認定の申請者も含め、上限までしか認められない。ドイツ国民は移民や難民を強制的に押しつけられることを甘受できないし、受け入れるつもりもない。これらの人々の流入を、使用しうる全手段を使って食い止めることこそが、われわれのつとめです。法的な状況は明らかであり、われわれはあらゆる可能性を手にしています」

「連邦軍以外は」ベルトホルトがそっけなく言う。

「まだそうは言っていない」カスパースが言う。

「ならば、どうぞ調べてみてください。防衛上の緊急事態とは、武装攻撃を受けることを前提としている。ですが、私がテレビの映像を見るかぎり、連中が猟銃を持っている場面には一度も遭遇していません」

「杖は？　ポケットナイフは？」ゲーデケが提案する。

「ハイキング用のストックとポケットナイフで、ドイツ連邦共和国を武装攻撃？　それはさぞ法廷が楽しくなりそうだ」ベルトホルトがあざけるように言う。

「想像力豊かな判事がひとりいれば、それで十分なのでは？」ゲーデケはそう言って、肩をすくめる。

「まったくちがう事柄ですが、以前にハンブルクでそういうケースがありました」

「ありがとう、みなさん」内務大臣が言う。「私はその考えを明確に支持したいと思います。難民は創造的だ。だからわれわれも、そうならなくてはいけません。難民がわれわれに好意を示さず、杖を振り回しながら国境に殺到する可能性があるにしても。いずれにせよ彼らがはるばるここまでやってこられればの話ではありますが」

「その可能性はあるでしょう」ゴンドルフが力説した。「ロイベルのシナリオはすばらしく信頼性が高い」

「信頼性はもっと高くなるでしょう。キャラバンが妨害されないというサインをやつらが事前に受けていれば」内務大臣が言う。「ヨーロッパの相棒たちの軍隊に関して言えば……」何人かが軽蔑的な鼻息をもらす。「じっさいわれわれは、いっさいの幻想を抱いてはなりません。しかしだからといって、すべてが失われたわけではありません。われわれには特に、二つの同盟者がある。ひとつ目は、法的状態の明白さです。ダブリン規則は今も効力を有しています。二つ目は、難民が初めて入国した国の側が抱く、居座りに対する不安です。ブルガリア、セルビア、ハンガリー。どの国も同じ不安を抱くでしょう。そしてわれわれはこの不安を利用しなければなりません。それはそうと、この策略はトルコにも、いやトルコにこそ通用します。私は難民たちがトルコの国境を簡単に越えられるものとは、まったく思っていません」

「ではどのように考えるのですか?」カルプがたずねる。

「こういうことです。われわれが国境の守りを固めるほど、よその国もそれぞれの国境の守りを強く固める。もしわれわれが自身の国境をしっかりと閉ざせば、オーストリアも同じことをする。そしてもっと手前の国も同じことをする。いわば、逆さまのドミノのようなものです。石は順に倒れていくのではなく、順に起き上がっていく」

「しかし結局、それははったりにすぎないのでは」カルプが言う。疑問として口にしたのか、断定として口にしたのかは定かでなかったが、テーブルはしんと静かになった。

「はったりではありません」内務大臣は冷たく言う。「そして、この件に熱心に取り組むつもりのない方は、どうぞ異動を申し出てほしい。はっきり言っておきます。私は、武力によってでもドイツの国境を守ると決意しています。それゆえ、先ほどのカルプ氏が指摘した点について、ぜひ論じさせてほしい。危険が生じるのは、わが国の決意のほどを他国が疑っているためです。だからわれわれは、いかなる疑念もはさませないような処置をとらなくてはなりません。難民に対してだけでなく、オーストリアや他の国に対しても。よろしいですか?」

だれも言葉を発しなかった。内務大臣はエヒラーのほうを向く。「それでは状況を短くまとめていただけますか」大臣は椅子の背にもたれ、コーヒーカップを手にする。コーヒーはあまり濃くはなかったが、とても冷たかった。

「了解しました」エヒラーが言う。「難民たちがトルコの国境に達するまでには六日、長く見ても七日の猶予しかありません」

「その先はどんなふうに進行すると？」

「正確な予測は申し上げられません。しかし、行列の構造から考えて、だいたい次のような、ある程度確実な仮説が立てられるかと思います」エヒラーはプロジェクターのスイッチを入れ、壁に一枚の図を映し出す。「行列の速度を任意に左右することはできません。ですが、行列が一日に一五キロメートル進むとすると、トルコの国境には一日で一五台のトラックが到着することになります。一台のトラックは三〇〇〇人の面倒をみています。ということは、一日に四万五〇〇〇人が国境に達します。しかしここで問題が生じます。行列が国境で停止し、人々が宿営すると、行列の構造が破壊されてしまうのです。一日目には四万五〇〇〇人の巨大なキャンプが、二日目には九万人のさらに大きなキャンプが生まれることになります。これを統治することはもはや不可能です」

「軍隊があれば、できるだろう」ゲーデケが言う。

「ええ、しかしあの行列には兵隊もいなければ司令官もいません。トラックがあれこれすることで、状況を本来より、いくらか組織化しているだけだ」

「わかりました」内務大臣が言う。「たしかにやつらも、三〇万人をあそこに集めようとはもくろんでいないでしょう」

「やつらがいくらかでもものを考えることができるなら、たしかにそうでしょうな。行列が止まれば人々を世話することも、導くこともできなくなる。そんなリスクを冒すとは考えにくい。十分な人数が――つまり二万だか三万だかの人間が――集まるのを待ち、そして国境に向けて行進してくるでしょう」

「それでトルコは？　ロイベルの仮定はどのくらい正しいのでしょうか？」

「断言できません」エヒラーは言う。「氏はむろん、自分が何について話しているのか了解していましたが」

「ロイベルの情報はしかし、彼の政治的信念にきわめて適合したものでした」内務大臣が言う。「もう一度聞きます。氏の仮定はどのくらい信頼できますか？」

「氏の仮定に反する点からお話しします。わが国とトルコの関係は以前ほど良くない。だからトルコがどう出るかも予測しにくくなっている。われわれの利益になるような考慮を――どんなものかはわかりませんが――してくれる可能性もないとは言えない。しかし、彼らがヨルダンの例に倣う可能性も否定できません」

「ヨルダンのように……ああ、チクショウめ！」カルプが思わず言った。

「そのとおりです。ヨルダンは難民の群れの中に、およそ八万人の自国の難民を投げ捨てました。イラクもほぼ同数を。そしてもちろんトルコも、同じことをするかもしれません。あの国にも難民は十分以上にいる。その放出は彼らにとって、ひとつの選択肢であるはずだ」

「それだけに、われわれの発言はより明快なものでなくてはなりません。トルコにははっきりとわからせる必要がある。一〇万人の難民を厄介払いするどころか、さらに三〇万人もの難民を抱えこむことになるかもしれないのだと。はっきり言えばこういうことです。われわれには壁が必要だ。美しくなくてもいい。環境にやさしくなくてもいい。高くて安定していればいい。ベルリンの壁のように見えようが、イスラエルの壁のように見えようが、どっちでもかまわない。そしてもうひとつ、はっきりさせておきたいのは、新しい機能などなにも必要ないことです。すでによその場所で機能しているものを、そのまま真似すればいい。われわれが求めている壁は、だれもよじ登ることができず、そして、だれも押し倒すことのできない堅牢な壁だ。群衆が押し寄せても持ちこたえる壁だ。それを国境沿いに少なくとも一〇〇キロにわたってつくる必要があります」

「どこにですか？　わが国の国境はおよそ四〇〇〇キロに渡っていますが」

「今すべてを計算して見せなくてはいけませんか？」内務大臣が切り返す。「フランスの国境と、デンマークの国境はそこからはずしていいでしょう。難民のルートに関連するすべての国境だけで……」

「ポーランドとの国境は含まれますか？」

内務大臣ははっとした。その質問は、最初は馬鹿げたものに思えたが、もちろんその可能性も考えられる。ポーランドとチェコの国境は、あわせれば、ドイツの国境全体のゆうに三分の一に達する。そして、これまでに一万キロを歩いてきたやつらなら、小さな回り道をすることくらい辞さないだろう。

「そこまでする必要はおそらくないのでは？」カスパースが手を挙げる。「一日に一五キロ。さほど速いペースではありません。加えてわれわれは、彼らがなにをもくろんでいるか知っています。おそらく彼らはいちばん簡単な経路で入ってこようとはしないでしょう。彼らが求めているのはドイツの国境にたどりつくこと、そして、犠牲をともなってでもそれを乗り越えることです。われわれは、連中がどんなルートをとるか決断するのを待ち、該当する国境を固めればいいのでは」

内務大臣はうなずく。「そうであっても、トルコにはできるかぎり早くサインを送らなければなりません。可能性のある国境のひとつをとりあげ、経路が確定したらわれわれが何をするつもりなのかを示すのです」

「連邦警察もすぐに国境でのシナリオを準備し、訓練しましょう」ゲーデケが言う。「銃器の使用も含めて。それからメディアの取材についても。メディアにはかなりの優遇措置をしなくては。そしておそらく、連邦軍は要員を提供してはくれないでしょうが、重機についてはどうでしょう？　それから重火器については？　それについて調べてくれる人はいますか？」

「私がやりましょう」ベルトホルトが自分から手を挙げる。

「ありがとう」内務大臣は言う。「私はさしあたり、財源の確保にあたります」

「まだプランＢが残っていますが」カスパースが身を乗り出す。

「どのプランＢですか？」内務大臣が言う。

「本質的には、プランＡです。ロイベル氏が促していたことがらです。今の状況にかんがみれば、それはわれわれにとってプランＢとなるでしょうが、もしわれわれが……」

「プランＢは存在しません」内務大臣は言う。「プランＢは即停止です。はっきり言っておきますが、われわれにプランＢは存在しません。オーストリアにも明らかにしておきましょう。難民はわが国に、とてつもない壊滅的状況をもたらす。だからわれわれは、国境を開けることはできないのだと」

「その件についてもマスコミを？」カスパースがたずねる。

「全力で頼みます」内務大臣が言う。「多ければ、多いほど良い」

ナデシュ・ハッケンブッシュの大きな憂悶

スター司会者ナデシュ・ハッケンブッシュは人生でもっとも過酷なこの数週間で、存在の危機にさらされていると専門家は語る。数千人に救いの手を差しのべているこの女性は元夫に見捨てられ、苦難の中にある。

アストリッド・フォン・ロエル

これはかつてある物語の中で女に課された、「麦わらから金を紡げ」という不可能なつとめに似ている。だが今、その信じがたいことが実現に近づいている。その奇跡は、ドイツのトップ司会者でありスーパースターであるナデシュ・ハッケンブッシュによってもたらされたものと言える。だが奇跡はいっぽうで、潤んだ瞳に悲しく苦い後味をもたらした。この「麦わら」は麦わらではなく、金は銀だ。曲がりくねった時間を流れる小川のように、天の高みから銀の筋がゆるやかにカールしながら流れ落ちてくる。

名高いメディアグループ、プリンターネット(『グランデッツァ』、『イヴァンジェリーネ』、『ヘングスト』etc.)からこの五月に「今年の女性」に選ばれたナデシュ・ハッケンブッシュは、その銀色の小川を物思いにふけりながら眺めている。小川は彼女の頭髪の分け目から流れてくる。ナデシュの濃い茶色の長い髪を黒ビールに喩えるなら、その銀色のしたたりはビールに浮かぶ泡のようだ。「私の初めての白髪」そう言いながら彼女は、その銀色のひとすじの髪を、ほっそりした人差し指に慎重に巻きつける。何でもないことのように彼女は言うが、それほど簡単に受け入れられるものだろうか？　ゆるぎない確信に満ちた瞳は、私たちにそれを信じさせようとしている。でも、ほかならぬこの女性が？

ナデシュ・ハッケンブッシュが、この史上最大と言っていい苦難を引き受けると決心してから、一年以上になる。たしかに、愛はすべての傷をいやすとしばしば言われる。しかし、たとえわずかでも、まぎれもない白銀の髪は、別の物語をあらわしている。白い髪は、ナデシュ・ハッケンブッシュがまわりに気づかせまいとしている苦痛を物語っている。

これまでに、息子のケールとミンスが飛行機でナデシュを訪れることができたのは、たったの二度だ（『イヴァンジェリーネ』の独占取材より）。彼女がそれを秘密にしないのは、そのほうがよいと考えたからだろう。「ここは子どもが来るような場所ではないけれど」とナデシュは言う。彼女の名を冠した「ナデシュ・ハッケンブッシュ・ファウンデーション・フォー・ザ・ヒューマンズ」は毎日、世界的に有名になった三台の赤ちゃんバスで、子をもつ喜びを若い難民女性が可能なかぎり享受できるようにしている。だが、世界の人々の心を動かしているこの難民キャラバンでナデシュが日々を過ごすことで、息子たちは、人生の正しい支えとなるはずの唯一の人物を奪われてしまう。親密さややさしいスキンシップは、電話やEメールでは埋め合わせられない。何より痛ましいのは、多くの人々に助けの手を差し伸べているこの女性が、己の身をもっとも守りがたい領域では孤立無援同然の状態にあることだ。

もちろんナデシュ・ハッケンブッシュはニコライ・フォン・クラーケンについて、ひとことも悪口は言わない。ケールのアルコール入り炭酸飲料事件やミンスが明かしている性転換の計画についても、それらがニコライの監督不行き届きのせいで起きたのではないかという考えは、この卓越した女性の頭にはちらりとも浮かばないらしい。だが彼女は、さして感謝を抱いていない元夫を繰り返し擁護するのに疲れ果てている。さらに、社会に嫌悪と敵意と不信を巻き起こしたニコライと二三歳年下のインターネット界のスター、シュミンキ・クラヴァルとの《関係》をも、ナデシュは気丈に受け入れようとしている。だが、彼女を気遣う友人たちは徐々に気づいている。最近のナデシュは、家族の話になるとしばしば黙り込んでしまう。ナデシュの助けを強く必要としている家族に、あまりに長いことさびしい思いをさせている負い目があるからだろう。それなのに子どもたちの養父であるニコライは、冷酷な大物弁護士団を通じて、毎日のように巨額の要求を提示してくる。むろん子どもの養育権もだ。「たしかに」ナデシュ・ハッケンブッシュは鷹揚に言う。「彼はケールとミンスを大事にしてくれている。今のところはね。でも疑問の余地がないことがある。長期的には、より良い母親になれるのは母親本人だけよ」

こうした重荷が徐々に増すいっぽうで、彼女が率いる巨大な救出行動は日ごとに大規模になり、いっこうに衰えることがない。トルコに近づいていることは、彼女にほんのささやかな慰めを与えているようだ。「もちろんトルコに着いたら嬉しいわ」ナデシュは確信に満ちたようすで言う。「道路には街灯もあって、これまでとはまるでちがう国になる。アンタルヤのような場所には街灯もあるし、路面電車まで走っている」

だが、目標に近づくにつれ、この希望に満ちた行進には冷酷な展開が訪れている。数十万の人々はナデシュ・ハッケンブッシュの犠牲的献身によって、以前よりも幸福な人生に踏み出す一歩手前にいる。だが、ナデシュの裏の顔を覗くことができる少数の良き友人たちは、こんな疑問を呈する。

彼女はこの無慈悲な重荷にあとどれくらい耐えられるのだろうか？　ライオネル青年との宿命の愛は、数奇な人生が彼女に背負わせた非人間的苦痛をどのくらい長く和らげてくれるのだろうか？

「ナデシュ・ハッケンブッシュのような現代女性は、とりわけ大きな危険にさらされています」ミュンヘンのヘリベルト＝ジンスハイマー研究所の化粧心理学教授、ガブリエル・シャウフハウゼンも警告する。今回の件を最初から観察してきた、私講師であるシャウフハウゼン教授は次のように述べる。「こうした女性はおおかたの男性や、場合によってはトップ・マネージメントよりも能力があり、つねに自分自身に過剰な期待をかけています」彼はさらに指摘する。「症状は複雑で混乱した形をとることがありますが、白髪がわずかでも出現するのは珍しいケースではなく、不安をさらにかきたてる警告的サインだと考えられます。この先もさらに重荷を負い続ければ、燃えつきにつながる危険もあります」あるいはもっとひどいことが？「その可能性は」七七歳の私講師は心配そうに言う。「完全には排除できません」

だが、今のナデシュ・ハッケンブッシュに、こうした危険に対処する時間はない。彼女は大勢の人々の希望であり、とりわけ大勢の女性たちの希望だ。行き先のわからない感性の時代の希望であり、手本であり、水先案内人でもある。そしてこれらの人々はこの先も、ナデシュ・ハッケンブッシュのような女性に頼ることができるのを、幸運にも理解している。**これはいわば現代の、女モーセの物語だ。**女モーセことナデシュ・ハッケンブッシュは砂漠にのびる長い行列のさらに向こうに目をはせる。彼女の背後にはしかし、愛の死によって壊れた不幸な結婚関係がある。

第45章

内務大臣は不快だった。防弾チョッキを着るのはこれが初めてではない。だが、一〇回目というわけでもない。連邦軍にいたときも、防弾チョッキを着るといつもこんなふうにぎごちなさを感じていた。「君のろくでもないチョッキはどこだね?」下士官から怒鳴られたものだ。「あれを着ていなかったら、自分の身に何が起こるかわかっているのか?」

「何も起こりません」彼はいつも答えた。「こちらが先に撃つかぎりは」

下士官が言う。「すべては順調ですか?」

脇を軽く小突かれた気がした。「すべては順調ですかと、おたずねしたのですが」隣にシェリシュが立っている。トルコ側が提供した世話人であり、連絡将校でもある。内務大臣は驚いて飛び上がる。そして頷き、チョッキを正しい位置に引っ張る。強く引っ張りすぎて、かえっておかしなことになってしまった。彼らは今、トルコとイラクの国境のハブールにある国境通過点の監視センターにいる。中東でしか見かけないしつらえの、中くらいの大きさの部屋だ。コンクリートのその部屋は氷河期のように冷え切り、四つの壁は定義しがたい色に塗られ、モルタルには小さなひびがある。床はタイル張りだ。さまざまな技術的装備にもかかわらず、モニターはすべて、どういうわけかむき出しのままだ。まるで、この建物がまもなくふたたび取りこわされるかのように。壁にはアタデュルクの肖像画がぽつんとかけられている。まだかけられている、というべきだろうか。人々は机とモニターのところに座っている。時おり、だれかが入ってきてはすぐに出ていく。でも、人の出入りはまれにしかない。まるで、モニター画面の外の現実は邪魔だと言わぬばかりに。三つのモニターは、国境通過点の監視カメラの映像を映している。ほかの二つのモニターにはＣＮＮの映像と、そして――これはおそらくドイツからの客への忖度ということなのだろう――マイＴＶの映像が映っている。予備のモニターひとつを除くと、残る二つのモニターにはヘリコプターからの現在の映像が、わずかに揺れながら映し出されている。何機かのヘリコプターはおそらく、国際法に違反する行為をしている。それらは国境をかなり越えた、イラク側の空から映像を撮っているのだ。その映像を見ても、内務大臣は自信に満ちた気持ちにはなれない。

通常ならここは、毎日約六〇〇〇台の輸送トラックが通り抜けるという。けれど今日は数百もしくは数千台が、国境に続く道路上で停まっている。イラクはトラックだけでなく乗用車にも国境を遮断し、難民の行列のために道を空けている。せきとめられたトラックの列のそばを、人間が歩いていく。人間の、果てしない行列だ。ときどき小さな間隔があくが、それでも果てしなく行列は続く。トラックの運転手が手を振る。怒ってクラクションを鳴らす者もいる。行列のおかげで、国境を越えることができないからだ。はるか向こうにいる難民用の給水車をカメラがとらえる。給水車は後方にとどまっている。きっと難民たちが後で、数の規模という切り札をよりうまく使うためなのだろう。内務大臣はため息をつきながら、壁にかけられた醜悪なデジタル時計に目をやる。

午後の二時だ。本国より一時間進んでいる。あっちはきっと昼食を終えたころだろう。家族ものが退屈し、若者も退屈する。みなが退屈しきり、『フォーミュラ　1』のような番組ですら見る価値が生じる時間帯だ。だが、今日はちがう。今日はみんなが、この光景をテレビで見ている。国境に向かっていく人々の群れ。永久に続くかのような長い旅の中で、克服すべききわめて重要な段階だ。そして今すべての人々が、ロイベルは正しかったのかどうかを見極めようとしている。イラクに関するかぎり、ロイベルの仮説はまちがっていなかったようだ。内務大臣は肩をすくめる。

「しかしこれは、予想通りでしょう」シェリシュが内務大臣の考えを見透かしたように言う。

「もちろん」内務大臣はいらいらしながら言う。どうして自分は、思っていることをこうも表に出してしまうのだろうか。声からも怒りを見抜かれたと思うと、よけいに腹が立つ。でもその怒りは、くだらないものでもある。いったいだれが、イラクの人間が難民を食いとめてくれると思っただろうか？　まるで子どもじみた考えだ、と内務大臣は思う。子どものころ、学校に行く途中、最後の角を曲がるまで「学校が燃えてしまえばいいのに」と思っていたのと同じではないか。だが、可能性はあったのだ。今この瞬間まで。

トラックの運転手たちはとっくに車から降り、茶をわかし、食事をし、談笑している。乗用車の運転手たちはもっと不機嫌な反応だ。多くはUターンして、道を戻っていく。おそらくそう簡単には通行可能にならないと思ったのだろう。一〇万の難民が徒歩で国境を通過するには、たしかにたっぷり数日はかかりそうだ。

「あんなことをして、何になるのだろう」シェリシュが、内務大臣の心を読んだようなセリフを言う。目を白黒させているところを見られまいとして、内務大臣はまぶたを閉じる。外に出て、タバコを吸いたい。でも残念ながら、自分はタバコを吸わないのだ。

「お茶を持ってこさせましょうか?」

「ご親切にどうも」

シェリシュが合図をすると、だれかが部屋を出ていく。画面には、イラクをあとにする難民たちの先頭集団が映っている。二つの国境検問所のあいだの奇妙な無人地帯に、彼らは足を踏み入れる。無人地帯はもちろん、だれにも属さない土地だ。難民たちは、ちっとも急がずに歩く。一帯を横切って近道をするのも可能なはずなのに、彼らはヘアピンカーブの道沿いに律義に歩く。道からぜったいに離れてはいけないと思い決めているかのように。彼らは二つの道の西側のほうを通り、非常に折り目正しくトルコの国境に近づいていく。先ほどからずっと、トラックの姿は見えない。トラックという鋼鉄の塊はあまりに強力で攻撃的に見えすぎて、難民全体が十分か弱く見えないという懸念からだろう。行列は攻撃的でないように見えなくてはいけない。でもこれは脅迫だ。結局のところ、これは脅迫以外の何ものでもないと、内務大臣は考える。だが、トルコの現在の法は、脅迫という概念を知っているのだろうか?

あるいは法という概念を。

内務大臣は、壁にかかっている地図を見る。グーグルマップを拡大し、もう一度それを地図と比べてみる。彼らはおそらくあと数分で、イラクとの国境を形成するハブール川を越える。彼らは今、さらにゆっくりと歩いている。橋を利用して行列を密にしているのだ。女がいて、子どもがいる。画面にナデシュ・ハッケンブッシュの姿がはっきりあらわれる。顔を喜びに輝かせた民族のジャンヌ・ダルク。彼女は小さな女の子と手をつないでいる。内務大臣でさえ一瞬、可愛らしいと思ってしまうような少女だ。

内務大臣は考えこみながら、光をさえぎっているブラインド越しに外を見る。「外のようすは私からお伝えしますよ」シェリシュが言う。「私があなたの立場だったら、あの橋を爆撃していたでしょうな。あるいは爆破させていた」シェリシュは、さきほど小さな少年が運んできた銅の盆から、グラスをひとつ手に取り、内務大臣に渡す。中には熱いお茶が入っている。

「ありがとう。ドイツ連邦共和国は、他国の橋を簡単に爆破したりはしません」

「あなたがたは昔はそんなに……ジョーキン、いやジョーシンではなかったでしょう？」

「お上品と言いたいのですか？　昔はわれわれは、ドイツ連邦共和国ではなかった」

お茶を運んできた少年は、どう見ても軍に所属する少年ではなかった。どうしてそんな人物が簡単に入ってこられるのだろう？　そいつがもし半キロの重さのＴＮＴ火薬をもってきたらどうするのだろう？　そうなったら防弾チョッキに何の意味がある？

「失礼。無礼をするつもりはありませんでした」シェリシュが言う。「しかし、橋がなければ彼らはあんなに簡単にことを進められなかったはずだ。こうした点については、私はやはり骨の髄まで軍人だ。だがもちろん、勧誘をしているわけではありません。あれは結局のところ、われわれの橋なのですから」

「こう申し上げれば、あなたの軍人気質とやらも落ち着かれるでしょうか。ここにラインやドナウのような川があれば、われわれも考えてみたかもしれません。橋の取り壊しや再建の費用は、こちらが支払ったでしょうし。しかしこのハブール川は……なんというか、天気の良い日ならズボンのすそを折り返した程度で向こう岸まで渡れそうな川なので」

「春にはこの川も、こんなふうではないのですよ」

「彼らにそれを言ってやってください。計画を延期してくれるかもしれない」

突然、内務大臣は紅茶のグラスを置く。窓のひとつから、彼らが今まさにこちらにやってくるのがちらりと見えたのだ。テレビ越しでなく、初めてその目で見る難民だ。彼らは橋を越えて歩いてくる。非常に密な行列だ。非常に密で、無限に続く行列だ。テレビで見るよりもずっと巨大だ。彼は窓からの光景と画面の映像を、かわるがわる見る。マイＴＶが例のライオネルという男を大映しにするのが見える。ライオネルは自分の携帯電話を分解している。見せつけるようなしぐさで電池を外し、携帯電話の接続を切る。これでそれ以降の通話は不可能になった。

内務大臣は部屋を出る。いちばん上の踊り場の鋼鉄の格子の上に立ち、わずかに体を前に傾ける。行列はそれほど速く動いてはいない。まるで、人間でできた溶岩のようだ。行列の終わりは見えない。ここからは何マイルも先まで見えるのだから、きっと行列の終わりも見ることができるはずなのに。大勢の人間がぞろぞろと動いている実際のようすに、内務大臣は度肝を抜かれる。もちろんほかの人々と同じように、これまでテレビの映像でこの行列は見てきた。だが現実を目にした今、彼の胸には突然、自分はすべてを過小評価していたのではないかという思いが湧いてくる。この数日間の出来事を、大急ぎで頭に思い浮かべる。自分は何も責められるようなことはしていないはずだ。進行させるべきことを粛々と進行させ、あらゆる手段を尽くしてきた。四日前、フェンスの建設を始めた。選んだ場所はパッサウだ。その理由は、ドナウ川とイン川があるおかげで低コストで、最大限の視覚的効果を引き出すことができるからだ。国境に橋が架かっているのはそれだけで、強烈な印象的をもたらす。高さ八メートルのコンクリート防壁の上には、レーザーワイヤーがある。馬鹿げた代物にはちがいないが、全体的に見ればレーザーワイヤーがあってもなくても費用はたいして変わらず、威嚇的な見せかけのためにそれをつけた。ただ、壁はそれほど広範囲に渡っていない。難民の中に泳ぎが達者なやつがいるかもしれないことまでは、考慮していない。だがともかく、ドイツという国がこの件にいかに真剣に取り組んでいるかは伝わるだろう。オーストリアとEUは即座にシェンゲン協定〔ヨーロッパの国家間において国境検査なしで国境を越えることを許可する協定〕を盾に異議を申し立ててきたが、その件は官僚に委ねることができた。そして、その後の成果で、内務大臣が正しかったことが証明された。デモは即座に沈静化はしなかったが、それ以上大きくなりもしなかった。内務大臣の処置を国民みなが歓迎し、人々の不安はおさまった。それなのにこの瞬間、内務大臣は突然、宿題をやり忘れてきたような、あるいは大事な試験が始まるほんの数分前に、課題を十分勉強してこなかったことに気づいたような、そんな感覚に襲われた。

いっぽうのトルコは宿題を仕上げてきた。

彼らは内務大臣に《あること》を約束し、それを守った。難民を励ますようなサインをいっさい送らないというのがそれだ。たしかに、カメラの映像を送ってくるヘリコプターまで、ご丁寧に武装している。国境付近はバリケードで封鎖されている。バリケードの後ろの国境沿いには、自動小銃MPT－76〔トルコのMKE社がドイツのヘッケラー・ウント・コッホの設計をもとに開発した自動小銃〕を携えた歩兵が立っている。数年前まで彼らはまだヘッケラー・ウント・コッホ社製のG3自動小銃を所持していたはずだ。G3はまだいくらかは使用されているはずだが、トルコはドイツ人の感情に配慮したのだろう。谷を見下ろす斜面で見張りをしている戦車の中にレオパルトの姿はない。トルコは、自身の所持するアメリカ製の戦車を派遣してきていた。実弾が装填され、出撃態勢が整っている。もし出動したとしても、だれもそれをドイツの武器だとは主張できまい。放水車も戦列に並んでいる。すぐには実弾を撃つ羽目にならないように、いろいろ準備してあるようだ。

そのときようやく内務大臣は、時代遅れのおんぼろスピーカーから、ずいぶん前から絶えまなく、何かをがなり立てる声が聞こえていたことに気がつく。トルコ語と、ほかの何かの言語だ。想像力をたくましくすれば、英語に聞こえないこともない。「こちらはトルコ軍だ。君たちは不法にトルコの国境に接近している」シェリシュが内務大臣のために翻訳した。「停止せよ。そして引き返せ。さもなければ発砲する」その言葉は何度も何度も繰り返されるが、効力はまったく認められない。続いて轟音が聞こえてくる。シェリシュが内務大臣の肩をたたく。耳当てを差し出している。

内務大臣の視線が上のほうに向く。戦闘機がいくつも飛び立ち、空を旋回する。おそらくF－16だろう。二機が低空飛行で人々に近づく。内務大臣は耳当てをしたが、それでもその音は耐えがたいほどすさまじかった。子どもが泣き出したり叫び声をあげたりするのが見える。戦闘機が、下面のリベットを数えられるのではないかと思うほど、人々の頭上に迫ってきたのだ。内務大臣が見つめる中、女たちが手で子どもの頭を守ろうとする。多くの人々は耳に詰めるものを必死に探す。何かを見つけられた者もいるようだ。人々はそれでも歩みを止めない。内務大臣は開いた扉から、情報管理センターの中を見る。マイＴＶは状況をここかしこで切り取っている。時おりナデシュ・ハッケンブッシュの姿が映る。クラスの遠足と国葬の列が入り混じったような、風変わりで、どこか宗教めいてすらいるこの行列の中で、ハッケンブッシュは一歩一歩前へと足を踏み出していく。そして今、カメラのレンズが内務大臣自身の姿をとらえる。泣き叫ぶ女と子どもたち。そしてそれを、しっかり耳をふさいで見つめている自分。なんと愚かしい図だろう。

内務大臣は頭を上げ、ドローンを見る。ドローンは上空一〇メートルも離れていないところを漂っている。大臣はカメラをきっとにらみつけ、両手を上にあげ、耳当てを外す。そしてそれを、前を通り過ぎる群衆に投げつける。生の映像だ。編集をしたければするがいい。絵になる図の作り方を知っているのは、あのハッケンブッシュだけではないのだ。

戦闘機がまた群衆に迫る。今度はさっきよりもさらに低く、そして、さっきよりもゆっくりと。そのスピードは市街地を走る乗用車の速度とほとんど変わらない。そういうことが可能であるのを内務大臣は知っている。ただ、じっさいにそれを見るのは初めてだった。耳障りな音がし、内務大臣は鼓膜に逆圧を与えるために口を開き、叫び声をあげる。人々は今きっと、エンジンの熱さを肌で感じている。あの下にいる群衆は、ともかくぜったいに。何人かは拳を固めている。女たちは嘆願するように腕を高く上げる。マイＴＶのカメラが、ハッケンブッシュの姿をとらえる。舞いあがるその髪は、まるでいばらの茂みが燃え盛っているようだ。彼女は咎めるような視線を戦闘機に向ける。そうすればパイロットにそれが見えるとでもいうように。そしてパイロットはそれを見ることができたようだ。偶然の可能性もないとはいえないが、戦闘機はたしかに向きを変えた。まるで、ナデシュ・ハッケンブッシュが怒りの視線だけで戦闘機を追い払ったかのようだった。

放水車が作動する。幾筋かの水が人々の頭上にシューーッと吹きかけられる。だが、これは奇妙なほど非生産的な行為だった。この熱波の中、上から降ってくる水はむしろ快適ですらあるはずだ。そして何も効果がないことは、すぐに明らかになった。とりわけ水が、人々に直接向けられているのでなければ――。内務大臣は問いかけるような視線をシェリシュに向ける。シェリシュが、自分にはどうにもできないというようなしぐさで人々のほうを指さす。トルコ側は、乳幼児や小さな子どもには二〇バールの水圧で水をかけようとはしない。そして人々はこの際だからとでも言うように、存分に体を湿らせている。いったいこれで、何が達成できるというのだろう？　問題は明らかだ。難民たちはもう、後戻りはできない。だが、彼らを押しとどめるのは困難だ。内務大臣の頭に突然何かがひらめく。この国境全体はもしかして、まったくちがうふうに構成することもできたのではないか。今人々は、まるで巨大な漏斗の中にいるように通路に密集していっている。でも、逆に通路をくさびのようにして群衆の中に押し込めば、圧力は左右に分散されるだろう。内務大臣は頭の中ですばやくメモをとる。

先頭の難民が鋼鉄のバリケードまでたどり着き、その場で立ち尽くす。女たちだ。腕には子どもを抱えている。人々が集まり、密集してくる。そのとき、バリケードが開く。ワッと歓声があがる。

内務大臣はあぜんとした顔でシェリシュを見る。「なぜこんなにあっさり？　まだ一発も撃っていないではないか！　威嚇射撃のひとつもしていないではないか！」

「だれを威嚇せよと？　そしてこれらの人々はいったいどこをめざしているのですか？」

「あなたがたは連中を、招き入れたも同然ではないか！」内務大臣がそれしか言わなかったのは、ドローンが耳を傾けているかどうか、わからなかったからだ。

「あなたは私と同じほどよくわかっているはずだ。身動きの取れない状態になってから門を開いたら、数十人は死者が出る。それならば、群衆に発砲したのと変わらない。そしてわれわれは発砲しない。ドイツ連邦共和国のために発砲などしない。それをすれば、あなたがたはわれわれをすぐさま、大量殺戮者として非難するだろう。あなたがたのためにわざわざ火中の栗を拾って、あとで『アルメニア人にしたことを、またもや繰り返したのか』と後ろ指をさされるのは割に合わない」

「そう決断したということですか」内務大臣は言う。ロイベルはこうなることをわかっていた。これは、予測できたことなのだ。それにしても、うんざりするような気持ちだった。「私が言いたいのは、どうかあれを見てほしいということだ。彼らは数か月にわたってあなたの国の道路をふさぐことになる。どうぞお楽しみあれ」

「それほど長くかかるとは、思いませんよ」シェリシュが言う。

内務大臣は気が抜けたように保護柵の上に寄りかかり、兵士たちが退却していくようすを上から観察する。兵士らは、人垣のようなものをつくっている――少なくともそうできる者たちは。兵士らの多くは難民の女性からキスをされたり、難民の男性から感謝の抱擁を受けたりしている。戦闘機が飛ぶ音はもう聞こえない。内務大臣は兵士らを見る。彼らはある方向を指さしている。まるで難民たちだけでは道がわからないとでもいうかのように。人々はひたすらその流れについていく。その光景は内務大臣に、一九八九年に壁が崩壊した当時のベルリンの、ボルンホルマー通りのようすを思い出させる。もしも東ドイツの境界線がくさび形をしていたら、何か東独の助けになったのだろうか？

シェリシュは部屋に戻ったようだ。もしかしたら、気を悪くしたのかもしれない。だが、そんなことは構うものか。やつは現場で、自分の務めを果たした。そしてぎりぎりのところで、未然に衝突を防いだだけだ。こちらの目論見ははずれたが、これは予想外の事態だ。まだ準備のための時間が三か月、いやもしかしたら四か月は残されている。たくさんの時間でないが、けっして少なすぎるわけでもない。とにかくこうなった以上、事態を変えることはできない。

兵士たちは手を振りながら、人々を案内している。彼らはきっと、案内所の従業員にでもなったような気持ちがしているにちがいない。おそらく人々から、馬鹿げた質問を何度も何度も受けているだろう。内務大臣は若いころ、メッセでそういうアルバイトをしたからよくわかる。人々から始終聞かれたものだ。クロークはどこですか？　トイレはどこですか？　そしてそれは、クロークやトイレの標識がきちんと整っていないからではない。クロークもトイレも、大きな標識があちこちに取りつけられている。ドイツの建築は、そういうところはじつに抜かりがないのだ。それなのに人々は、判で押したようにその質問をしてくる。きっとあそこに立っている気の毒な兵士たちは、こう言い続けているのだろう。ドイツはあちらです。ドイツはあちらです。

「それほど長くかかるとは、思いませんよ」

あの言葉には、なんだか奇妙な響きがあった。たぶんそれは、訛りのせいだろう。

内務大臣は立ち上がる。またヘリコプターに乗って、戻らなくてはならない。彼は情報管理センターを最後に一瞥する。モニターに目がとまる。ヘリコプターから撮った映像が映し出されている。CNNの放送では、同じ映像が無限ループのように繰り返されている。まるで新しい映像は高価すぎて映せないとでもいうように。そして別のモニターにはマイTVの映像が映っている。内務大臣は足を止める。そして戸口から外へと突然走り出す。

あれがどこかはわかる。あの、兵士たちが指し示していた場所だ。

「どこに行くのですか?」シェリシュが声をかける。「おひとりでは……」

内務大臣は転げるように階段を下りる。何人もの兵士のあいだをかきわけるようにして、兵士らが非常線を張っている向こうの、難民らが歩いている道をたどる。シェリシュが急いで後を追ってくる。内務大臣は放水車のそばを通り抜け、兵員輸送車のそばを通り抜けた。機関銃を撃つための台までわざわざ設置されている――なんと馬鹿げた話だろうか。歩兵戦闘車が三台見え、小高い丘には大きな戦車が二台ある。アメリカが開発したM60だ。どれも、難民のために用意されたのではなく、この愚かなドイツ人のために用意されていたのだ。

「大臣!」シェリシュが叫ぶ。「おひとりではいけません……」

「その逆だ!」内務大臣は叫び返す。「ひとりで行かせてくれ!」

今や大臣は走っている。防弾チョッキが邪魔になっていることに気づき、チョッキをむしり取り、脇に投げつける。さらに道をたどる。一キロほども走っただろうか。兵士たちが緩い列をつくり、難民をさらに誘導している場所にたどり着いた。アスファルトの上なので、人々の歩みは速くなっている。そして何かが見えてきた。大きな駐車場だ。モニターで見ていたものより、はるかに大きい。おそらく少し前に、重機を使って大急ぎで拡張されたのだろう。難民が大臣のそばを通り、駐車場に向かう。彼らが一台のバスに乗り込むのを大臣は見る。そのバスの後ろには、もう一台のバスが止まっている。

「それほど時間はかからないと思いますよ」あのクソ野郎め。

バスは、数十台はある。いや、数百台かもしれない。さまざまな製造年。さまざまな大きさ。さまざまなモデル。どこかの都市バスまである。内務大臣は、心臓が喉元までせりあがってくるような気がした。いや、喉元ではなく口の中にまで来ているような気分だ。そしてそれは、さっきの全力疾走のせいではなかった。

内務大臣は後ろをふり返る。息を切らしたシェリシュが追いつく。

「大臣……」

「あれは何だ?」内務大臣は怒鳴る。「あそこで何をしている?」

「あなたにはわかるはずです」シェリシュが息を切らしながら言う。

「私が何をわかるはずだって? あそこで、あなたがたは、何をしている? あそこで・何を・しているんだ!」

「あなただって、同じようにするはずですよ!」

「私が何を、同じようにするはずだって?」

「あなたは本当に私たちが、五〇万もの人間に徒歩でのんびりとわが国を通過させると思っていたのですか？　大勢の人間がぎっしり住んでいるこの国を？　ここはそこらの黒人国家とはちがう、トルコ共和国なのですよ！　あの群衆をわれわれは野放しになどできない。そして彼らがこの国を通り抜けるというのなら、せめてさっさと通り抜けてもらうだけです！」

内務大臣は途方に暮れたように駐車場を見る。もちろん、シェリシュの言うとおりだ。当然のことなのだ。人々を乗せたバスはもうすでに道路を走り始めている。内務大臣はしばらくの間泊まれるように、仮の宿をおさえていた。おそらくこれには半年はかからないだろう、いや、二か月もかからないかもしれない。だが、連中が残りの距離を踏破するだけの時間はまだある。トルコとしては、早く通り抜けさせたいはずだ。もしかしたら――内務大臣は考える。もしかしたら、ドイツがフェンスを建てたせいで、事態はこんなにも早く進んでしまったのか？

残りの距離にかかる時間。

内務大臣はすさまじい勢いで計算をする。トルコの町の道路はそれほど広くつくられていない。あのバスの群れは、大きな二車線道路を一日中自由に走るわけにはいかないはずだ。だからきっと脇道を通るだろう。しかし、ひとたび四車線の高速道路に近づいたら、スピードはもっと上がるにちがいない。そうだとしたら、もう時間が四か月も残されていないのはあきらかだ。トルコ国内の二〇〇〇キロメートル程度の道のりは、バスならせいぜい一〇日間で走破できるはずだ。

運が良ければ、あと二週間、猶予がある。

第46章

彼らは飛ぶように進む。

ライオネルはバスの前方で、運転をしているマッハムードの隣に立ち、運転席と手すりをしっかり握っている。自分の下でバスが、埃っぽい道に吸いつくように走るのが、フロントガラス越しに見える。スピードメーターをちらりと見る。メーターの針は動いていない。でも、時速四〇キロくらいだろう。

彼らは飛ぶように進む。

これはまちがいなく、ライオネルがこれまで見た中でいちばんひどいバスだ。そして、これまで見た中でいちばん古いバスかもしれない。だが、それは簡単にはわからない。あまりにもひどすぎて、いかなる分類も不可能なほどだ。バスの前面は丸くて、人参みたいな刻み目が入っている。フロントガラスは真ん中で二枚に分かれている。ということは六〇年代につくられた代物か。あるいは五〇年代のものかもしれない。その下の、バンパーのすぐ上に横長のラジエーターグリルがある。だがそれは車の幅全体にはかかっておらず、変に小さくておまけに細いので、丸いヘッドライトがちょうど口角の位置にあるように見える。小さいラジエーターグリルのせいで、バスはまるで不機嫌な芋虫の顔のように見える。

バスにどすんと衝撃が走る。この車にも昔はスプリングがついていたのかもしれないが、もうずいぶん前から、その機能はなくなっているのだろう。衝撃のすぐあとで、ギシギシという嫌な音が短く聞こえてくる。車台の一部が路面にこすれる音らしい。それからエンジンの鈍い音がする。スピードをふたたび上げるために、マッハムードがギアを高速に切り替えたのだ。マッハムードがキャプテンハットを正しい位置に戻す。そしてバスは気を取り直したように、ふたたび速度を増していく。

「こんな仕事をさせちまって、すまないな」彼はマッハムードに言う。

「なに？」

バスはたしかに古いが、古さよりも騒音のほうが問題だった。

「こんな仕事をさせてすまない、と言ったんだ」ライオネルは怒鳴る。

「どうして？」マッハムードが怒鳴り返す。

「だってほら、おまえは大将《アドミラル》だったのに」

「おれはいまでも大将さ」マッハムードは大声でそう言うと、わくわくした顔で帽子を指さす。バスがバウンドし、帽子が顔にずり落ちる。

ライオネルは横の窓ガラスから外を見る。窓ガラスは小さい。まるでガラスはブリキよりもはるかに高いので、そうしたかのようだ。窓ガラスはほぼそろっているから、囚人の護送用に使うことも可能だったろう。窓の外を、トルコの風景が通り過ぎていく。正直、ほかの国とそれほど大きなちがいは感じられない。暑くて、広くて、岩だらけで、埃っぽい。建物は前よりもちょくちょくある。そして道路は前よりはましだ。そう感じられないのは、古代並みに古いバスの中に座っているせいだろう。

でも、ともかくバスの中に座っている。バスは飛ぶように進んでいる。だれがそんなことを想像していただろう？

これはトルコが言いだしたアイデアだ。トルコ人はライオネルに電話をしてきて、君はテレビに出ているあの青年かと尋ねた。彼は答えた。そうです。僕がテレビに出ているあの青年です。

「本当なのですか？　人々が言っていることは」若者でも年寄りでもない声だった。ゆったりと落ち着いて、でもエネルギッシュな、男の声だ。男は英語を話す。イギリスの英語だと、ライオネルにはわかる。

「人々は何と言っているのですか？」

「人々はこう言っています。あなたが大勢の人々と一緒にトルコに入国するつもりだと」

「なんですって？」

「通過したいのです」

「われわれはトルコを通過しようと思っています。それはたしかです」

「ならば私はあなたに気づかせてあげなくてはならない。残念ながらわれわれはあなたがたにそれを許すことはできないのだと」

「知っています」

「何を知っているのですか？」

「それを知っているのです」

「それはつまり……？」

「つまり、あなたがたが僕らにそれを許さないだろうことを、僕は知っているのです」

「どういうことですか?」

「僕はそうしたことについて何の経験もありません。だが、僕らは長いあいだ旅の途上にある。これまでにたくさんの国を通り抜けてきました。そしてどの国も僕らが通過することを許しはしなかった。でも、どの国も僕らが通過するのを邪魔はしなかった。今回だってそうなるかもしれない」

「私はそうは思いませんが」

「すみません。たぶん僕がうまく言いあらわせなかったのです。それはもちろん、こういうことです。僕らはここでひとつの大きな願いをかなえたい。そのためには、別の人々の願いをお返しに僕らがかなえてあげるのが筋であり、安上がりでもあるのだということを、僕らは知っているのです。ですのでどうか、僕らがあなたがたのためにしてあげられることを、そしてだれのためにほかに何ができるかを教えてほしいのです……」

「あなたは誤解している。われわれの国はトルコ共和国です。あなたが言っている類のことは、おそらく建設許可を巡ってなら行われているでしょう。でも、数十万の人間のためにそんなことはできません。はっきり言っておきます。もしもあなたがたがわれわれの国境を、これまでやってきたようなやり方でたとえどこであろうと越えようとしたら――われわれはそれを阻止するでしょう。あなたがたを国には入れさせない。主権国家が使うことのできるあらゆる方法を用いてでも」

「はい」そのとき彼は言ったのだ。「あなたがたはきっとそうしなくてはならなくなるでしょう」こめかみの脈がドクンドクンと打っていたことを覚えている。なぜなら彼は、今がそのときだとわかっていたからだ。いつか来なければならないときが来たのだとわかっていたからだ。それは、カネがもう、解決の助けにならないときだ。話し合いをしなければならないときだ。

「それならば僕らも、自分の命を賭けます」

「どういうことですか?」

「僕らはさらに前進するということです。わかりますか。僕らにとってはどちらもちがいはない。これは、人があの小さなゴムボートに乗り込む瞬間とほとんど同じなのです。人々は自分の命を賭ける。あなたがたの国は僕らにとって、海も同然だ。海に対しては、通行の許可を望んだりはしない。僕らはただ海に漕ぎ出し、生きるか死ぬかを試すだけだ」彼はここでひとつ息をした。本当は必要なかったが、次の言葉を強調したかったのだ。「あなたがたは僕らを殺さなければならなくなる」

「それではわれわれは、あなたがたを殺すことになる。それをあなたは理解しているのですか?」

「それではあなたがたは、僕らを殺すことになる。僕はそれを理解しています」

しばしの沈黙があった。

「あなたがたは僕らを殺すことになる。海が僕らを殺すように。もう一度言いますが、僕らにとってはどちらも同じなのです。前者のほうがむしろ手っ取り早いくらいでしょう。ともかく安上がりではある。救命ベストがなくてすみますから。どちらにするかでちがいが生じるのは、あなたがたのほうだ」

「どういう意味ですか?」

「海に対してはだれも、責任を問えない。海は海だからです。でも、あなたがたの場合はそうはいかない。あなたがたはトルコ共和国だからだ。あなたがたには、選択肢がある」

「それはあなたがたも同じだ。あなたがたには、そこにとどまるという選択肢がある」

「それでは僕らに、あなたがたの国境の目の前で老い、そして死ねというのですね。僕らはそんなことはしない。僕らは前に突き進み、あなたがたに決断を迫る。あなたがたは僕らの命について、決断をしなくてはならなくなる」

電話の向こうからは、何も聞こえてこない。ライオネルは決着をつけようと決意した。「誤解のないように言います。僕らはあなたがたの決断を可能な限り困難なものにするでしょう。僕らには、世界中のテレビカメラがついている。そして、あなたがたが最初に殺さなければならないのは、僕らの中の女や子どもたちだ」

電話の向こう側で声がした。「別の者に伝えます。また連絡します」

「ヘイ！」バスの中に金切り声と笑い声が響く。ライオネルはフロントガラスの真ん中の金属の支柱につかまって、体を支える。何人かの子どもが頭をどこかにぶつけて泣いている。マッハムードが顔を輝かせながら後ろを振り返り、大声で言う。

「よく利くブレーキだよね、ほんと？」

マッハムードはまるでかなてこでも使うかのようにローギアに入れ、車はふたたび走り出す。

ふたたび連絡が来るまでに、一週間かからなかった。

「もし国境を越えようとしても撃たれなかったら」年齢不詳の例の男が言った。「あなたはどうするのですか？」

「撃たれないのは僕だけですか？　みんなですか？」

「あなただけです」

ライオネルはその考えにもう慣れっこになっていた。マライカは――馬鹿がつくほどのお人よしのマライカは――けっしてライオネルだけをドイツに行かせたりはしないだろう。「そうですか。僕は自分も撃たれることになるまで、ずっと人々のそばにとどまります」ライオネルは電話をしながら目をぐるりと回した。「残念ですが、僕はここを離れられないのです」

どんな結果になろうと自分は行列を離れられないという思いと、電話の向こうの冷静な返答の、どちらがより受け入れがたいものなのか、ライオネルにはよくわからなかった。電話の声はこう言った。

「そうおっしゃるだろうと私たちも考えていました。では、もしも撃たれなかったらどうするつもりなのですか？　あなたがたみなが撃たれなかったら」

「僕らがどうしてきたかはテレビでご覧になっているはずです。僕らは前進するのみです」

「それでは、あなたがたがわが国を通り抜けて次の国の——ブルガリアかどこかの——国境まで必ずたどり着くという保証を、われわれは、そしてあなたがたは、どこから得ることができるのですか？」

「ええ。僕が考えていたのは、ともかく歩いてトルコを通り抜け、次の国境でも同じことを試すということです。そして、ブルガリアが僕らを撃ってくるかどうか見てみます」

「あなたがたは、そのやり方が次も通用すると思っているのですか？」

「もっとうまくいくとさえ、思っています」

「どこからその考えが？」

「だってほら、僕らはブルガリアにこう言うことができるからです。僕らはトルコでも撃たれなかったのだと」

電話の向こうのだれかが短く笑った。

「よそ者を国に入れるのがあまり好ましくないことは、僕も知っています。ですが、あなたがたもあえて多くの危険は冒さないでしょう。あなたがたはブルガリアに対して責任はない。最悪の場合、あなたがたの国境にたくさん難民の死体が散らばることになるかもしれませんが、埋葬の手間は少し省いてあげられます。僕らはパワーショベルをもっていますから」

「それがまた、困りものなのです。あなたがたのパワーショベルが、いや、あなたがたの組織全体が。あなたがたは今のところ、一日一五キロメートルのペースで進んでいる。それでは永遠のような時間がかかってしまう。トルコは、数十万もの人間を何の監視もないまま数か月にわたって国内を放浪させることはできません」

「申し訳ありませんが、僕らの行列はそういう構造をしているのです。水も食べ物も自前です。それで一日一五キロメートル移動するというのは大したものだと思いますが」

すると電話の声はこう言ったのだ。「バスに乗るつもりはありませんか?」今度はライオネルが、返事までに二日ほしいと言う番だった。

車道のそばにひとりの男が立っている。彼は一頭の牛の番をしている。ライオネルは、なぜその男がもう一頭牛を飼わないのだろうかと自問する。少なくとも、ほかにヤギの一頭ぐらいは飼えるだろうに。あんなふうに一頭の牛の番をしている男を、これまでに何人も見た。どうしてこの国は自分の故郷よりもずっと暮らし向きが良いのだろうかとライオネルは考える。でも、内戦やクーデターや飢饉がなければ、二人で一頭牛を飼って食べていけるのかもしれない。マッハムードが挨拶代わりにクラクションを鳴らす。男は親しげに、しかしあまり興味がなさそうに手を振り返す。そのようすはなんだか、牛が男のほうをちらりと見るのに似ている。

彼らは——つまりライオネルとマッハムードと数人の仲間は——議論をし、タンクローリーをどう配置するかを考えていた。だがトルコは、もし彼らがトルコを通行するならその間は十分水を供給しようと言ってきた。彼らとの交渉はいつも「もし……なら、おそらく……」という形で進められた。トルコ側は、兵士をつけたバスを送ると言ってきた。ライオネルは、もし自分たちで運転するのでなければバスに乗るわけにはいかないと返事した。トルコ側は、それなら道路を軍によって封鎖しなければならないと言ってきた。それに対してライオネルは、原則的にはそれでかまわないが、道路が本当にブルガリアに向かっているかを携帯電話で道々チェックすると言った。トルコ側は言った。あるいはギリシャに、と。ライオネルは答えた。あるいはギリシャに、と。

トルコ側は、必要であれば難民たちが自分で運転をしてもかまわない、そのかわりに、難民が住んでいるいくつかの地域のそばを通ってほしいと言った。それに対してライオネルは、そういうことは前もあったが、支払いのシステムをこれ以上保持するのが難しいと言った。それに対してトルコ側は、その必要はない、水も食べ物も燃料も電気も提供しようと言った。そして、そのかわりに、道中でいくつかの難民キャンプのそばを通ってもらえないかと言った。ライオネルはもう一度計算をし直し、要望に応えるためには何台かバスを追加する必要があり、さらに、確実に速く通過させたいのなら、修理のための機械工も必要であることを告げた。トルコ側は計算のうえ、それはもっともなことだと言い、何にせよ有意義なことだと言い、もちろんバスはいずれ返してもらうのだからと言った。なぜかはわからないがそのときライオネルは、ぽろりと口にした。「ブルガリアがそれを必要としないかぎり」

思わず口にした言葉だった。だが、それを口にした瞬間、彼が考えていたのは、トルコ側の頭をよぎったのとおそらくまったく同じことだった。ブルガリアだろうとほかのどの国だろうと、自分の国に入り込み、通り抜けようという輩がいたら、そいつが一日に一五キロのペースでのろのろと進むよりも、時速四〇キロだか五〇キロだかでさっさと通り過ぎてくれるほうがいいに決まっている。そしてさらに、終わりが見えない行列を組んで難民がやってくるより、何台ものバスにコンパクトに詰め込まれて届くほうが、ブルガリアとしてはもっとありがたいだろう。そして、すべてを一から組織しなおすのではなく、届けられたときのまま、ただそれを先に送ることができたら。

「あるいはギリシャが」トルコ側が言った。

「あるいはギリシャが」ライオネルが言った。

話はそれで終わりだった。トルコの国境に着くまでライオネルは、そこで何が待ち受けているのか知らなかった。彼はまるで電話など受けなかったかのように、国境への行進を計画していた。だが、国境の向こうには本当にバスが待っていた。一台目が走り出してから、ライオネルは例のトルコ人の電話番号に電話をかけて、礼を言おうとした。番号はすでに不通になっていた。

マッハムードが車のスピードを落とす。前のバスがブレーキを引いたのだ。おおかた、牛を連れた男が道路を横切りでもしたのだろう。前を走るバスは、このバスと同じモデルで、同じくらいひどい見かけをしている。車体の後ろにはエンジンブロックが尻のように突き出している。幅広なその尻は、垂直に切断されたようなとてつもなく醜い形をしている。バスを設計した人間はおそらく途中で完全に意欲を失い、こう決心したのだろう。「ここでもう、バスは終わり」そしてその場所にバスの名前を貼りつけ、家に帰っていったのだろう。

マッハムードがバスを、ほかのバスの後ろに停める。「ここで降ろしてくれ」ライオネルが言う。後ろのバスに移動しよう。どのバスに自分が乗っているかを、全員には知られずにいるほうがおそらくいい。マッハムードがバスのドアを開け、ライオネルに手を振る。

ライオネルはバスから降り、後ろに歩いていく。マッハムードがバスを発車させると、ライオネルは、バスの不恰好な尻に貼りつけられた文字を見る。「イカロス」と書かれている。

「そりゃそうだ」と彼は思う。
イカロス――飛翔する若者の名前だ。

第47章

内務大臣は眠れずにいる。疲れてはいる。信じられないほど疲れている。それなのに、まぶたを閉じたとたん、まだ解決していない問題が脳裏に浮かんでくる。この三日間、一睡もしていない。悪魔に追い立てられるようにトルコから戻る道中、ヘリコプターに向かうときにもう連邦首相府に報告を入れ、次のことを伝えた。ＥＵ諸国をみなドイツの背後に集結させ、とりわけギリシャとブルガリアに誓約をさせなければならない。ルーマニアはおそらく必要ない。難民は船を使うのは避け、陸路を選ぶはずだ。となると、トルコの次に来る国として残るのは、ブルガリアとギリシャだけだ。彼らが国境を閉ざしていれば、問題をおさめることは可能だ。トルコに、難民のためのカネを払えばいい。その金額は、トルコにいる無数の難民を行列に加えることで彼らが節約するだろう額を、上回るものでなくてはならない。カネならば、いつでも手に入れられる。でも、難民を受け入れてくれる住民となると、そうはいかない。

内務大臣は寝返りを打つ。彼はソファに横になっている。以前の執務室からもちこんだソファだ。クリスマスの前はロイベルと一緒にそこに座っていた。

ロイベル。

いったいどうしたら、ブルガリアとギリシャの国境を制御下に置けるだろう？　次のことは明らかなのだ。イラクからトルコへの国境に来たのと同じような難民の行列がもしも来たら、すべてはまったく同じように崩壊する。トルコはわれわれのために仕事を引き受けてはくれなかった。ブルガリアやギリシャもきっと引き受けてくれないだろう。だれかちがう者がそれをやらなければならない。われわれの利益を代表するようなだれかが。連邦軍？　連邦警察の対テロ特殊部隊？　だが、ギリシャもブルガリアもそんなことを許すまい。国境はその国の国内の事柄であり、みなが神経を尖らせているものごとだ。連邦首相府は圧力を行使しなくてはならない。場合によっては、フロンテックス（欧州対外国境管理協力機関）を送ることも考えられる。欧州全体の国境の守備は、フロンテックスの仕事だ。ドイツの兵士にフロンテックスの制服を着せて派遣するという手もある。プーチンがクリミア半島で行ったような一種の制服ペテンだ。そのためにはだれに電話をすればいい？　内務大臣は立ち上がり、電灯のスイッチを入れる。

時計の針が午前二時半をさしている。内務大臣は乾いた眼をこする。灯りは消したままにしておくべきだったかもしれない。人間は浅く眠っているとき、突然名案を思いつくことがあるが、明るい光に照らしてみると、だいたいは馬鹿げた夢想にすぎないものだ。そんな提案をしたら外務省や連邦首相府がどう反応するかは、考えればわかる。フロンテックスの旗の下にあるドイツの兵士。彼らがその考えになじむころには、難民はもうニュルンベルクの間近に迫っているだろう。携帯電話が点滅している。新しい知らせが三件。二件は連邦憲法擁護庁からだ。またネオナチ系自警団を見つけたという報告だ。場所はバイエルン。人数は三〇名。女性の割合が驚くほど高い。重装備をし、手りゅう弾や火炎放射器をもっている。結成からまだ半年だが、すでに完ぺきに過激化。武器を使用する準備を整えていたことは、疑いがない。逮捕のさいに連中は、連邦憲法擁護庁の職員八名を負傷させ、五名を撃ち殺した。三つ目の知らせには、データベースをひとつ発見したと書かれている。国家規模のネットワークについての情報だが、暗号化されていたという。その他数十の集団についての警告もある。もしかしたら、一部の準軍事的集団が南に向かっているかもしれない。

巨大な波に呑み込まれたような気持ちだ。深く息をして、想像する。流砂の中で、雪崩用エアバッグを作動させて体を水平にするところを。埋まってしまわないためには、横になること。体の重みを分散させて、常に表面にとどまり続けることだ。

波を乗りこなさなくては。

いや、そんなのはたわごとだ。それでは、例の自警団どもを国境に配置しなくてはならなくなってしまう。国家は舵をしっかり握り、けっしてそれを手放してはいけないのだ。内務大臣はメモに書きつける。「最強の取りしまりを。ラーべ！」それから大規模な逮捕と拘束だ。だがもし相手が冷静に法に訴えてきたら、こちらも強硬に対応する。だから、法務大臣を味方につけておかなければ。法務大臣の力で数週間、裁判所の仕事を停滞させる――難民問題をかわすまで、自分には平穏が必要なのだ。私の決断を破棄したければ、あとでするがいい。

内務大臣はその隣に「警察の手入れ」と書く。それも国中でだ。極右に干渉させてはならない。そのためには、やつらをひとり残らず閉じ込めることも辞さない。難民問題が解決したら、右派の連中もきっと落ち着きを取り戻す。もしかしたらこの私を英雄に祭り上げさえするかもしれない。やつらはじっさい、頭がいかれている。一度バシッと顔をはたいておけば、以後それを、まっとうな根拠のようなものに見なしたりするのだ。

ではまず、朝の七時にラーベと電話で話さなくては。内務大臣はすぐラーベにSMSでメッセージを送る。「急いで電話をくれ！　朝の七時に！」

明かりを消して、ふたたび横になる。かすかに胃が痛む。そしてどこかが痙攣している。横になっても、息をしても、眠ろうとしても、体中が痙攣しているようだ。『イヴァンジェリーネ』は彼について、この数日で為政者の顔になったと書いている。継ぎはぎだらけのとてつもなくバカげた文章で、『イヴァンジェリーネ』は内務大臣の就任前と後の顔の比較を紙面で繰り広げている。一枚目の写真は、事務次官時代に役所に登庁するところ。二枚目はトルコから帰ってきて二日後の写真。『イヴァンジェリーネ』は彼の不精髭が素敵だと言い、映画『３００〈スリーハンドレッド〉』のジェラルド・バトラーのように毅然として見えると書いた。それにしても、重装備をした一〇〇万人の闖入者を三〇〇人が迎え撃つというあの映画を引っ張り出してくるとは、なんともはや。内務大臣には、このろくでもない比喩が意図的なものなのか、あるいは安っぽいプロパガンダか何かなのか、あるいは『イヴァンジェリーネ』編集部が単に半裸の髭男を見るのが好きなだけなのか、よくわからない。

内務大臣は寝返りを打つ。朝の三時半。ナチスの件は処理済みだから、難民の問題に戻らなくては。ロイベルなら、どうしていただろう？

ああ、それははっきりしているのだ。では、ヘルムート・シュミットならどうしていた？　今ここで起きているのはある意味、洪水のような災害と言えないだろうか？（訳注：シュミットはハンブルク州政府の内務大臣だった一九六二年当時、洪水災害に対処し、被害を最小限に食い止めた）ブルガリアにギリシャ。

どうやって脇の守りを固めればいい？　彼らにははっきりわかっているはずだ。どちらの国もこのままでは、難民を抱えこむことになってしまう。彼らには明快なことにちがいない。単純なことであるはずだ。

でも、とても単純には見えない。

エヒラーは電話で報告をしてきた。ギリシャでもブルガリアでも少なからぬ政府関係者が、難民のバスを通すという考えを支持しているらしい。ドイツまでの国々のあいだで、非公式な話し合いまで行われているらしい。内務大臣はエヒラーに、ブルガリアがEUの規則を遵守する可能性はどのくらいか、見積もってほしいと頼んだ。難民受け入れについてのダブリン規則に従えば、件の難民はすべてブルガリアの難民ということになる。彼らはそれに対して不安を抱くはずではないか？

エヒラーは無言だった。

「五〇対五〇《フィフティ・フィフティ》？　四〇対六〇《フォーティ・シックスティ》？　さあ、見積もってください！」

「現状にかんがみれば、われわれの思惑通りになる可能性は、一〇でも多すぎるくらいです」

肩が痛い、と内務大臣は思う。頭はソファの肘掛の上にある。アインシュタイガーが気を利かせて、近くのホテルからクッションを調達してきたが、ホテルのクッションの例にもれず、ふにゃふにゃと横に広がる袋のようなその代物にのせると、頭はまるで石のように沈んでしまう。肘掛にクッションをのせることももちろんできるが、そうすると首の角度が急になりすぎる。内務大臣は試みにもう一度、あおむけになってみる。

最重要事項はドイツの国境だ。ドイツの国境が十分信用に足るほど堅牢ならば、よその国の国境もまた堅牢になる。内務大臣はじつは、自動発砲装置の使用まで検討していた。自国民を閉じ込めるためではなく、国境を守るためならば、検討する価値があると考えていた。それにだれも、国境を越えるよう強制されているわけではない。逆に「国境に近寄るな」と言われているのにあえてそれをするなら、たとえ撃たれたとしても自業自得ではないか？　内務大臣は自動発砲装置についてグーグルで調べ、結局却下した。数十万の人間を数時間にわたって遠ざけておけるような自動発砲装置はない。あるとしたらそれは、東ドイツで使われていたブービートラップに近いものだ。だれかが鉄条網か何かにふれたとたん、パン！と銃声がして、そこにはだれもいなくなる。そのためには、人感センサーと機関銃を連結しなければならない。だが、これまで一度もそういうものがつくられていないからには、仮につくったとしても、町の電器店で買った部品をつなぎ合わせた程度のものにしかなるまい。せめてもの救いは、あまりにも問題外の代物であるがゆえ、法律関連について思い悩む必要はないことだ。

建物の中は、物音ひとつしない。暖房装置のカチッという音もしない。トイレの水を流す音もしない。どこかでだれかが水道の水を流す音も聞こえてこない。雨どいの上を鳥がちょこちょこと歩く音もしない。車の音もしない。内務大臣は子どものころ、夜眠るときいつも、部屋の天井をさっと動いていくサーチライトの光を見ていた。町が希望のかけらもないような深い闇に包まれていても、サーチライトの光があればひとりぼっちではないと思えた。だがこの新築の内務省の部屋の中では、サーチライトは見えない。だれかがクラクションを鳴らす音も、路面電車が通りすぎる音もしない。

壁。そして乗り物の侵入を防ぐための堀。ベルリンの壁の「デス・ストリップ」にはそれがあり、人々が車両でそこを横断するのを防いでいた。開けた射界。サーチライト。簡単に登ることのできないフェンス。なぜならフェンスは、花壇をカタツムリから守る柵のように前に張り出しているからだ。壁の前に、あるいは後ろに鋼鉄のバリアを置く。そして城砦の中にあるような外庭をつくる。彼の頭は何かに取りつかれたかのように、何度も部分を組み立てなおす。新しい何かをさらに思いつく。塔だ。どんどん混乱が増してきている。解決の鍵は正しい配列だ。それぞれの部品を完ぺきに結びつけられれば、すべては改善する。有刺鉄線をゆっくり移動させる。いや、これはまちがいだ。有刺鉄線は必ずいちばん最後にしなくては。いちばん最初が堀、その次が壁、次に門。彼はそれらをまるで巨大なパズルのように頭の中で手にとる。だが、何かのピースをどこかにはめようとすると、大きすぎたり、ほかのピースにくっついて離れなくなったりする。そのうちに、うっかり壁を突き倒してしまう。また最初からぜんぶやり直しだ。有刺鉄線が引っ掛かる。もう一度。今度は特別に集中しようと決意し、まずは壁をゆっくり位置に置く。だが今度は有刺鉄線がセーターに引っかかる。有刺鉄線に引っかかったまま、腕は動かない。もう時間がない。部品を全部もう一度、より分け直さなくては。巻いた針金や壁の一部や塔やサーチライトがごちゃ混ぜにならないように。だが、すべてに有刺鉄線がからまっている。壁が内務大臣の手からすべり落ちる。巻いた針金は言うことを聞かず、あちこちで跳ね回っている……。

内務大臣は驚いて飛び上がりそうになる。

建物のどこかから、掃除機の音が聞こえてくる。

内務大臣は上体を起こす。目が腫れているようだ。乾いて、べとべとしている。立ち上がり、湯を沸かしに行く。紅茶を飲もうと思ったのだ。

法律的には裁量の余地は大きくなっている。理論的にはそうでなくても、現実にはそうだ。法に従おうとする者は、このゲームにすでに負けている。今万人が行動のよりどころにしているのは、難民を最初に受けとった者はそれを手ばなしてよいという原則だ。もちろんダブリン規則——難民を見つけた者は、保持しなくてはならない——は馬鹿げている。いちばん外側の国が貧乏くじを引くことになる。これでは解決にならない。この方法は難民の流入が少なかった当初は機能したが、難民の数が増大した今、法の不公正さがあきらかになり、その結果、ＥＵの外側にあたる国々は勝手に難民をよその国にたらいまわしにするようになったのだ。

それならばドイツも、単純に難民を受け入れないことにすればいい。内務大臣は肩をさすり、ティーバッグの外袋をあける。

理論的には、法には拘束力がある。だが現実的には今、すべてがまったく新しいやり方で折衝されている。よく観察しなくてはならない。これは、とりわけひどい条件下での、予告のない再交渉のようなものだ。ジェームズ・ディーン主演の『理由なき反抗』に出てくるチキン・レースでは、深い谷間に向かって走る車から最後に飛び降りた者が勝者になる。そしてこの場合は、難民の苦悩をどれだけ長く傍観できるかが勝負になる。ドイツの国民にとっては、分の悪い勝負だ。

湯が沸く。内務大臣は紅茶を注ぐ。だめだ。紅茶の湯を沸騰させすぎてはいけない。

いちばん簡単なのは、あの映像をストップさせることだ。難民の苦悩が人々の目にふれなければ、動きははるかにとりやすくなる。だが、映像を止めるのは不可能だろう。ならば、何らかの方法が必要だ。被害を極力生み出さない方法が。壁。だが、壁には門がなくては。アメリカ政府の核シェルターにも鋼鉄の門があるように。わずか数週間で建設可能なかぎり、どっしりとした門が。事態がトルコのときのように運んでも、単にドイツは、けっして門戸を開かない国になればいい。けっして脅しに屈しない国になればいい。必ずしも銃を撃つ必要はない。銃があるおかげで、門を開かなくてすめば十分だ。

そうしたフェンスを、チェコとの国境は無理でも、少なくともオーストリアとの国境一帯につくらなければならない。

とてつもない金額がかかるだろう。そして残された時間では、どう考えても不可能だ。では、単純なフェンスをつくるしかない。そしてそれを死守すればいい。すべてのものごとが永遠にぐるぐると回っている。内務大臣は文字通り、眩暈がしてくる。何かにつかまらなくてはならない。同僚の中にはこんなとき、コカインに手を伸ばす者もきっといるのだろう。だが自分はタバコさえ吸わない人間なのだ。脈が速くなる。体の力を抜こうとする。流砂に呑み込まれたときのように、体を平らにするのだ。汗がにじんでくる。外では鳥がさえずり始めている。内務大臣は疲れている。途方もなく疲れている。携帯電話が点滅する。メッセージだ。彼は携帯をあけてみる。

「『イヴァンジェリーネ』に出ていたね。具合がよくなさそうだ。お大事に！」

トミー。

トミーがまだ自分のことを考えてくれていたと思うと、ほんのり嬉しかった。内務大臣はカップを持って、ふたたびソファに向かう。毛布を取り出し、ポンチョのように肩に巻く。椅子に座り、後ろにもたれかかる。目を閉じて、心地の良いことを思い浮かべてみようとする。心の和むようなものごと。子どものころの部屋。物音がする。鳥のさえずりが聞こえる。路面電車がカーブでカタカタ音を立てるのが聞こえる。昔から、バスよりも路面電車のほうがずっと好きだった。車掌がパンタグラフを上げ、パンタグラフがほぼ無音で、滑るように架線沿いに動いていく。路面電車でいちばん大きな音を立てるのはいつも、車輪がレールにあたる音なのだ。

架線。

架線に火花が散る。

内務大臣は目を大きく見開く。

第48章

あからさまに喜ぶことはできない。

でも本当は、そうしていいだけの理由が十分ある。ゼンゼンブリンクは事務所のドアを後ろ手に閉め、小さな声で「イエース（やったぜ）！」と言った。それはなんだか、朝シャワーを浴びているとき、娘のアヒル人形をうっかり踏みつけたときの「シュー」という音に似ていなくもない。まったく腹立たしいことだ。「シュー」に聞こえるわけがない。

「イエース！」なのだ。

そして、これが自分の手柄であることは明白だ。たしかに情報をもってきたのはオーラフだと言えるかもしれない。だが、それを正しく使用したのはこのおれだ。

ソファにどさりと腰を下ろす。上にある棚の、いちばん下の引き出しに手を伸ばす。そんなふうに保管しているのは、少々ばつが悪い気もする。でも、あまりにすばらしい眺めなのだ。それは、連中がトルコの国境を越えた日の視聴率の推移だ。ゼンゼンブリンクは力を込めてその紙を引き出す。入念にラミネート加工が施されているので、強く引っ張っても平気だ。夕刻なので、秘書はもう帰った。いささか気恥かしくはあるが、そんなのは知ったことか！　こんな数字が出たことがいったいこれまでにあっただろうか？

その日、出だしの視聴率は平均のやや下という、いささかがっかりな数字だった。午後の数字も同様で、何度目かわからない『ビッグバン・セオリー』再放送に比べればいまだに息をのむほど高くはあるが、クカテンとしては月並みな数字だった。サッカーのバイエルン・ミュンヘンのファンがリーグ優勝だけでは満足せず、総合優勝を望むのと同じだ。そのときタイムライン上で、国境越えの時間に向けて視聴率があきらかに上昇するのが認められた。うちの局だけではない。ｎ－ｔｖ《エヌ・テー・ファオ》やＮ24やＡＲＤやＺＤＦなど、他のあらゆる局が同じ場面を映し始めた。もしサッカーの試合を他局がいっせいに放送し始めたら、当然ライセンス料を支払わなくてはならないだろうに——。

だが、それから国境の向こう側で、まったく新しい局面が始まったのだ。

ゼンゼンブリンクは頭の後ろの棚をもう一度手探りし、もう一枚の図表をやすやすと引き出す。それは、その日全体ではなく、国境越えを中心とした一時間を分単位や秒単位で詳細に分析したものだ。最初は一部の視聴者がチャンネルを、もと見ていた局に戻したようだ。だが、それから「ドラマはまだ続くらしい」といううわさが広まった。国境を越えたらそれで終わりではなく、キャラバンはそこからまさに走り始めたのだ。国境を越えたところに待っていたのは、終わりではなくバスだった。他局はそれを映していなかった。何ひとつ。彼らは、難民が国境を越えた時点で一件落着だと考え、仕事を終わらせていた。報道のエキスパートたちは、バスで何が始まっているのか、気づいてさえいなかった。その二日前、ゼンゼンブリンクはそうしたひとりに街中で会った。クリュープフェルという阿呆野郎だ。やつはマイTVの計画に関する内部情報を得々と披露してくれた。

「一四機のドローンに、八つのカメラチームだって？　もちろんあの番組はたいしたものだ。脱帽するよ。だが、いったいそれで何を撮ろうというんだ？」

クリュープフェルは、夕方の五時以降は事務所に電話をかけても無駄な連中のひとりだ。今は西ドイツ放送でだれかの代理だか何かをしている。それはともかく、特派員や中東のエキスパートをいくらそろえても、そいつらが国境で人々の声を拾っているだけでは、なんの役にも立たない。本当の音楽はそこから二キロも離れたところで奏でられていたのだから。ゼンゼンブリンクはにやりと笑う。バスへの乗り換えは、マイTVが独占で二時間放送した。二つのカメラチームはバスの中に乗り込みさえした。彼らは今も人々と一緒に、毎日別のバスに乗って走っている。

マイTVの独占。

どこのニュース番組が騒ぎ立てようと、それは変わらない。

これでむろん勝負は決まりだ。視聴者に釣り針をつけられれば、リードを奪ったことになる。もちろん視聴者はそのあいだにしばしばARDなどにチャンネルを替えて、放送されているのが本当に起きていることなのかを知ろうとするだろう。だがARDに何の映像も流れていなかったら、視聴者はどうするだろう？

そのとおり。

半時間もしたころ、他局はしぶしぶ画面の下にテロップを流した。そしてそれが、いわば再燃焼装置に火をつけた。あのARDが、それは真実だと告げたのだ、そしてその映像を見るにはチャンネルをマイTVに替えるしかないのだ。

ゼンゼンブリンクの顔に巨大な笑みが浮かぶ。六〇年代にダールブリッジが出して以来の視聴率。今日《こんにち》においてそれが可能だとは、だれも思っていなかっただろう。ボスは夕方遅くに蒼白な顔でふらふらと社に来て、こう言った。「この件はもう、ストックオプションでは足らない。彼らはわれわれを経営陣に加えざるを得ないだろう」

そうだろうとも。

オーケー。たしかに内務大臣をカメラの真ん前でとらえることはできなかった。だがそれは、ARDも同じことだ。

一七：〇でゼンゼンブリンクの勝利。「やったぜ！」

ここから先、視聴者がロープから離れることはもうなかった。難民のライブ動画は二四時間、画面の左上にずっと映し出されている。劇映画を放送しているときでさえも。ドイツまでの距離は「あと何キロメートル」という表示でカウントダウンされる。そしてバスの走行速度であれば、そうしてカウントダウンをする意味もたしかにある。それはまさに、リアルタイムで起きていることだからだ。マイTVのほとんどの部署は不夜城のような忙しさになった。9・11のときもそうだったが、今回は最低でもこれが一〇日間は続くのだ。

だからこそ、喜んでばかりもいられないのだ。収入のことは別として。

トルコでの広告枠はすでに売りつけた。だが今、バスのおかげで残りの放送時間が、広告枠を売ったときより大幅に減少したことが判明した。トルコ通過には三か月かかるはずだったのに、それが一〇日間になってしまった。視聴者が注射針に群がる中毒患者のようにマイTVのロゴに群がってくるのはあと一〇日間だ。夢の市場だ。だれもが参入したいが、すべては満杯になっている。

オーラフは以前こう言った。これは、月の値段で太陽の場所を売るようなものだと。そして、放送局はクライアントを選ぶこともできる。なぜなら、みなが大枚をはたいてでも広告を出そうとしたからだ。夜中の三時に放映されるインターネットのあばずれ女のゴミ番組でさえ、一分間の広告料金はとてつもなく高くなった。マイTVは夜じゅう、広告のプレミアム・クライアントを抱えたようなものだった。

ボスからは今日、箱入りの葉巻が届いた。キューバ産の、一本が四〇ユーロするやつだ。ひっそりと自宅宛てに届けられた。昨日はシャンパンが一箱届いた。ボス個人から送られた。正式には、会社を通してそういうことはできないからだ。ゼンゼンブリンクは明日は何が届くだろうかと、わくわくしてさえいる。口をつぐんでいろという条件さえなければ、すべてはどんなにすばらしかったことだろう。

でもそれを破ったら、とてつもなく高い代償をきっと支払うことになる。

もちろんライブ中継の内容が、計画とはちがうようになる可能性はある。突然放送がキャンセルされたり後ろに押したりする可能性もある。そして、これらすべてが意味するのはもちろん、番組の内容が驚くほどちがうものになるかもしれないということだ。

ともかく重要なのは、驚き《サプライズ》なのだから。

だが人々は、本当にサプライズなのかをひそかに疑っているかもしれない。マイTVがちょうどあの瞬間にぴったりあわせたかのように一四機のドローンと八つのカメラチームを出動させたのを見れば、それも道理だろう。だが、局にとっていちばん重要なショー番組であれば、それはふつうのことだ。とはいえ、バスのおかげで劇的に時間が短縮されるのを知っていたのに、「トルコは三か月かかる」と言って数週分の広告枠を売ったと判明したら、えらいことになる。存在しないと最初からわかっている製品をクライアントに売ったとバレたら、いったいどうなる？

反感を買うだろう。もちろん、それが立証可能か、あるいは告訴しうるかで争うこともできる。だが、コケにされるのを喜ぶやつはいない。数千あるいは数億の予算を回している連中なら、とくにそうだ。だからゼンゼンブリンクはこの数日間、自分も心から驚いているふりを装いながら、あちこちに走り回らなければならなかった。公式的なストーリーは「この有り余るカネをどうする？」ではなく、「ああ、広告の時間を縮小しなければならないなんて。クライアントにいったい何と言えばいいのか！」であらねばならないのだ。

そしてだれかに質問されたら、いつも次のモットーに従ってこう答えればいい。「われわれはたまたま幸運に恵まれただけです。幸運と、そして良き職員たちに」そんなたわごとを信じる阿呆はいないだろうが、それでもともかく。

今から二〇年くらいたって、ナデシュ・ハッケンブッシュのまわりにひとりも男がいなくなったころ、ゼンゼンブリンクはきっと孫たちに話して聞かせることができる。自分がいかにみごとにあのプロジェクトを成し遂げたのかを。孫たちはみな欠伸をして、「またゼンゼンブリンクじいちゃんが戦争の話を始めた」と言うだろう。

それで結局、何が残る？

人目につかないように飲まなければならないシャンパン。

家でしか吸えない葉巻。

ひそかにラミネート加工され、まるでヌード写真のように気恥ずかしげに、すみっこに押し込まれた二枚の図表。

ゼンゼンブリンクは二枚の図表を手に取り、目の前に掲げる。ともかくＡＲＤを地に沈ませてやったのだ。彼は微笑む。

最高だ。

第49章

「本気ですか?」カスパースが信じられないというように内務大臣を見る。「ちゃんと眠っていらっしゃいますか?」

「眠ってはいません」内務大臣が言う。「だが、それとこれは無関係だ。これは、唯一の現実的な解決策です」

　集まっている人数は前回よりも少ない。ベルトホルトにカスパースにゲーデケがいる。移民の担当と国際問題担当と、連邦情報局は出席していない。あれこれケチのつきそうな議題だけに、心配性の人間をこれ以上増やすのは避けたかった。

「ご承知とは思いますが、ドイツの歴史においてそれが実際に使われたのはたったの二回です」カスパースが火を噴いた。「DDR（東独）とナチス！　それらを模範にしたいと思う人はおそらくここにはいないと思いますが」

「DDRとナチス、それから家畜を飼育する人々も」ゲーデケの両親はニーダーザクセンで農業を営んでいる。

内務大臣が両手の人差し指を上げる。「誤った道に入り込む前に言っておきます――今どう行動するかで、解決の可能性が決まります。われわれはおそらくあと四八時間強で、ブルガリアやバルカン・ルートの周辺諸国に明確なメッセージを送らなければなりません。彼らがあの難民たちについて決断を下すよりも前に、です。ここまではみなさん、よろしいですか？」

官僚トリオがうなずく。カスパースは手のひらでなだめるようなしぐさをしたあと、何かを促すようにそれをくるりと上に向けた。さあ、あなたの用意したものをお見せなさい、とその手は語っているように見える。

「明確で速やかなメッセージを送るのです」内務大臣は要約を始める。「三つの選択肢があります。ひとつ目は、巨大なコンクリートの壁を築くこと。ですがこの案は、非現実的です。みなさんもおわかりのように、一〇日間ではせいぜい二〇〇メートルしかそんな壁をつくることはできない。それでは第二案。鋼鉄もしくは有刺鉄線のフェンスをつくり、その背後に、射撃命令があれば機関銃を発砲する国境警備隊を置く。ですが、われわれがその昔のヴェルダンの戦いのように数十万の人々を撃ち殺すなどと、だれが本気で考えるでしょうか？」

「それならば」ゲーデケが言う。「機関銃はなくてもよいのでは……」

「いや、それはちがいます。同じメッセージを催涙ガスと放水車で送るくらいなら、すぐにでもやめたほうがいいくらいです。私はトルコの国境で難民たちの顔を見てきました。少々の催涙ガスくらいでは、彼らは前に進むのをやめません。連中は後戻りなどしない。後ろから強い圧力がかかっているから、前にいる連中はさらに前に進むことしかできないのです。なかなか狡猾なやつらだ」

「もう少しようすを見てみては……」ベルトホルトが言う。

「そうはいきません。われわれは、よその国にもそれぞれの国境をわれわれと同じほど強固にするよう求めている、彼らに、ようすを見ようなどと思われては困る。ドイツは本気なのだと思ってもらわなくては」

「しかし、高圧電流は……」カスパースが頭を振る。

「考えることは禁止されていないはずです」内務大臣が強く言う。「もっと良いアイデアがある人がいれば、ぜひ言っていただきたい」彼は机の上に両手を張り、腕を軸に体をつっぱった。「もっとも、そんなアイデアがあるなら、もっと早く言ってほしかったものですが！」

内務大臣はふたたび椅子に座り、沈黙の中、水を一口飲む。「声を荒らげたことは申し訳ない」彼はそう言って、肘掛椅子の中で背筋をのばす。そしてうめき声をあげる。肩と首の痛みは増すいっぽうだ。

「本題に戻りましょう。高圧電流を使うべきだというのには、いくつかの理由があります。第一に、設置が簡単であること。ワイヤーフェンスはおしなべて設置が簡単です。もちろん、有刺鉄線のついたふつうのワイヤーフェンスはということですが、高圧電流を通すワイヤーフェンスも設置は同じほど簡単です。しかし、それに手をふれれば死ぬかもしれないことは、みなが知っています。着実に設置でき、それゆえ信頼に足るわけです。二つ目の理由はそれが、自動で際限なく機能することです。仮にだれかがフェンスをつかめば、そいつの体に電流が通る。つまり、何かを装塡したりする必要がなく、さらに重要なのは人的な要素が何もいらないことです。国境警備隊に大勢の人間を殺すよう要求しなくてすむわけです。三つ目は、これらすべてが倫理的に正当化できることです。これは結局のところ、われわれの国境です。だれも難民たちに、国境に手で触れてみろと強要しているわけではありません。やつらが進んで死にたいというのならどうぞご勝手に。ですがそれは、やつらが決断したことです」

「たしかに」カスパースが言う。「強制収容所の人々もまったく同じでしたな」

内務大臣はじろりとカスパースを見る。「私は……」内務大臣は言いよどむ。そして最後のひとかけらの自制心をかき集め、極力事務的な口調でこう結ぶ。「今は建設的な意見を聞かせてほしいです。難癖をつけるだけではなく」内務大臣は三人を順に見据えて言う。「さらに議論を進める前に、これだけは言っておきます。なぜならわれわれは、自身の下した決断を守らなければならなくなるからです。ですから、ここにいるみなさんにもその論拠を提示したい。忘れてはなりません。これらの人々が本当にわれわれのフェンスの前に立ったときには、彼らは死や拷問から逃れてきたのではない。フェンスの前に立つ人々は、オーストリアから逃れてきたも同然ですから！」

一座の空気はすこし和らいだ。彼らはためらいながらうなずいている。そういうふうに見ることも可能ではあるかもしれないと、その目は語っている。そこへゲーデケが発言する。

「ですが、ご存じとは思いますが、高圧電流はまったくその、効果的なわけでは……」

「どういうことですか？」

ゲーデケは次の大目玉を食らうのを必死に避けようとする。「私の理解が正しければ、現在の議論においては、考えるだけならすべてが許されているのですよね？　私としては、発言した後に雷を落とされるのは避けたいのですが」

「かまいません」内務大臣はため息をつく。「意見を聞かせてください。ここで話されたことは、この部屋の中だけにとどめます」

「わかりました。前もって言いますが、私は物理学者などではありませんし、電気技師でもありません。

しかし私は、自分に若干の基礎知識があると考えています――そして私の知るかぎり、先ほどの話は電流の場合、磁石とはちがってうまくいきません。磁石なら金属片をいくらでもくっつけることができる。そして、それらをすべて磁化できます」

「それで？」

「こういうことです。人間の体はある程度の抵抗になります。人間の体を電流が流れるとき、電流は吸収されるということです。そしてもしそのフェンスに、五〇人だか一〇〇人だか、何人だか知りませんが、ともかくたくさんの人間がぶら下がったとしたら……」

「……念のために言いますが、そんなことをわれわれは期待しているわけではなく……」内務大臣が急いで言う。それはカスパースに向けての言葉だった。

「……われわれはそんなことを期待しているわけではない、もちろん……」ゲーデケが続けた。「ともかくどこかの段階で、次に登ってくるやつへの危険度は、懐中電灯の電池程度しかなくなるはずです」

「それに、五〇人だか一〇〇人だか知りませんが、とにかくたくさんの人間となると、重みも相当なものになるでしょうし」ベルトホルトが言う。「そして、電流が途絶えたらもうおしまいです。われわれのフェンスは、そこらのフェンスと変わらないただのフェンスになってしまいます」

肩にしびれるような痛みが走り、内務大臣は思わず顔をゆがめる。「ドイツの技師なら、どんなことでもできるでしょう」彼は言う。

「どういうことですか？」

「問題は必ずしも、何がどのくらい可能かということではないのです」内務大臣はほかの面々に思い出させるように言う。「それよりもはるかに重要な問題は、まわりがわれわれのことをどう考えるかではないですか？　数千の人間を撃ち殺すやつだと思われるか。あるいは電気の配線をきちんとできるやつだと思われるか」

「それはつまり……」

内務大臣は首筋を、疲れ切ったようすでさする。「それはつまり、電気技師でないのはあなただけではないということです。私も電気技師ではないし、ブルガリアの連中だって電気技師ではない。はっきり言えばこういうことです。技術的に機能することは必要だが、美しい解決である必要はない。われわれはきわめて例外的な状況にいるのですから。なにより重要なのは、二日から二週間程度は圧力に耐えるだけの物語を保持することです。それは少なくとも、高圧電流の流れるフェンスの機能と同じほど重要なのです。じっさいにそれが機能することよりも、それが機能するのだと、他のＥＵ諸国に信じ込ませるほうが重要だということです。忘れてはなりません。もしブルガリアが難民にＥＵ国境を越えさせなければ、行列は滞り、ブルガリアの国境前でやつらは身動きがとれなくなる。そうなったら、われわれの壁が試される必要もなくなります。そうしたらトルコの負けで、彼らは急きょ、難民のキャンプを増設しなくてはならなくなる。お気の毒さまだ」

「目くらましか」カスパースが言う。

「とてつもない話だ」ベルトホルトが賞賛するように言う。「ポチョムキンの村ならぬフェンスということですな〔ポチョムキン村とは、貧しい実態や不利となる実態を訪問者の目から隠すためにつくられた見せかけだけの施設をさす〕」

「いや、ちがいます」内務大臣が口を出す。「誤解はなくしておきましょう。フェンスは機能しなくてはなりません」

「世論は、激しく反応するでしょうな」カスパースがまたよけいな口をはさむ。だが内務大臣は、その疲労した口調の中に肯定のニュアンスを聞き取る。カスパースも世間がそういう反応をすることを喜んではいない。ただ彼はそれを、この状況では受けいれなければならない相応の代価として考えているのだろう。

「おそらく、それだけではなく」ゲーデケが言う。「あまりにとてつもなく、奇抜なやり口であるゆえ、右寄り保守全体からともかく賛同を勝ちとれるかもしれませんな」

「ペギーダから一〇パーセント奪えれば、上々でしょう」ベルトホルトが言う。

「もっと行けるのでは」励ますようにゲーデケが言う。「二〇パーセント、あるいはひょっとして二五パーセント。そして政府は国民からの信頼を手に入れ……」

「国民の中の反動的な人々から」カスパースが警告する。

「たしかに」内務大臣が言う。「しかしだからといって、われわれがもう反動的な政府になったわけでは……」内務大臣は携帯電話を手に取り、電源を入れた。会合が終わったという合図だ。そしてすぐ内務大臣はカスパースに、強い口調で言った。「テレビをつけてくれませんか？　マイＴＶを」

カスパースがテレビのスイッチを入れる。内務大臣は画面をちらりと見ると、大急ぎで部屋を飛び出し、執務室に向かった。

「何ごとだい？」ベルトホルトがたずねる。

カスパースがテレビのほうに身を乗り出し、指の節で画面上の「あと何キロメートル」の表示を、まるでそこが壊れているかのようにコンコンと叩く。

ベルトホルトが驚いたように口笛を吹く。「やっこさんたちは休憩もとらずに、ノンストップでぶっ飛ばしているようだな。これならブルガリアの国境まではいくらもかからないんじゃないか?」

ゲーデケが言う。「クソ。あの看板の文字を見ろよ。キリル文字じゃないか!」

第50章

ザーバは沈黙している。

ナデシュも沈黙している。何かやることがあればまだよかったのに。テレビチームは一時間前に車を降りた。三六時間ぶっ通しで中継が行われた。今チームは、編集した映像を放送局に送る準備をしているはずだ。でもおそらく、みんなすぐに眠ってしまっただろう。ナデシュの隣の席には女が座っている。男二人分のような鼾をかき、膝には小さな男の子を乗せている。ナデシュは女に席を譲ったことを後悔する。二人分の座席があれば今ごろずいぶん楽だっただろう。人々はマライカのために――ナデシュのために――二人分の座席をあけてくれていた。だがナデシュは、特別扱いはいらないと主張し、座席のひとつを女に提供した。あの状況では、そうしないわけにはいかなかった。バスがあれだけぎゅう詰めになっているのだから。でも、こうなったのはトルコのせいではなく、突然バスが出てきて大喜びした難民自身のせいだった。

「歩く必要がなくなったのだから、すこしくらい狭くても我慢できるだろう」

すべての座席に大人が座り、大部分の大人の膝には子どもがいる。そして座席のあいだの通路にはびっしり人が立っている。すさまじく嫌な臭いがしているはずだ。ナデシュはもう考えないようにしていたが、自分の肌の手触りや、バスに乗っている全員の肌がだれかとくっつきあっているさまは、正直とても気持ちが悪かった。膝に乗せたザーバからも、普段はなにも臭わないはずなのに、わずかに異臭がする。でも、臭いよりもつらいのは、ザーバが黙りこくっていることだ。

ナデシュはザーバのべとついた髪を、自分のやはりべとついた手で撫でる。何をするべきなのか、ナデシュにはわからない。ナデシュの車を使っていれば、気を紛わすために少し運転することもできたかもしれない。でもすぐライオネルに、それはだめだと言われた。

仕方がない。それに、さもなければザーバをあきらめなくてはならなかったのだ。これまでは「ザーバは手伝いができるし、ナデシュには手伝いが必要だ。だから一緒に車に乗ってよい」とライオネルを説得していた。だが、こうしてみながバスに座った今、ザーバが手伝えることはもうあまりない。水を配ることも、アスピリンを配ることも、今はすべてガソリンスタンドで軍によって行われる。ピンク色のゼブラ・カーからイブプロフェンをもらうために、わざわざバスが止まれるわけもない。そしてこのときからザーバは小さな助手ではなく、その他の子どもと変わらないただの難民の少女になった。バスに乗せるときにも、小さくて可愛らしい難民のプリンセスのように見えてはならなかった。もちろんアンケもそう言った。アンケは、局の作家の中でいちばん頼りになる人間だ。

とりわけ、感傷に訴えかけるものごとについては。

ナデシュは汚れたズボンのポケットから汚れた布切れを引っ張り出す。水のボトルを取り出し、布切れを慎重に――水はもうたくさんはないので――湿らせ、ザーバの額をぬぐう。そしてその布をヘアバンドのようにザーバの頭に巻く。なぜ昔の人々がヒッピーを浮浪者みたいだと思ったのか、少しわかる気もする。でも、こうしてヘアバンドを巻くと、額は少しは冷たくなる。

ザーバは身動きひとつせず、されるがままになっている。窓の外を見ているが、何も見てはいない。そしてぽつりと言う。「知らなかったの？　あなたも」

「ええ」ナデシュは答える。

ザーバの頭がこちらを向き、ナデシュを見据える。「それじゃ、彼は？」

「彼も、知らなかった」

「あの人は、知っていたはずだよ！　そしてあなたも！」

「彼は私にすべてを話してくれるわけじゃない。私よりもたくさんのことを知っていたのはたしかよ。でもこのことは、知らなかったはず」

ザーバはまた、窓の外を見る。

「彼が本当に知らなかったかもしれないでしょう？　だれも知らなかったのよ。トルコだって。本当はぜんぜんちがう計画だったのだから」

小さなヒッピーは何も反応しない。ナデシュの言葉を信じていないのか、ナデシュの言葉が耳に入っていないのか、ナデシュにはわからない。ナデシュは絶望的な気持ちでザーバをきつく抱きしめる。

「彼は私に自分から言ったの。本当はぜんぜんちがうふうになるはずだったと！」

彼が考えていたのはこういうことだ。難民の行列は、これまで歩いてきたのと同じ順番でバスに乗る。一五キロメートルの区間ぶんの人間を、一日ごとにバスに乗せる。そしてバスは、大きな隊列ができるのを待って出発する。だがトルコ人は、これに異を唱えた。巨大な渋滞が発生してしまうではないかと、彼らはライオネルに計算してみせた。そのやり方では、隊列がそろってから動き始めるまでに、長い長い時間がかかる。列車の車両のように、みながいっせいに動き始めるわけにはいかないのだから。まず先頭のバスが出発し、次に二番目のバスが、そして三番目のバスが、というように順に出発していったら、一〇台のバスが出発するまでに、何も問題がなくても四分はかかってしまう。一〇〇台なら四〇分。一〇〇〇台なら六時間以上だ。速く進めるためには、それぞれのバスをすぐに発車させ、そのままずっと走らせることだ。ひとつのバスに二人の運転手。給油のための休憩と、トイレ休憩と、給水のための休憩は確保。そしてその間は何もなし。だがトルコ人も、難民を何段階かに分けてバスに乗せるつもりでいた。行列の後ろの人々が駐車場に着くまでのあいだに、次のバスを駐車場に送るという算段だったのだ。

だが、難民はそうは考えなかった。

小さなヒッピーが体をピクッとさせる。肩がじっとり濡れているのにナデシュは気づく。難民たちがなぜそうしたかは、おそらく理解できる。一年半も歩き続けた今、列の前方の人々がバスに乗り込むのが見えたとしよう。それを見たら、人々はこれまでのように一五キロメートル歩いたらその場に横になり、明日まで待ったりはしないだろう。人々は、あと一キロ歩いて一六キロメートルまで進んでしまうものだ。それは、たいしたことではない。そのさらに後ろにいる人々も、前の人々がいつものようにある地点で止まらないことに気づく。そうしたら彼らもやはりその距離を埋めようとする。これだけ長い距離を歩いてきた後では、二キロメートルなどたいしたことではないからだ。これがさらに後ろに連鎖する。なぜなら、「バスがいる」という言葉がどんどん伝わり、そしてすべては自動的にこう翻訳されるからだ。ここで今横になり、眠ってしまったら、明日の朝目覚めたときにはバスはもう一台もいなくなっているかもしれない。そして人々は、より速く歩こうとし始める。それだけではない。行列の後ろにいればいるほど、普段の日よりもたくさんの距離を上乗せしなければならなくなるのだ。

ナデシュはその映像をスマートフォンで見た。みながその映像をスマートフォンで見ていた。それはマイTVが撮ったものではなく、n－tvやARDが撮影したものだった。背筋をまっすぐにして車道を足早に歩いていく人々。たがいを追い越し始める人々。どれも、これまでの行列では見たことのない光景だ。人々は他人を追い越しながら歩いていく。追い越された人々はパニックになる。親たちは子どもを抱えて歩き出す。人々はトラックの前を足早に通り過ぎ、食べ物と水を掘り出すと、まるでマラソンランナーのようにすぐまた走り出す。哀れな人々は、八時間も、あるいは一二時間、あるいは二〇時間も休みなく歩き続けることになった。予想もしていなかった不安に駆られて、二四時間歩き通した人々もいた。疲れ切った子どもたちを親は怒鳴りつけたり、殴ったりした。そして彼らの瞳の中の恐怖は、列の後ろのほうに行くほど大きくなった。

人々は突如、命が賭かっているかのように走り出した。

「もし彼がそれを知っていたら、きっと……きっとすべてを、ちがうふうにしていたはずよ」ナデシュはザーバの耳元でささやく。でも本当にそうなのか、ナデシュにはわからない。ライオネルはナデシュに、トルコが電話で何を言ってきたかを説明してくれていた。消えてしまったはずの電話番号が突然復活して、だれかが電話越しに彼を怒鳴りつけたという。

「おたくの人間はもうそろそろ止まったらどうか？　こっちはもう今日のぶんは終わっているんだ！」

ライオネルはすぐに連絡員に電話をし、そしてほどなく、事態が制御不能に陥っていることを知らされた。十分な数のバスがじきにやって来るから少なくとも二時間、心配せずに休息していいのだと、どれだけ大きな声で繰り返し説明しても、だれも聞く耳をもたなかった。ろくに眠っていない幽鬼のような顔をした大勢の人々が目の前をたえまなく通り過ぎ、ひたすら先を急ぐのを見ていたら、「焦らなくても大丈夫だ」という知らせを信じろというほうが無理だ。人々の顔には、今ここでついていかなかったらすべてが水泡に帰すという恐怖が浮かんでいるのだから。

その状況を見てトルコはおそらく、バスに人を乗せるのを途中で止めようとしたらとんでもないことになると、迅速に理解したのだ。彼らは即座に計画を変更し、全力をあげてバスをかき集め、道路を埋め尽くす勢いで出動させた。わざわざ新しい走路までつくられた。そのとき人々が集まっていた小さな駐車場のようすをドローンで空から撮った映像がある。まるでそれは、人間とバスをぐるぐるかき回す巨大な肉挽き器のようだった。人々が速く歩こうとし始めたせいで、それまでの秩序はもはや保てなくなったのだ。だが、国境での大混乱は避けることができた。大混乱は、国境に至る路上で起きていたのだ。

ナデシュの脳裏にいくつかの光景が浮かぶ。医療担当のパッカが医療車のそばに憔悴しきったようすで立っている。あきらめきったように、大声で泣いている。場所はどこかの道路脇だ。あちこちに人が横たわっている。国境に続く道沿いに、無数の人間が置き去りにされている。その場に倒れて、もうついてくることができなくなった人。ただ単に足がつっただけの人もいれば、完全に意識を失っている人もいた。けがをしている人もいた。足元の注意が失われたせいで、あるいは急ぎすぎたせいで、あるいはだれかに蹴とばされたせいで骨折をする人たちもいた。

死んでしまう人もいた。

ザーバのママは携帯で一枚の写真を送ってきた。

ザーバのママはパパを、少しでも威厳に満ちた形であとに残してきたかった。でも、もちろん埋めることはできなかった。道を急いでいたからだ。理論的には十分な時間があることを、ザーバのママが知るはずはなかった。もしも知っていたら、パパだってあのときに死ぬことなどなかったのだ。威厳に満ちた形とはいっても、あくまで相対的にという意味だ。この場合それは、ママがパパの亡骸を道路の真ん中から脇に引きずってくることを意味した。ママはパパの体を斜面にもたれかかるように座らせた。そのほうが多少は威厳に満ちている。ただそこに寝そべっているよりも、きっと少しは凛として見えるだろう。ザーバのママがパパの顔を最後に、イラクの平原のほうに向けてあげたのか、国境へといっせいに走り出すパニックに襲われた人々のほうに向けてあげたのかは定かでない。写真からはそこまではわからない。ザーバのママはパパの腕に、三人の子どもたちからひとつずつおもちゃを押しつけた。

そしてザーバのママはまた走り出した。バスに向かって。

ナデシュはブラジャーの中がじっとり湿っているのを感じる。でも、ザーバのピクッという動きはおさまっていた。ナデシュは体を固くしたまま目のはしで、べとべととして汚い小さな頭を見つめる。ザーバは眠っていた。

せめてものことだ。

第51章

「良い知らせと悪い知らせがあります」ドイツ人のＥＵ委員会委員長が電話口で言う。

「それはどうも」内務大臣は彼女に言う。電話のスピーカーをオンにする。電話のあいだ、まともに座っていられないほど体がつらい。肩は有刺鉄線でできているように痛み、首は万力で締め付けられているかのようだ。曲がった背中は立ち上がってもほとんどそのままだ。「悪いほうからうかがいます」彼は言う。

「それでは悪い知らせを。こちらでは、新たな合意は何もありません」

内務大臣は沈黙する。驚きのあまり声が出ないというのではない。まるで、悪い結果を覚悟していたかのように彼は言う。「何と言ったのですか、彼らは?」

「それほど多くはありません。ただ、フランスは五〇〇〇人を受け入れると言っています」

「三〇〇〇人の代わりに、ですか」

「これではわが国にとってさして助けにならないだろうと、私も思いました。でも二〇〇〇人の増加は、たしかに二〇〇〇〇人の増加です」

「そして、ほかには、ほかには？」

「ほかには、ありません。私の思うに、ほかの国が自分たちも協力するとほのめかせば、フランスはもっと動いてくれたのかもしれません。ですが、ほかの国はそうしませんでした。イタリアも、スペインも、ポルトガルも、ギリシャも、自分たちはもう十分なことをしたと言うのです。そして、われわれの東方の友人たちは……」

「わかっています。もう一度だけ強調しておきます。譲歩してやるのは、**われわれ**のほうなのですよ！」

「ほかの国々は、ちがうふうに思っています」

「ブルガリアが？　冗談でしょう！」

「とくにブルガリアが、です」

それはもう、ゲームも同然だった。ババ抜きのゲームだ。子どもたちの誕生パーティーに、だれからも嫌われているお金持ちの子どもがひとり招待されたと想像しよう。子どもたちはみんなで、その金持ちの馬鹿息子にババを引かせることができたらどんなに痛快だろうかと話し、笑う。最初彼らは、だれがババをもっているかを、そして、だれがどのカードを次に回せば金持ち野郎にババを行き着かせられるかを合図で示そうとする。ゲームが進むにつれて合図はどんどんあからさまになり、さらにどこかの時点でみなは、すべてを面倒に思うようになる。彼らはババのカードを金持ち野郎のほうに差し出し、そいつが手にしているカードの中に表を向けて、悪びれもせずに押し込む。そしてゲームを終わりにしてしまう。彼らは金持ち野郎に「泣けよ！」と言う。そして金持ち野郎が泣くと、さらにもっと大喜びするのだ。

「言いたくはないのですが」彼は強く言う。「難民のことを処理するのはこの場合、ブルガリアの仕事のはずでしょう」ドイツはおそらく馬鹿な金持ちかもしれないが、無力ではない。

「それは私からも彼らに伝えました」委員長は言う。「ですが正直なところ、あなたご自身、本当にそう思っていらっしゃるのですか？」

「手遅れにならないうちに言っておきます。国境を開いたものは、その後のことを引き受けるべきです。それなのにブルガリアは、セルビアが問題を引き受けてくれるだろうともくろみ、セルビアはハンガリーが、ハンガリーはオーストリアがなんとかしてくれるだろうと期待する——これはすべて、彼ら自身の問題です。だが、われわれはなんとかするつもりなどない。われわれは前回、極限までそれを行いました。ドイツはもう限界にあります」

「それでもあなたは、各国に分担を提案すると？」

「あなたは何かを誤解しておられる。われわれは何も提案しません。われわれからは何も提案などできないのです。だが、絶望的な状況にあるだれかに支援を求められれば、いつでも助けの手をさしのべる準備はあります。われわれはけっしてフランスに劣ることはありません」

「五〇〇〇人の難民？」

「われわれには法的な上限があり、そして国家を守るという任務があります。とはいえ、比例原則は今なお健在です。比較的少ない人数であれば、われわれも強硬な措置をとったりはしないかもしれません。しかし、四〇万人ではそれはまったく不可能です。あなたもそれを、私と同じほどよくわかっているはずでしょう」

「ええ。あなたはそれをわかっていますし、私もわかっています。みなもわかっています。バルカン・ルートの国々だっておそらく承知しているでしょう」

「まだ、良い知らせのほうは聞いていなかった気がしますが」

「私の思うに、われわれにはもっと時間が必要です。すべてをこの張り詰めた空気の中で決断するのは良策ではありません」

「速度を押し上げているのはわれわれではなく難民たちであり――そして立証できるわけではないが――彼らを通過させている国々のように見えてなりませんが」

「わかりました。ではよく聞いてください。計算は単純です。国境が機能しなくなれば、ドイツはEU加盟国としてきちんと機能しなくなる危険があります。そして、ドイツが転べばEU全体が転びます。ここまではよろしいでしょうか?」

「しかし、その時点はもう過ぎてしまっています。他国の国境はもはや機能していない」

「ですが、その印象をわれわれは修正できます」

「どうやって?」

「国境があたかも機能しているように見せるのです。ドイツが自発的に難民を引きとれば、しばらくはまだ国境が機能していると主張することができます。そうしたらEUは、ドイツが今回についてだけ特別な措置をしたのだと満場一致で宣言し、感謝を述べるでしょう」

「満場一致で、ね」内務大臣は皮肉をこめて言う。

「満場一致で、です。それは私が何とかします。おそらく大臣は今、そんなことは無理だとお考えになっているでしょうが、私の言葉に嘘はありません」

「それで、そうして稼いだ時間で何をしろと?」

「首尾一貫した難民政策について、EUの合意を取りつけるのです」

「それがうまくいくと、あなた自身、思っているのですか?」内務大臣が返す。

「私にはっきりわかっていることはひとつです。もしEUの域外国境がだれの目にもあきらかに崩壊したら、もはやだれも、合意の必要性など感じなくなるでしょう」

「それはドイツの国境についても同じです。事態はこのようにしか進まないはずです。ブルガリアはいったん二五万の難民を入れたら、もう一度同じことをしたいか考えることになる」

「高圧電流のフェンスは、本当につくるのですか?」

「ノーコメント」

たくさんの新聞に記事が出ていた。『ビルト』紙はすでに内務大臣を「ミスター一〇万ボルト」と名づけていた。内務大臣は自ら進んで情報を漏らし、計画ができるかぎり速く世間に広まるようにした。内務大臣はこの件について、政治的な後ろ盾を何も持たない。連邦首相府は公式的にはこの計画について何も知らず、これから検証をしなければならないと言っている。連邦首相府は内務大臣に通告していた。今回の件がもしうまくいかなかったり、批判を浴びたり、スキャンダルが生じたり、ともかく困った事態が起きたら、その尻ぬぐいは内務大臣が自分でしなくてはならない。計画を、まったく不可能だと評する専門家もいれば、まったく実行可能だと言う専門家もいた。電気を流す設備を敷くのは、軍隊を敷くよりも、ともかく速い。大臣にとって幸いだったのは、ドイツ人ははったりを言うことで知られていないという世間の評価だった。

「でしたら、残念ながらあなたの力になることはできません」委員長は打ちひしがれたように言う。

「もちろん、引き続き努力はします。ですが、五〇〇〇人の難民受け入れをみやげに委員会に戻っても、どうにもなりませんから」

「値切り交渉などできないのを、あなたもわかっているはずです。七〇〇〇人と言うことはできるかもしれない。八〇〇〇人と言うことも。だが、あなたが何かを始めることのできるような桁違いの数字は口にできません。私は国民のもとに、あの難民の半分でさえ連れていくことはできない」

　電話の向こうは無言だった。

「もう何の考えも浮かびません」委員長は言った。その声は突然信じがたいほど疲労し、憔悴しきった年寄りのように聞こえる。「どこから手をつければよいのか、もうわかりません。おそらく運を天に任せるほかないでしょう」

　内務大臣は別れを告げて、電話を切った。彼は執務室の中に立ち尽くし、自分もまた、どこに手をつけるべきか、もはやわからないことをはっきり自覚する。それはつまり、今はもうぐっすり眠ってもかまわないということを意味していた。

第52章

バスの中は静まり返っている。セルビアやハンガリーを通ったときより、静かというだけではない。あのときは、村の大きな結婚式にバスで向かうような、楽しげな空気があった。今人々は押し黙り、ふだんならどんなときもはしゃいだり喧嘩をしたりする小さな子どもまで、しんと静かにしている。いつからこうなったのかは、よくわからない。おそらくそれは、道路の近くにそびえる山がどんどん高くなっていったころからかもしれない。あるいは、昼の日中なのに対向車線の車がどんどん少なくなってきたころからだろうか。気がつけば道路には、ほかの車の姿はまったく見えなくなっていた。

ドイツは国境を自国側から封鎖した。そして今難民たちは、空っぽの対向車線を見ながら奇妙な孤独感に襲われている。まるで西部劇によくある、酒場で撃ち合いが起きそうになって、関係のない者がさっとその場から逃げてしまう場面のようだった。

人々は窓から、驚くほど湿っぽいオーストリアの風景を見る。雲が低く垂れこめている。雨が多いせいでここらの土地は——少なくとも家も道路もないあたりは——肥沃なのだろう。この国はとても過密で、いたるところに何かがあり、何もない場所はほとんどない。そしてライオネルはすぐに、自分の考えが正しかったことに気づく。この国にはどこにもヤギがいない。だからこんなに、いたるところにうっそうと草が生えているのだ。ヨーロッパの人間がなぜこんな簡単な考えを思いつかないのか、彼は不思議だった。おそらくここの人間はあまりに近代化し、あまりに裕福になったおかげで、ヤギがもっているたくさんの長所が目に入らなくなってしまったのだろう。こちらとしては、二重にありがたいことだ。それならドイツ人と競争をしなくてすむ。ドイツ人は自分の仕事を奪われることを心配しているかもしれないが、ここではだれもヤギの仕事をしていないのだから、大丈夫だ。八〇〇〇万人のドイツ人と、ほぼゼロ頭のヤギ——もし一頭のヤギを一〇人のドイツ人で分けるとしたら、巨大な市場が生まれる。どんどん仕事を拡大していけるだろう。

「ゆっくり走ってくれ」彼はマッハムードに言った。「後ろがぴったりついてくるくらいに」

前を走っているオーストリア軍の車が見るまにこちらを引き離し、二〇〇メートルほど進んだところで減速する。

「もっと真ん中を走って」彼はマッハムードに指示する。「後ろのやつらに追い越させないように」

「もっと真ん中」マッハムードが甲板長のように繰り返す。ライオネルは後ろに座っている人々からも、後続のバスにスピードの変化を合図するように伝える。驚くほどまっすぐ流れている小さい川を、難民らのバスは越える。ライオネルは最初それを運河だと思ったが、グーグルマップには「ザルツァハ川」と書かれていた。

「止まるか?」マッハムードがたずねる。

ライオネルは次の出口付近にあるパーキングの看板を指さし、「あそこまで行ったら」と言う。

ライオネルは自分のスマートフォンをマッハムードに差し出す。グーグルマップに小さな休憩所の場所が示されている。

「その入り口に入って、駐車場を通り抜け、また高速道路のほうに戻る。そして合流地点をぴったりふさぐように停車する。そこからはまた徒歩だ」

「ということは、いよいよだな?」

マッハムードは駐車場のほうに車を向ける。もうしばらく車を走らせれば、まっすぐ国境だ。だがライオネルは《絵》をだいなしにするわけにはいかないのだ。

「後ろのやつらもここにそろったら、運転手らに指示してバスを動かし、あっちで道をうまいことふさいでくれ。どこかのろくでなしに忍び込まれたら困るからな」

彼は前に、マライカのテレビの人間の何人かと話をした。彼らはこう言った。テレビでいちばん良く見えるのは、哀れな人々が子どもと手をつないでいる図だ。重要なのは、自分の足で歩いていること。たとえ子どもと手をつないでいても、バスに乗っていたら、テレビに映ったときの哀れ度が減少する。とりわけバスの場合、子どもと手をつないでいるかどうかを、外から見てとれないという問題がある。

高速道路はここで左側に大きくカーブする。国境で待ち構えているカメラが、子どもを連れて歩いてくる難民を遠くからとらえるには絶好のロケーションだ。このときのために難民らは何日もかけて行列の順番を入れ替えていた。トルコの国境での失敗のとき、若い男たちは自分らをできるだけ強く見せようとしており、そのせいで行列に混乱が生じた。それを踏まえて今回、配列がやり直された。行列の中にたくさんの若い男がいることは周知だ。ことさらに強調する必要はない。結婚式のとき花嫁は、美しくこそあれ、わざわざ憎々しげにあらわれる必要はない。

マッハムードがバスをパーキングエリアの向こうまで運転する。ふたたび高速道路に合流する道路上でブレーキを引き、道路をふさぐような位置にゆっくり車を停める。そしてバスの扉を開き、エンジンを切った。この一週間ほどで初めてのことだった。

静寂と、小さくなっていくディーゼルエンジンの音が、ついに決定的な瞬間が来たのだと人々に知らしめる。

どこからか歓声があがる。まるでもう目的地に着いたかのように、突然人々は歓喜の声をあげる。ライオネルは車から降りる。パーキングエリアを縁取るように灌木が生えている。灌木の向こうに青色警告灯が見える。オーストリアの警察が道をふさいでいるのだ。おそらく、難民のだれかが万が一にも、この国に居座ろうという考えを起こさないための措置だろう。救援団体が水や食料を配布する場所を設けている。軍隊まで出動して、駐車場から外に出る道を守っているが、それらの道はもう、援助団体のロゴが描かれた車両でぎっしりふさがれている。駐車場内では難民の一部しか世話することができない。それまで車のそばに座って到着を待っていたらしい人々が立ち上がり、タバコをもみ消し、紙コップの中身を飲み干して車に戻り、もっと後ろのほうにいる難民を世話するために車を動かし始める。

駐車場を囲うように設置された有刺鉄線のフェンスの向こうに、やじうまたちが立っている。彼らの多くは何か不恰好なものを手にしている。近づいて見てみると、それは動物のぬいぐるみだった。そういえばどこかで聞いたことがある。難民たちは、まるで死んだ魚が猫を引き寄せるように、ぬいぐるみをもった人々を引き寄せるのだと。ヨーロッパの人間はどうやら、難民がなにより必要としているのはぬいぐるみだと思い込んでいるらしい。例外だったのはハンガリーで、あそこでは多くの人々が石を投げつけてきた。だがライオネルがバスの中を一瞥したかぎり、おおかたの人が何より必要としているのは石鹸であるように思われた。

ライオネルは携帯電話のGPS機能で、赤ん坊用の車がどこにいるかをチェックする。まだ一五キロメートルか二〇キロメートルほど離れた場所にいるらしいが、急いでこちらに近づいてきている。マライカは、ここから五キロメートル後ろのバスに乗っている。ピンク色のゼブラ・カーがバスの列を押し分けるように走ってきて、ブレーキをかける。カメラ・チームが車から降り、人ごみをかき分けながらライオネルのほうに急いで歩いてくる。ライオネルは相手を落ち着かせるように手を振って、「まだ時間はたっぷりある」と伝える。もうここまでくれば、することは何もない。ほかのバスが到着するのを待つだけだ。もちろん、すべてのバスの到着を待つわけではない。それは、わずか一〇〇人でいっせいに歩き出すのと同じほど、無意味なことだ。

ライオネルの頭の中では、まだ何かがカタカタと音を立て続けている。でもじっさいには、もうできることは何もない。打てる手はすべて打ったのだ。頭の中でいつものばかげた声がする。ここで国境を越えるのが、本当に正しかったのか？　彼は突然、これはまちがった決断だったのではないかという思いにとりつかれる。イン川の橋を使うほうが、良い方法だったのではないだろうか？

だが、そういう考えをこれまでにライオネルは何度も振りきってきた。だから、今度もたやすくそれができた。たしかに、できるだけ大きな視覚的効果を引き出すにはできるだけ狭い場所のほうがよかったかもしれない。あそこなら幅はわずか三〇メートルか四〇メートルだ。ドイツ人は決死の覚悟で橋を封鎖しただろう。そして難民たちは、やはり決死の覚悟でそこにぶつかっていっただろう。右下にも左下にもイン川が流れており、退避の可能性が断たれている以上、彼らは文字通り死に物狂いで前進するしかない。そうしたら、ドイツ人も決断を下さなくてはならなくなっただろう。すばらしい対決シーンが繰り広げられたはずだ。でも、いったいだれが見るために？

もしそうなったら、テレビカメラはどこに置かれただろうか？　ドイツ人はきっと、テレビカメラを絶好の位置には置かせなかっただろう。おそらくカメラマンはボートや、錨で固定した筏の上で映像を撮るしかなかったはずだ。そして橋の下からでは、人々の顔はろくに撮れないし、ぐらぐら揺れるひどい絵にしかならない。それに、事態がいよいよ切迫したとき難民が川に飛び込むという可能性を排除できない。もしそんなことになったら、きっとこう言われる。溺れ死んだのは自業自得だと。ここザルツブルクで国境を越えるなら、そんなことはきっと起こらない。

右か左にひそかに姿をくらますという点では、こちらのほうがはるかに余地はある。じっさい、人々がどのくらい強くドイツに行きたいと思っているのか、本当にドイツだけに行きたいと思っているのか、彼は知らないのだ。もし半数の人間が自分はオーストリアでも十分だと言ったら、どうする？

もし残りの半分が、ここからは独力でなんとかできると考えていたら？

もしも自分が明日か明後日、国境へと歩き出し、国境の前にひとりきりで立つことになったら？　結局のところ、みんなは迂回路や不法な小道を通ってなんとかドイツに入れるかもしれない。ただひとりの例外――このおれ――を除いては。

ライオネルは親指のつけねで額を押す。こういうろくでもない考えが頭に浮かぶのは、初めてのことではない。でも、いつも結局同じ結論に行きつくのだ。マライカやカメラと一緒に動いている人間を、人々がどうしてほうっておくわけがあるだろうか？　人々は彼についてくるに決まっている。なぜならそれが、よりよい未来のための最大のチャンスであるからだ。

ドイツ人はおそらく撃ってはこない。ドイツ人は良い人々だから。高圧電流も、おそらく本当に流したりはしないだろう。彼らは難民を厄介だと思っているから、そんな話をしているだけだ。それは理解できる。入ってくる難民の数が減ったら、彼らはきっと喜ぶ。だからこそ今は、怒ったふうを装っているのだろう。これは政略だ。でも、いざというときには、ドイツ人は礼儀正しい人々なのだ。

雨が止んだ。雲が切れて太陽の光が射しこみ、駐車場は少し快適になった。テレビクルーのだれかが、小さな水のボトルと食べ物を差し出してくる。「やってみればいいじゃないか？」彼は思う。

彼は地べたに座り、日光で温まったバスのタイヤに背中をもたせかける。そして山々を見つめる。マライカはいつだったか説明してくれた。あの山ではミルクとチョコレートが育つのだと。それは何かの思いちがいではないか、カカオはアフリカでとれるはずだと、彼はマライカに言った。マライカはこう返答した。もちろんそれはそうかもしれないけれど、でもドイツではふつう、チョコレートはアルプスからくるものなのだ。冬のあいだだけ、アーヘンという村の王様がそれをもってきてくれるのだと。

ライオネルは水を一口飲み、脂っぽいパンをかじる。パンの上には黄色っぽくて薄っぺらい何かがのっている。カビのようなにおいが少しする。でも彼は勇敢にそれを噛む。みんな、見るがいい。このおれがどんなにうまくドイツに適応できるかを。これが今の自分にできるすべてのことだ。日曜日が来るまでは。

第53章

内務大臣は、昔の週間ニュース映画に出てくる人物になったような気持ちがしている。ロンメルが西方防壁を点検しているあの映像だ。もしかしたら、連邦警察の制服を調達してもらったのはまずかったのだろうか。内務大臣は防弾チョッキを着ている。今回は驚くほど違和感がなく、記者団に挨拶をするときも決然としていられそうだ。ＮＤＲ、ＷＤＲ、バイエルン放送、ＺＤＦ、ＲＴＬ、マイＴＶ、Ｎ24。あらゆるメディアがここに集結している。メディアの連中は、ほとんどどんなものにも近づいてくるのだ。ここに、けっして越えられない国境を築いたことを、彼らに示してやろう。ゲーデケが内務大臣を防備施設に案内する。ゲーデケも制服を着ているが、ブーツを履き、ピストルも持っている。施設の人間には銃器を携帯させるようにと、内務大臣ははっきり告げておいたのだ。

「ピストル。自動小銃。両方あればベストだ。ニュース番組のどんなカメラショットにも、少なくとも三つの銃器が映っているようにすること。われわれは真剣なのだ。そして狙撃兵も！」

内務大臣はゲーデケと二人で、この記者会見をどのように進めるかについて数度にわたって詳細に話しあってきた。報道陣に対して、気さくにふるまったり友好的な発言をしたりする必要はない。メッセージは誤解のないように明快に伝えること。記者たちは、こちらの言うことがまちがいなく聞こえる部屋に集めてある。ゲーデケは記者らのほうを向いて「それでは始めましょうか?」などとは言わず、内務大臣にまず話をさせ、そのあとで「みなさん、われわれにはあまり時間がありません。どうぞ一緒に来てください」と言う。

重要なのは、こちらの覚悟のほどを印象づけることだ。内務大臣はそのほかに、連邦警察の対テロ特殊部隊の出動も希望していた。そうすれば彼らの自動小銃や散弾銃もこの場にそろえられる。さらに、手に入るかぎりの特殊車両を集めるようにという指示を出した。武器を据えつけた除雪車でもかまわない。もちろん除雪の要領で難民を除去できるわけはないが、シンボル的には意味がある。もっと真剣味が強いのは、スイスのモワク社の戦車だ。非公式なルートで機能を増強させてある。詳しい知識をもつ人間なら、きっと驚くにちがいない。機関銃付きの――それも大型の機関銃付きの――モワク社の戦車など、連邦警察はこれまでもっていなかったはずだ。むろん、この件で驚く人間は、法的な根拠から質問をしてくる可能性もある。だが、それについて内務大臣はほとんど心配していない。武器を見て興奮するジャーナリストというものは、内務大臣の経験からすると、法律問題にはそれほどの関心をもたない。そして法律問題に強い関心をもつジャーナリストは、おおかたが、機関銃と自動小銃の区別さえつかなかったりする。そういうジャーナリストはたいてい、警察はどこもそういう一そろいをどこかにしまっていると思い込んでいる。

まずジャーナリストどもを輸送用の車まで連れていく。国境施設を外側から――つまりオーストリア側から――見るためには、遠回りをしなくてはならない。直接オーストリア側に行くことは数日前からできなくなっている。そのためにはスイス側かイタリア側に一度抜けるか、あるいは今、ジャーナリストらを乗せた車両がしているように、当局専用の抜け道を通るしかない。秘密を守るために、車両にはいっさい窓がない。携帯電話は電源を切らなければならない。どこかの利口者が、ＧＰＳで経路を追うのを防ぐためだ。

ここ数日の出来事は、一連の反動のように見えなくもない。だが内務大臣にとってそれが意味しているのは結局、難民を拒絶するという不愉快な任務をだれひとり自分に替わって実行してはくれないということだった。それ以上でも以下でもない。そして問題もない。

内務大臣はゲーデケとともに、先にそこに到着する。機密上の理由から、記者団を乗せた車はもう数周、あたりをまわってこなければならない。内務大臣は車を降り、あたりを見渡す。国境地帯にはほんの一週間前まで常にトラックがぎっしり停められていたのに、今はそれらが一掃され、まるで準備を万端整えた戦場のようだ。サービスエリアの建物やガソリンスタンドは柵で封鎖されている。柵が足りなかったのだろうか、いくつかの窓はねじとパーティクルボードで塞がれている。とくに上の階の窓はそうだ。一階の窓はレンガでふさがれているものが多い。その大きな建物は、陸に乗りあげた船のように、日を浴びてそこにたたずんでいる。

略奪を心配してか、ガソリンスタンドは完全に空っぽになっている。聞いたところでは、オーストリアのテナントはすでに、収益の減少について訴訟を起こしているらしい。だが、今のところ何も進展がないということは、オーストリア当局はまずこちらの問題を片づけ、それから法的な問題を解決しようと考えたのだろう。ともかくオーストリア警察とオーストリア連邦軍は、どちらも出動している。国内の治安を守るためであれば、オーストリアの連邦軍は投入されうる。本物の戦車を配置することも許可されるのだ。接近戦でじっさいにそう役に立たなくても、それがあれば国の覚悟のほどを知らしめられる。あるいは覚悟のほどがあるように見せることができる。だが内務大臣の目にオーストリアは、『サウンド・オブ・ミュージック』のころと何も変わっていないように見える。

記者団を乗せた車が到着する。内務大臣は記者らが降車するのを待つ。この奇妙なシナリオに彼らは驚いている。「オイルショックのころのようだ」カメラマンのひとりは言ったが、彼はどう見てもオイルショックを、直接ではなくテレビで聞き知った世代のはずだ。内務大臣とゲーデケは記者団の先を歩く。そして記者らと一緒に、特設したプレス用の見物台に上る。そこからはあたりが広く見渡せる。できたばかりの設備越しにドイツが見える。

「かつてのベルリンの壁のようだ」ミスター・オイルショックが言う。

「あちらに見えるのは、最高水準のハイ・セキュリティ・フェンスです」ゲーデケが説明を始める。

「支柱で何重にも支えてあるので、圧力にも強い。横木のような補強材はわずかしか使っていないので、よじ登られる危険は低いですし、いちばん上にはレーザーワイヤーがあるので乗り越えるのも不可能です。土台は地面から一メートル以上の深さまで、コンクリートで固定されています。地上からの高さは六メートル。突端はこちら側に張り出しています」

「難易度のグレードは？」若い女記者が生意気な質問をしてくる。

内務大臣はゲーデケを見る。

「アルペン協会に評価をしてもらいました。8プラスから9マイナスのあいだだそうです」

生意気女がヒューッと口笛を吹く。

「みなさんでしたら何年か練習しないと。それでもまずは無理でしょうな。ですが、われわれが目ざしているのはともかく、それを登ろうという気持ちをだれにも起こさせないことです」「もっと威嚇的に見せることはできたでしょうね」若い記者のひとりが言う。「北アフリカにあるスペインの飛び領土のほうが、もっとがっつり守られている」

内務大臣は無言で同意を示す。

「フェンスがあのような形になったのはとりわけ、状況に迅速に対応する必然ゆえです」ゲーデケが説明する。「あの高速道路上に直接、最高の塀を築いたとしても、何の役にも立ちません。幅わずか二〇〇メートル。そして隣にはどこかの庭の垣根があったりする。人々はそんな塀は回避して、もっと突破しやすいポイントに移動してしまうでしょう。ですからわれわれが選びとるべきは、単にもっとも確実な塀ではなく、できるかぎり確実であると同時に、可能なかぎり長い距離にわたって築くことのできる塀ということになります」

「どのくらいの長さなのですか?」

「それは機密です。しかしながら、われわれにはアドバンテージがあります。あれだけ大きな行列がだれにも見つからずにさらに二〇〇キロメートルを進むのは不可能でしょう。そしてやつらが位置を変えたら、こちらも位置を変えることができます。より迅速に」

「われわれは今、どこにいるのでしょうか?」記者のひとりが質問する。「ここはドイツでしょうか? あるいは?」

「ここはまだオーストリアです」ゲーデケが言う。「正確に言えばわれわれは先程、シェンゲン協定にのっとり、オーストリアへと車を走らせました。ドイツの大地に足を踏み入れることで生まれる可能性を難民に活用させないために、国境のフェンスは国境線のすぐ上に築きました」

「これが、パレスチナの壁やメキシコの壁とのちがいです」内務大臣が解説する。「あそこでは、人々が目につかないように国に入ろうとしています。あの難民たちとはちがい、彼らはイスラエルやアメリカに権利を主張したりしないでしょう。だから、フェンスをじっさいの国境より五〇メートル内側に設置することも可能です。ですが、われわれのところには今、たいへんな数の難民が庇護申請をしようとしている。そして、彼らがそのために必要とするのは原則的には、ドイツの地を踏むことだけでいい——だからこそ、それを阻止するのが重要なのです」

「このような国境施設は、これまで存在しませんでした」

「いや、あったでしょう！」オイルショック・マンが言う。

「ありません」ゲーデケが言う。「個人や集団がひそかに入り込むのを阻止するための国境施設はあります。イスラエルやアメリカのがそうです。個人や集団がひそかに脱出するのを防ぐための施設も過去にありましたし、現在もあります。あなたが先ほどほのめかした壁がそうですな。武装した大勢の人々の攻撃を阻止するための施設もあります。万里の長城に至るまでの、いわゆる城壁がこれにあたります。しかし、武器を持っていない——おまけに、自分の権利をあとでふりかざそうと計画する——侵入者の大群に向けてつくられた施設は、これまでにひとつもありませんでした」

「それで、その施設はじっさいの国境線のぴったり上に敷設されているのですか？」ボルダリング女が言う。

「そのとおりです」ゲーデケが言う。「電流の設備は、少し前方に突き出していますが」

「では本当にそれをやったのですか？」年かさの記者が言う。

「国家に脅しをかけることはできません」内務大臣が老獪な回答をする。「これらの人々は、オーストリアでも安全な環境下にあります。われわれのところに来なければならない必然はない」

「どのくらい堅牢な構造をしているのですか?」さっきの年かさの記者が言う。「今見えているあれがすべてなのですか? それとも、もっと何かが加わるのですか? どのくらい強い電流が使われるのですか? それによってどれくらいの人数が命の危険にさらされるのですか?」

「詳細は機密です」ゲーデケが言う。「私がここで申し上げられるのは、従来通りの産業用防護柵は使用できなかったということです。電流の強さが足りないからです。ここで言う産業用防護柵とは、たとえば発電所の敷地内で使われるような柵をさしますが」

「断言しますが、もし難民のだれかがこのフェンスに怪しげな行いをしかければ、その者はきわめて不快な結果に見舞われ、『メイド・イン・ジャーマニー』の底力を思い知ることになるでしょう」内務大臣が口添えをする。

「死ぬってことですか?」年かさの記者がブツブツ言う。「そこが重要なのですがね」

「一度挑戦した者が二度と繰り返すことのない、一度きりの経験になるでしょう」内務大臣が返す。

「繰り返したくないからですか? 繰り返すことができないからですか?」

「できないからです。おそらく考えられる限りにおいては」

「つまり、死ぬってことですね」記者は森の中で美しいキノコを見つけたかのような満足げな表情を浮かべる。

「その点についておそらくもう少し明確にしておくべきでしょう。今のところ、あまりに見過ごされている事柄ですから」内務大臣は身構えるように言う。「とくに、安全保障に関する事柄です」

「きわめて個性的な発言ですな——ＣＳＵに所属する方としては」さっきのキノコ野郎が言う。

「おおかたの人々は、フェンスというものは、だれも乗り越えられないほど堅牢であるべきだと考えています。ですが、そんなフェンスはありえません。これまでだれにも克服されなかったフェンスなど、存在しないのです」

「ではなぜ、わざわざそれをつくるのですか？」ボルダリング女が言った。

「フェンスは」内務大臣はまくしたてる。「フェンスはひとつのメッセージです。フェンスの立っているところで道は終わるということを、それは意味しているのです」

「それなら赤い細縄でも十分じゃないでしょうかね」キノコ野郎が言う。

「たしかに。しかし、このフェンスについて重要なのは、それがどんな素材でできているかということではありません。重要なのは、もしだれかがこのフェンスを無視しようと決意したとき、あなたが何をするかです。そうなったときあなたが、そのフェンスを、あるいはその縄を死守できるかです。あなたがたに保証しますが、ドイツ連邦共和国は必要なあらゆる手段と部隊を投入して、ドイツの国境を守るでしょう。われわれには、それらの手段と部隊を投入する覚悟があるということです。連邦警察は数週間前から集中的な訓練を行っています。あらゆる危機的状況に備えているのです」

「それだけ固い決意があるのなら」オイルショック男が言う。「どのくらいの数の死傷者が出ると設定していますか？」

「数については何も申し上げられません」内務大臣は胸を張って言う。「だが私は、難民がトルコの国境を越えたまさにそのとき、現場にいました。そしてドイツの連邦警察は、同様のことが起きたとき、けっして手をこまねいて見ていたりはしません。入国の資格をもたない者が国境を越えようとすれば、それを阻止します」

「相手がふみとどまらなかったら？」

「阻止を続けます」内務大臣はそこで、故意に間をとった。「国境を越えようと試みる者がいなくなるまで」

「ずっとはもちこたえられません」ボルダリング女がそう言って、内務大臣を挑発的に見る。「どうにもならなくなれば、譲歩せざるをえなくなります。そうしたら国境を開かなければならなくなるでしょう」

「どこを開くというのですか？」

ボルダリング女はフェンスのあたりをぐるりと見まわす。そうして何かに気づく。

「われわれは本気です」大臣ははっきりと言う。「人々を収容する施設をひそかに準備していたりはしません。そしてわれわれは何があろうとも国境を開かない。ご覧のようにここには、開けるような場所はいっさいないのです」

第54章

今は朝の九時だ。彼らは当初、未明にはもう現場に到着していようと考えていた。だが、それではまるで奇襲のようだ。朝の四時に扉の前に立っているのは、泥棒か敵の兵士か秘密警察くらいなものだ。人を驚かせるようなやりかたは良くないとライオネルは思った。決行は日曜日が良い。日曜日ならドイツ人は暇なはずだ。マライカのテレビ局は番組情報誌に「決断の日」と予告を書くことさえできた。テレビはこの日、一日中中継を行う。ドローンは、人々が動き出したときからずっと空を飛んでいる。彼はマライカとザーバと一緒に、まるで小さな家族のように歩いている。昨日の夜、ライオネルとマライカは一緒に三〇〇台ほど後ろのバスまで車を走らせ、そこで一晩を過ごした。

「最後の夜ね」彼女は言った。

「この車で過ごす最後の夜だ」

アストリッドもその場にいた。ライオネルとナデシュは写真撮影用に、二人でうっとりと夜空を見上げていた。でも、本当に空を見ているわけではもちろんない。柵で囲まれた何かの工場の防犯照明のほうが具合がよいと、カメラマンが言ったからだ。「あとは二人だけにしてあげる」アストリッドが、意味深な表情を浮かべながら言った。まるで二人がこれからすばらしい愛の一夜を過ごすかのように。

二人は最後にもう一度、マライカが後ろにとどまるべきかを考えた。でもそんなのはおそらく馬鹿げた考えだ。ドイツ人に危害を加えられないだろうと確信できる唯一の人物は、マライカその人なのだ。マライカを守りたいという気持ちはもちろんライオネルにもあるが、彼は、むしろマライカの声望とカメラが自分を守ってくれるのだとわかっていた。それに気づかないほど、自分はマッチョではない。

計画は次の通りだった。女と子どもがいちばん前。一日かけて行動するが、山場はゴールデンタイムにかけて。しかし、あくまでゆっくりとスタートする。

マライカとライオネルはザーバと手をつないで朝の八時に出発した。バスを通り過ぎるたびに、そこに乗っている人々を後ろに従えていく。急ぐ必要は何もない。突撃をしようというのではないのだ。「ドイツはすべてがきわめてうまく機能している国です」以前彼はテレビカメラに向かって話した。「そして僕たちは、よく働く良い人間です。でも、いくらよく働いても、家が燃えてしまっては何にもならない。僕たちが望んでいるのはただ、燃えていない家に住み、働きたいということだけです」

数人のオーストリア人が「いよいよだな!」と呼びかけたり「失せやがれ!」「バイバイ!」と叫んだりするのを除けば、あたりは静かだった。コーヒーの入った紙コップを手にした救助団体の人間が、かぶりを振っている。難民たちは小さな回り道をして、赤十字のコーナーに立ち寄った。赤十字の人々はみなとてもフレンドリーで、ライオネルの手にコーヒーのカップを押しつけてきた。ライオネルは、ミルクももらえるだろうかとたずねる。「僕はいつもコーヒーを、ミルク入りで飲むんです」これは小さな嘘だ。自分はコーヒーが好きではない。でも、ドイツ人はコーヒーをビールよりも好むという。そして自分は良きドイツ人になりたいのだ。カメラにそれをとっくりと見せてやろう。

「ドイツ語がお上手ね」ふっくらした女性が言う。

「あなたもですよ」ライオネルは、カメラを意識して言う。女性は笑って、机の下から飲み物のパックを取り出し、ライオネルのカップにミルクを注ぐ。ライオネルは女性に別れを告げ、カメラに向かってカップを掲げ、「乾杯！」と言う。

じっさい、わざわざこうして行進をする必然はそれほどない。女と子どもを先頭にという点だけは確実にしなければいけないが、でもみな、トルコの国境越えのときからもう、何をしなければいけないかは頭に入っている。他の国境でも似たような準備をしてきたのだ。それはもう不必要でさえある。だが、マライカが信頼している放送作家は、国境のフェンスの目の前で人々が夜明かしをして、朝、そのまま位置につくという図はきわめて間が抜けて見えると言った。人々はテレビのために、フェンスへと歩かなければならないわけだ。

軍隊の車両が居並ぶ最初のあたりにさしかかる。その数百メートル向こうにバリケードの柵がある。そこを通過できるのは「正当な権利のある」人間だけだ。記者、警察、救護隊員などがそれにあたると、マライカが言っていた。「とにかく資格のある人たちよ。許可証をもっている人」という彼女の言葉が、ライオネルの心を苛立たせた。後ろに続く四〇万の難民の中に、資格だの許可証だのをもつ人間がただのひとりもいないことは自明だ。何人かの警官はそのせいか所在なげに見える。これらの人々の書類不保持をどうチェックせよというのだろう？

許可証をもっている人間もおそらく何人か一緒に歩いているのを、ライオネルは承知している。肌の色がとても明るくて、ビデオカメラを回している人間だ。でも、だれにそんなことがわかる？　今日は大半の人々が携帯電話のカメラを回しているのだ。今日はそのための日なのだから。

マライカが彼の肩を引っ張る。自撮りタイムだ。マライカがライオネルを抱きしめる。三人は赤ん坊用の車両のそばを通り過ぎる。マライカは何かを軽く打ち、写真をオンラインに載せる。ザーバは二人のあいだにいる。ベビーシッターのひとりが屋根をあけた車からこちらを見る。その隣にいる同僚が、ひとりの母親の腕に赤ん坊を手渡す。四人はみな泣いている。ベビーシッターたちは別れの悲しさから、赤ん坊は習慣から、母親はおそらく付き合いから涙を浮かべているのだろう。

バリケードのいちばん端まで来た。前方にもうフェンスが見える。この一帯のことは、もうじっくり検証した。アストリッドの同僚のカメラマンがドローンで少し手助けをしてくれた。目の前にあるフェンスは左右に二〇キロメートルほど延びている。この場所が選ばれたのは、カメラでいちばん良い映像が撮れるからだ。国境通過地点はすぐそこだ。放送局はしかし、何ひとつ偶然の力にはさらさないつもりでいるらしい。夜、あたりが暗くなったときのために、たくさんのサーチライトが設置されている。そのせいで、まるで巨大な競技場に足を踏み入れたような気持ちがする。

ライオネルは突然、気分が悪くなる。何でもない、と彼は自分に言い聞かせる。ここは地面の上じゃないか。自分で事態を操れるんだ。ゴムボートなんかの上にいるより、はるかにましじゃないか。ともかくやるだけの価値はあったんだ。それなのに、あまりすばらしい気持ちがしない。もっとポジティブな面に目を向けてみよう。たとえば、あのフェンス。

それほど見込みがないようには見えない。賢くてすばしこい若者が四、五人でチームを組めば、一瞬のすきを突いてこっそりやりおおせることは十分できそうな気がする。だが、四〇万もの人間を後ろに引き連れて、「こっそり」も何もない。それに、わずかひとりでもそのへんの木陰に逃げ込んだりしないように、オーストリアの軍隊と警察がいたるところで目を光らせている。これまで、試みた人はそれほど多くない。単独で捕まったら即追放だ。イワシの群れと同じで、安全のためには群れで泳ぐほうがいい。

フェンスのいたるところに黄色い警告表示がある。

やつらは電流を流すだろうか？

ライオネルは歩みをとめる。フェンスまでは一〇メートルだ。覆面をした重装備の警官が、フェンスの向こう側にたくさんいるのが見える。装甲車もある。耕運機のように見える機械もある。ライオネルは人々に親しげに手を振る。反応はない。あらゆる口径の、たくさんの銃器がある。機関銃もある。ライオネルは右を見る。マライカがそこに立っている。カメラが彼ら二人を下方から撮っている。マライカは剣などもっていないのに、神からつかわされた、燃える剣をもった天使のように見える。ザーバがまずマライカの手を、次にライオネルの手をぎゅっと握りしめる。ライオネルは振り返り、後ろにぴったりついてくる人々を見る。若者たち。子どもの手を握った、あるいは子どもを腕に抱えた女性たち。

ライオネルはふたたびフェンスのほうに向きなおり、きっぱりとうなずく。計画では、女と子どもが前だ。彼の後ろにいるすべての人間は、わかっているはずだ。ゆっくりと、でもひたすら前に進む。ひたすら前に。進むべき方向はひとつだけだ。

そして、もう前に進めなくなったら。

押せ！

第55章

「区間Cの映像を出してくれ」作戦部長が言う。巨大な画面に周辺地域の映像のひとつが映し出される。たくさんの若い男たちがいる。偶然そうなったにしては多すぎる。

「やつらがまず、試みると思う。もう一台カメラを頼めるか」

戦略シミュレーションはすべて同じ結果だった。若い男たちを前方に送り、フェンスに登らせ、向こう側からフェンスを弱める。あるいは庇護申請をする。十分にありうることだ。絶対にそれは阻止しなくてはならない。たとえていえば、これは気球のようなものだ。外皮がどこか一か所でもはじけたら、もう張り合わせることはできない。そして全体がつぶれる。最初の穴をけっして生じさせないのが肝要なのだ。

「拡声器を！」作戦部長が命令する。「それから放水車を二台、あっちに移動させろ。連中をフェンスに近寄らせるな！」

だが、《近寄らせない》のはもはや不可能だった。列の先頭にいる人間の多くはすでに、不気味な高圧電流のフェンスの間近まで来ている。まだだれも、それに手を伸ばそうとはしていない。いくつかの地点では、いちばん前の人間が不安そうに後ずさりをしている。

「行きますか……?」ゲーデケが内務大臣にたずねる。二人は並んで立ち、いつでも命令を下せるように、組織化された混乱を観察している。

内務大臣は首を横に振る。「九〇〇〇ボルトで十分だろう」

送電線はじっさいに張られていたし、機能している。だが、張られているのは最上部の張り出しの部分だけだ。全体に電流を流すという案も検討されたが、ほどなくそれは非建設的であることが判明した。電流の流れているフェンスにこれだけの人間が押し寄せたら、装置が過負荷になったり損傷が起きたりするより前に、最悪の場合、数百人が死ぬかもしれない。後ろに逃げようとしてもそれができなければ、さらに数百人の命が無意味に失われる可能性もある。電流を流すのは「われわれはそれを試みた」という証であり、それは、狙いを定めた銃声と一緒のほうがより効果的になる。銃声はあたりに響き渡り、犠牲者を減らす。電流に対する恐怖はそのまま保たれ、より長いあいだ、連中を怯えさせることができる。

「もう座って待っているのはうんざりだ。門を開けろ!」今や彼らは歌っている。

「門はない」内務大臣がつぶやく。押し寄せる人波を解消できるのは背後から――まだ人々がフェンスから離れていられる背後の領域から――だけだ。まず後方の人間をオーストリア側に追い散らす。そして次に、フェンスのそばにいるやつらを追い返す。人々はもう一度結集しなくてはならず、テレビの馬鹿どもはそのようすを撮るのにかかりきりになり、国境を越えさせるどころではなくなるだろう。だが、それはあり得ないシナリオだ。催涙弾やそれに類するものを、オーストリア領内でドイツが使うことはできない。

「了解」作戦部長が言う。「ショータイムだ！」

若者のひとりが人々の歓声を浴びながら、だれかの肩に乗る。「やつがフェンスにふれたら即、放水」作戦部長がヘッドホン越しに言う。「そして区間Aを準備しろ。やつらがおそらく次に来るはずだ」

高圧放水砲が発射され、だれかの肩に乗っていたひとり目の若者をすみやかに落下させた。だがそのときすでに、肩車に乗った別の二人がフェンスを握っていた。つるつるした金属の支柱は水で濡れていたが、それでも彼らは片方の手だけで、まるでヤモリのようにぴったりそこに張りついている。もう片方の手は後ろにのばされている。上着か毛布か何か、とにかく電線とレーザーワイヤーを覆えるものをよこせという意味だろう。

「警戒伝令！」作戦部長が命令する。「狙撃兵、構え！」

それは単に登ってくる連中を防ぐためだけではなかった。重要なのは電流そのものよりも、電流に対する人々の不安だ。だれも登らないかぎり、電流がどれだけ強いのかはだれにもわからない。だから、難民を地上にとどめておくのが肝要なのだ。作戦部長は内務大臣とゲーデケをちらりと見る。そしてどちらも何も反応しなかったので、作戦部長は強い声で「威嚇射撃！」と指令を出す。

弾丸が発射される大きな音が聞こえた。大勢の人々が後ずさりするようすが、カメラに映し出される。それが「後ずさり」と呼べるものであれば——。彼らはたしかに後ろに下がりはしたようだが、空いた幅はわずか一メートル、あるいはその半分程度だ。フェンスに張りついた青年はそのまま離れようとしない。

「やつはもう少しで届くぞ」作戦部長が警告する。「指か足をねらえ！」

二度銃声がした。青年は叫び声を上げながら人々の中に落ちてきた。さらに幾度か銃声がした。すべてのカメラがふたたびフェンスを映し出す。そこにはだれも張りついていない。内務大臣はコーヒーカップを掲げた。彼は前に、あのライオネルという青年が同じようにカップを掲げるのをテレビで見た。内務大臣は、そこにいない敵に向かってコーヒーカップを掲げ、乾杯をする。

最悪の事態は避けられそうだ。

第56章

いつのまにかカメラは人ごみから消えていた。当然だと、ナデシュは最初思った。人と人とのあいだに十分な距離を保てなくなっているこの状況では、まともな映像はもう撮りようがない。それに、人々の中にもカメラをもっている者はたくさんいる。だが今かすかに、自分が見捨てられたような気がした。さっきの銃声と関係があるのかもしれない。

何が起きていたのか、はっきり見てはいなかった。ただ銃声が聞こえただけだ。だが、難民の何人かが撃たれたという噂がすぐに広まった。人々のあいだに波のように不安が広がる。だれかがザーバの足を踏みつけ、ザーバは痛みのあまり突然叫び声をあげる。銃声はふたたび途絶える。「こんなのはは ったりだ」ライオネルが大声で言う。「やつらはこの手を使うしかないんだ。さっきの銃声では怪我人が出ただけだ」もちろんその通りなのだろう。

「ふう。こっちは今、ちょっとすごいことになっているわよ」ナデシュはヘッドセットのマイクに、陽気な声で言う。「ディスコに行ったことはある。ケルンのカーニバルのとき居酒屋でもみくちゃにされたこともある。でもこの状況では、踊るなんてとても無理！」

「ちょうど今、映像に君が映っている」イヤホンから声がする。「手を振ってくれないか？　一〇時の方向に？」

「そっちはもうシャンパンを飲んでいるの？　昼の一二時なのに」

「うちのドローンは一〇時の方角にいる。君のところから見ると、すごく左のほうだ。いや、そこまで左でもない。いや、そっちの左じゃないんだ！　時計で言うと――。ああ、そこだよ。もう一度手を振ってくれ、頼む！」

ナデシュは苦労しながらなんとか腕を押し上げ、手のひらをドローンに向けて振る。状況はだんだん、楽しいどころの騒ぎではなくなってきている。彼女のいる位置からフェンスまでは五メートルか六メートル。フェンスの前では人ごみはもっと密になっているはずだ。人々が押し寄せても、フェンスはほとんどたわまないからだ。あちこちで若者が、フェンスをよじ登ろうとしている。だが、それをしようとする人間は今のところみな、手を撃たれている。そしてもはやだれも、フェンスに手をふれようとはしなくなっていた。群衆に押し流されまいとして、ナデシュの膝にザーバがしがみつく。ナデシュはできるかぎり体をかがめて言う。

「ライオネルの肩に乗りたい？　それとも私の肩に乗る？」

多くの人々がそうし始めていた。肩車ができるくらい大きな子どもは、大人の肩に乗せられていた。それはスペースの節約のためでもあり、子どもの安全のためでもあった。

「マライカがいい」

「オーケー」ナデシュはうめくように言う。「それじゃ、ちょっと手伝ってね」

体をかがめるのはほぼ不可能だった。ザーバを単純に抱き上げることもできない。これだけ立錐の余地のない状況では、コルク栓を抜くように垂直に引っ張り上げるしか、ザーバが上にあがる手段はない。

「私の体にぴったりくっついて」ナデシュは言う。「引っ張ってあげるから、私の体の上を這って進むのよ。私のズボンのポケットに足を引っかけて」

「足がそこまで持ち上がらない」ザーバがハアハア喘ぎ声をあげる。

ブラジャーのストラップにザーバの指がかかる。ストラップは外れてしまった。ザーバの指はナデシュのTシャツの袖にかぎ爪のように食い込んでいる。袖は破れなかった。良い製品だ。

「そっちはみんな大丈夫か？」イヤホンから声がする。「ヘリを送ろうか？」

「いいえ」ナデシュは息を切らしながら言う。胸の谷間からザーバを引っ張りあげる真っ最中なのだ。

「今が大事なところなの！　あと少しでやつらは開けざるをえなくなる。あそこで起きていることをやつらも見ているんだから！」

拡声器から絶え間なく、難民は国境の領域から退去せよという通告が聞こえてくる。英語とドイツ語とほかの何かの言語だ。そうは問屋が卸さないわよ、とナデシュは思う。

「靴がなくなっちゃった」ザーバが声をあげる。

「気にしないで、おちびちゃん。ドイツに行けば、靴なんて腐るほどあるわ」

ザーバのはだしの指が、ナデシュのウエストバンドをさぐっている。賢い子だわ。正面から登ってくるのは無理なことに気がつくなんて。ザーバは、ココナッツの実をもぐ人が木の幹にしがみつくように、太ももでしっかりナデシュにしがみつき、体を押し上げた。そして向きをじょうずに変えて、ナデシュの肩からほっとしたような笑い声をたてた。

「ハロー、ドイチュランド！」ザーバは金切り声をあげ、両腕を振る。

「一〇時の方向に手を振るのよ、おちびちゃん」

「いいぞ」イヤホンの声が賞賛する。

「赤ちゃんたちは撮った？」ナデシュが荒い息をしながら言う。そしてさらに「ふうう！」と声をあげる。

「どうした？」

「ふう、ぎゅうぎゅう詰めで……息がなんだか苦しくて……」ナデシュは息を喘がせながらもう一度、われ知らず大きな声を出す。「赤ちゃんたち……は撮った？」

ふつうの音量で泣いている赤ん坊はほとんどいない。赤ん坊たちは何か気に入らないことがあるときのように、怒りを込めて、声をかぎりに泣き叫んでいる。

「大丈夫だ」イヤホンの声が言う。「ものすごく強烈な絵が撮れている。視聴者もえらく盛り上がっている。ベルリンや、ほかにパブリック・ビューイングをやっている各地で、デモが起きている」

「どのくらい……視聴……者?!」

「ベルリンでは一〇万人くらい、ミュンヘンでは五万五〇〇〇人を超えている。さすがにミュンヘンの中心街ではパブリック・ビューイングはできない。現内務大臣の出身地を考えれば、当然だが。君らのいる国境でも、じきにキックオフだな。君の仕事はもう終わったみたいなものだ。ご苦労さん、もう休めるよ」

「ここで逃げ出すなんて……」ナデシュはうめく。「そうしたら、やつらの思うつぼよ！」

「いいか、君からは見えないだろうが、後ろからものすごい数の人間がそこに押し寄せてくる。上から見ているとまったく圧巻だよ……」

「必死の努力をした者だけが、何かを手に入れられるのよ」ナデシュは息を弾ませる。「何を話しているのか、ちゃんとわかっている。私はつつましい境遇の出身なの！　ふう、さあ、行くわよ！」

「オーケー。でももうそろそろ、ライブに切り替えるよ。すごくいい感じだ。やっぱり現場は最高だね！　二分後にまた！」

「了解！」

「ああ、それから、ザーバは降ろしてくれるかな？」

「そんなの無理よ」ナデシュ・ハッケンブッシュは必死に空間をつくろうとしたが、うまくいかなかった。

「ちょっと間抜けな感じなんだ。ザーバを映そうとすると、君の頭が少ししか映らない。君にピントを合わせると、ザーバが半分しか映らない」

「そんなことを言われても、どうしようもないわ！」

「わかった、こっちで何か考えよう。広角レンズを使うとか」

ナデシュがザーバの膝を、励ますようにぎゅっとつかむ。ザーバは金切り声をあげる。ナデシュはライオネルに目くばせをして、自分はもう番組に戻らなければならないと知らせようとする。ライオネルは親指を立てる。群衆に押されて彼は今、数メートル離れたところにいる。ほかにもいくつか、最善とは言えないものごとはある。たとえばこの生放送の司会をするのが、あのアスリート上がりの女であることだ。でも、そんなことはもうどうでもいいわ。国に帰ったらじっくり時間をかけて、ライオネルと一緒に本を書こう。一週間前にもう契約書にサインはした。そしてその本がばんばん売れたら、テレビに華々しく返り咲こう。木曜の晩のゴールデンタイムに殴りこみをかけて、ハイディ・クルムの鼻柱をへし折ってやるわ。

「ナデシュ、あと一〇秒！」イヤホンの声が言う。「そして、一〇時の方向！」

「了解！」ナデシュは顔を上げて、「さあ、行くわよ。おちびちゃん！」と言う。

第57章

「もうそろそろ限界でしょう」本質的には頼りになるアンケが言う。彼女はあたりを行ったり来たりしながら、たえまなく腰に手をあててはまたそれを外し、拳を握りしめている。視線は中央のスクリーンにくぎ付けになっている。

「まあまあ」ヘッドセットでナデシュとやり取りをしていたオーラフが言った。「昼時にしちゃあ、なかなか激しい映像でしたね」

「激しい？」

「僕の知るかぎり、ドイツのテレビで銃撃戦が生中継されたのは初めてかと」

「銃声は少なくともおさまったわ。前のほうを見なさいよ。デュースブルクのラブ・パレード並みの混みようよ」

　オーラフは調整室の複数のスクリーンを見る。そして首を横に振り、ベアテ・カールストライターのほうを見る。彼女は二人いる技術者のひとりの肩をつついている。調整室の薄暗い灯りの中でもオーラフは、その技術者の顔が午前中よりもあきらかに青ざめているのに気づく。フェンスに近い一画をカメラがズームアップする。たしかに人々は文字通りのすし詰め状態で、押し合いへし合いしている。とりわけ女たちは、背の高い男たちのあいだでなんとか空気を吸い込もうとしてか、みな不自然なほど顎を上に突き出している。そんな図を目にするのはラッシュアワーの地下鉄くらいなものだが、今ここで繰り広げられている状況は少なくとも一時間かそこらは続いているのだ。すでに憔悴しきった人が何人か見えるが、それよりずっとひどいようすの人もあきらかにいる。

時おり、ぐいぐい前に押すような動きが群衆の中に起きる。後続の集団が新たに到着すると、そういう圧力が生じるらしい。そうした前へ押し出すような動きや圧力の波を見ているだけで、息が苦しくなるほどだ。それは野蛮だが、理解できる行為でもあった。洗練された戦略ではまるでない。人々はこの国に入りたいと願い、そのために命をも捨てる覚悟でいる。だが、彼らが今決死の覚悟を固めているのは、シチリア島の前ではなく、ザルツブルクの高速道路の上なのだ。

「先頭のあの女の人をちょっと見て」本質的には頼りになるアンケが大きく息を吸う。「意識が飛んでいるみたいよ。倒れずにいるのは、ただ単に、その空間がないからにすぎないわ。目だってほとんど閉じっぱなしよ」

「それはたしかか？　もしかしたらそいつは、一休みしているだけかもしれないだろう？」

「よく見てよ！　一休みなんてしていないわ。あちらの気温は三五度か四〇度くらいあるはずよ」

パタンとドアの音がして、ゼンゼンブリンクが部屋に入ってくる。彼はその場のメンツの表情からすぐに、雲行きが視聴率ほど良くはないことを見てとる。「われらのすばらしき内務大臣はいったい何をしている？　あそこで起きていることを見ていないのか？　まさかテレビをもっていないとか？」

「ありえなくはないですが」本質的には頼りになるアンケが言う。「もしかしたら、ちがう番組を見ているのかも。少なくともバイエルン放送は中継をやめましたし」

「ハッ」オーラフが嘲笑的に言う。「肝心なことを放送しないのはやつらのお家芸さ」

「それでお金が十分入ってくればね」カールストライターが受け流す。

「なぜバイエルンはやめた?」ゼンゼンブリンクがたずねる。

アンケが無言のまま、両手でスクリーンを示す。「バイエルン放送は中継を拒否し、スチール写真と音声によるコメントだけを流しています」

「ついさっきまでボスと会議をしていた。おれが最後に見たときは、状況は緊迫してはいたが、まだそれほどではなかった。いったい何が起きた?」

青ざめている技術者の肩を今度はアンケがたたく。技術者は先程の映像をもう一度スクリーンに映し出す。「そこにいる女性が見えますか?」

「クソッ」オーラフが言う。「ここにもそういうのがいるじゃないか」

「そしてここにも」ベアテ・カールストライターが立ち上がる。「ここにも! そしてあそこにも!」

彼女はスクリーンを指し示す。

「おいおい、ちゃんと自分の子どもに気をつけろよ。肩に乗せているんだから」技術者が突然口を開く。

「やつら、半分眠っているじゃないか」

たしかに何人かの子どもは疲労のあまり、親の肩に乗ったままぐんなりしている。親の頭に覆いかぶさっている子どももいれば、横に倒れかけている子どももいる。そして、子どもを気遣う力がおおかたの親にもう残っていないのは、見ていればあきらかだった。

「中継用のはあまり近くまでズームしないようにしろ」ゼンゼンブリンクが指揮する。そして、すぐに次の点を強調しなおす。「あまり近くからは、ということだからな」だが技術者は、まるで相手を起こそうとでもするかのように、目を閉じている三歳児をズームアップしている。

「おい！」技術者は叫ぶ。「あんたのちびが滑っているぞ！」

そしてその子どもは消える。横にがっくり崩れたかと思うと、次は後ろに、まるで潜水をするように頭から沈んでいく。身動きすらできない人ごみの中にその姿は消えていく。

「おい、クソッ、あの子はどこに消えた？」

「そんなに遠くではないはずですよ」オーラフが言う。「体が沈む場所なんてろくにないんだから」

「巻き戻して」アンケが要求する。「五番カメラで見てみましょう」

「だが、生放送は止めるな。ズームアウトして遠くから撮れ。わかったか？」ゼンゼンブリンクが言う。

技術者が映像を巻き戻し、さっきの場面を流す。子どもが後ろに沈んでいくのが見える。その子の頭が、後ろにいた女の子だか若い女だかの頭にぶつかる。頭をぶつけられた相手の体が崩れ、最初の子どもの体も沈む。そして二人の消えた空間は、大勢の人々によってまたたくまにふさがれる。

「クソッ」ゼンゼンブリンクが言う。「マジでクソだ」

アンケは両手を口に当てている。

「起こしてやらなくちゃ」技術者が言う。「だれかが助け起こしてやらないと。あの男の子と女の子の両方を！」

「だれも反応していないわ」映像を見ていたカールストライターが、あぜんとしながら言う。

「反応できないんですよ」オーラフが言う。「身動きできないんだから」

「こんな……こんなバカな。さっきはこんなではなかったのに……」ゼンゼンブリンクが両手で顔をこする。「こんなに切迫したのは、この数分のことなんだな?」

「いいえ、もっと前からです」アンケが言う。

「おい、バカ野郎。そんなにズームするな。そんなものを広告主に見せられるか」

「あの女の子、あそこ!」技術者が左側に体をかがめ、屑籠の中に吐く。本質的には頼りになるアンケが技術者の椅子を脇に押しやり、指揮を引き継ぐ。

「問題は、こんなのを見たい人がいるかどうかでは――ああ、なんてこと、あそこにまたひとり! あそこよ! もう見えなくなってしまう」ひとりの女性が、ココアの粉がミルクの中に吸い込まれるように、群衆の中に静かに消えていく。

「さっきまで、こんなではなかった」ゼンゼンブリンクが大声で言う。「こんなものを放送できるわけがない。中継を周辺地域に切り替えろ。コマーシャルを押し込んで、それからライブの映像をもう一度、さっきより小さく映せ。いったいなぜ、だれからも警告がなかったんだ? われらのスターはさっきから、いったい何をしているんだ?」

「ナデシュ?」オーラフが言う。「そっちはどんな感じだ?」

「いったいどのカメラに、やつは映っているんだ?」ゼンゼンブリンクがたずねる。

「二番カメラです」技術者がふるえる声で言う。

「ナデシュ?」オーラフが言う。そしてゼンゼンブリンクは気づく。

「おい、適当なことを言うな。二番にやつはいないぞ」

★★★

内務大臣はハンドルを急反転させて、一台のトラックをかわす。額の傷がふたたび開いたのか、こめかみに何かが流れてきている。警察の遊撃車がもう国境から戻されてきている。ありえない。本当にありえない。前線にだって人間は必要だというのに。内務大臣はグローブボックスにかがみこみ、ティッシュを探す。だが、あったのはタバコと、何かのハンドブックと、ピストルの補充弾倉だけだ。

遊撃車がまた一台、青色警告灯を光らせながら猛スピードで脇を通りすぎる。内務大臣のジープはあやうく側溝に落ちかけた。そのときにようやく、シートベルトを締めていなかったことに気づく。これ以上人員を戻すべきではない。でも、どうやって命令を出せばいいのかがわからない。新しい無線機は使い方がよくわからない。携帯電話の通信網は過負荷になっている。それを警官に告げなくてはいけないのに。でも、必要としているときにかぎってひとりも見つからない。

さっきまで自分がいたのは、立ち入り禁止区域だ。そこでは今、大騒ぎが起きている。農民の仕業ではない。当たり前だ。農民があんなことを考えるわけはない。あれは、テレビを見て激怒した人々だ。子どもを育てるのによい環境を求めて、あるいは緑豊かな暮らしを求めて田舎に越してきた人々、あるいは五〇〇〇ユーロのバーベキューセットを置ける芝生の庭がほしかった人々や、外国人の子のいない遊び場を求めてここに越してきた人々が、集まっているのだ。いっぽうで、国境の開放を求めてわざわざ都市から車を転がしてきた人々もいた。

立ち入り禁止区域はきちんと守られていたはずだった。内務大臣はそのように了解していた。人権保護団体や救援団体の連中が来るだろうことは予測していた。だが、こんなことが起きるとはだれも予測していなかった。グリーンピースや何やらが相手なら、まだ話ができる。彼らはいわば抗議のプロフェッショナルだ。だが、そこにいるのは抗議のアマチュアばかりだ。最悪なことに、ヒステリー女どもまでいる。何かというと「あなたがたには理解できません。あなたたちには子どもは生めないんですから！」とわめきたてるあの連中が。

致命的なのは、あまりに多くの人数が集まっていることだ。「二万人です」内務大臣を車でそこに案内した若い巡査部長はそう言った。「二万人？」内務大臣は聞き返した。「それは警察発表ですか？　実数ですか？」

巡査部長はこちらに顔を向けて言った。「聞かれた以上はお答えします。ほぼ倍です」

連中は、ひと握りの警官隊しかその場にいないことをすぐに見てとっただろう。進入路はもちろん封鎖するべきだったのだ。だが、G20のさいにデモ常習者をブロックするのと、人助けにかけつけたと主張する人間を封鎖するのでは勝手がちがう。いつのまにか彼らは、道路のバリケードを越えてしまっていた。そして自警団の連中は、いよいよ自分たちの出番だと思ったのだろう。事件は、内務大臣の目の前で起きた。状況把握のため、巡査部長と一緒に、もはや機能を失ったバリケードの近くに立っていたときだ。茂みから、珍妙な制服を着た数人が飛び出してきた。彼らは驚くべき武器のコレクションを携え、警官と親交を結ぼうとしてきた。少なくとも四か所で、そうした輩があらわれたという報告があった。そんなイカれた連中がそれだけこの場に入りこんでいるとは信じがたいことだった。あろうことか、警官の中には喜んでそれに応じる者もあったようだ。彼は無線でもう一度、そうした親交を即やめるようにと通達を出した。そのあとすぐに銃声が聞こえた。威嚇射撃の音ではない。その場に集まった人々に向けてさっきの自称《警察応援隊》が発砲し、こう叫んだのだ。「とっとと失せろ！　ここはおれたちの国だ！」

　内務大臣はジープの中で、嫌な記憶を頭から振り払うように頭を振る。彼は見てしまった。若い巡査部長がジープの無線で救援要請をしているときのことだ。体に刺青を入れ、手製のＳＳの腕章をつけた太った男が、ひとりのヒステリー女の隣にいた男の腹をカラシニコフ銃で二度撃ち、銃床で女を殴り倒した。すみやかで残忍な、プロの動作だった。銃の床尾が側頭部に当たったかと思うと、女の頭はかくんと――まるで首が紙でできていたかのように――ぱたんと横に折れた。そして女は、マネキン人形のようにぱったりと倒れた。

　若い巡査部長は車から飛び出し、ホルスターからピストルを抜いた。そして内務大臣に怒鳴った。

「車に乗って。すぐに危機管理室まで戻ってください。援軍を要請して！　早く、早く！」巡査部長は威嚇射撃を一発放った。でも、カラシニコフ男は無反応だった。巡査部長は男を狙って数発撃った。カラシニコフ男がガクリと膝をつく。すると仲間の四人がふり返り、銃を構え、若い巡査部長の頭に銃弾を二発撃ち込んだ。まるで日常茶飯事のようになんのためらいもなく、なめらかな動作で銃を掲げ、パンッと撃った。内務大臣が乗り込んだジープがエンジン音を立て、走り出す。四人組のうち二人はふたたび、叫び声をあげているデモ参加者のほうに注意を戻したが、残る二人は内務大臣のほうに撃ってきた。銃弾が何発か金属板に当たった。いくつかの銃弾は、頭のそばでシュッと音を立てた。だが、何とかジープは、射程外にある丘の向こうに逃げこんだ。

　内務大臣はすべての力を車から引き出して走る。さっきのラリー・コースでそれを学んだのだ。彼は思い巡らす。この数か月間、憲法擁護庁がやってきたことはいったい何だったのか？　いったいどうやってあんな連中が、わらわらとあらわれてきたのか？　これはもはや緊急事態になる。連邦軍の出動を要請しなくては――。車道に張り出した樹木を避けようとして内務大臣のジープは、やはり同じ操作をして倒れたらしい遊撃車にぶつかりかける。遊撃車に乗っていた職員が、別の職員の手当てをしている。内務大臣のジープは道路の近くの畑に突っこむ。車がまだ動くようにと願いつつ、エンジンを入れなおす。エンジンがうなり音を上げたかと思うと、車は高速で車道に戻り、走り出す。内務大臣は頭を屋根にぶつけないように体を斜めにし、携帯電話を取り出し、片手でタップする。

すぐにでも連邦軍に出動を要請すべきだったのだろうか。でもまだ緊急事態が起きていない以上、可能なのは人道的救援だけだったはずだ。そして、誤ったメッセージを送るわけにはいかなかった。こちらにはテントが用意されているなどと、難民に思わせてはならないのだから。でも本当なら中隊、旅団、とにかくすべてを呼び集め、大勢の男の手に鉄砲を押しつけるべきだったのだ。自分たちのやり方はすべてまちがっていた。そして携帯電話はまだ使えるようにならない。

前方からもう一台、遊撃車が来る。内務大臣は力を込めてブレーキを踏む。ハンドルに体が強く押しつけられる。それからギアを戻し、改めてアクセルを踏む。危機管理室がもう見えてくる。ジープは猛スピードで突き進む。何とか玄関の前で止まることができたのは、コンクリート製の低い塀があったからのようなものだ。内務大臣は計器盤にも天井にもぶつからないように必死に体を腕でかばう。頭がハンドルのほうに横滑りし、気づかないうちに前歯が下唇に食い込んでいた。ふと気がつくと、何か軽いものが頭の上にはらりと落ち、血でぬれたこめかみを滑り落ちていく。彼は座席に座りなおす。折れた日よけから、何かが下に落ちている。彼はぼんやりしながら床を見つめ、一枚の紙のようなものを見つけて拾い上げる。それは、あの若い巡査部長の写真だった。巡査部長の隣にはビキニ姿の娘がいる。巡査部長は上半身裸の姿で、制帽を斜めにかぶっている。娘が制帽をとろうと手を伸ばしている。巡査部長は片方の手で娘の体を、もう片方の手で制帽をおさえている。娘は笑っている。その写真の上には、タッチアップペンでこう書かれている。

「正義と秩序のための、わが戦士（Mein Kämpfer für Recht und Ordnung）」

「わが（Mein）」の部分には下線が引かれている。

そして「i」の上の点は、ハートマークになっている。

★★★

ナデシュが意識を取り戻したのは、信じがたいほど不快な形で横たわっていたからだ。それはもはや「横たわっている」とは呼べないような姿勢だった。両足と両腕がまるで平行になっていない。足も腕もほかのだれかの足にはさまれ、完全にねじれている。とても引き抜くことなどできない。顔は横向きになり、だれかの足が後頭部に当たっている。頰はアスファルトにこすりつけられている。

シュプレヒコールは小さくなっている。その代わりに聞こえてくるのは、うめき声や助けを求める声、そして何かを叫んでいる男たちの声だ。きっと人々を落ち着かせるようなことを言っているのだろう。「もっと前へ」「国境」などいくつかの言葉をナデシュの耳は聞き取る。

なんとかして立ち上がらなくては。

「オーラフ？」彼女はヘッドセットに叫ぶ。「オーラフ？」

オーラフの返事はない。

「オーラフ」ナデシュはもう一度、声を張り上げる。きっと接続に問題が生じているのだろう。「ヘリを送ってちょうだい！　今すぐ！」

そのときナデシュは気づく。自分の左の尻の下にあるはずの四角い通信機器が、なくなっている。起き上がらなきゃ。まずは膝をついて、それから体を起こそう。ナデシュは体の向きを変えようとする。でも、その場所には別のだれかの足がある。ナデシュは相手に気づかせるためにその足をたたこうとするが、腕を振りあげることさえできない。そのだれかの足はおそらく、ナデシュの手とほかのだれかの足の区別がついていない。

「ライオネル！」ナデシュはしわがれた声で叫び、さらに大きな声で「ザーバ！」と叫ぶ。

★★★

何もできなかった、とマッハムード大将は思う。

自分は大将にふさわしい位置——つまりいちばん先頭にいる。いつも、隊とともにいるほんものの大将のようでありたいと思ってきた。後ろに隠れているようなのは、ほんものの大将とは言えない。人々を組織しようと努力してきた。だが、もはやそれは不可能だ。

女と子どもを守る輪を築こうとした。だが、その輪はあっという間に押しつぶされて、意味を失った。大声で怒鳴り、人々の自尊心に訴えかけた。だがじきに、大声を出せるだけの息を吸い込めなくなった。フェンスのそばに立ち、必死に努力した。自分の腕や足の一本でさえもフェンスの向こうに滑り落ちていかないように——。

大勢の人間が押し寄せてきたとき、押し寄せられた側に何が起きるのかを、おれはこの目で見た。突然腕や足がありえない角度に曲がる。気がつけば、腕や足はもはや、骨ではなく皮膚でつながっているだけになる。だが、いちばん不気味なのは静寂だ。押しつぶされた人々の肺はもう、何かを叫ぶのに必要な空気を吸い込むことができない。

★★★

「おい、おまえのドイツ人はどこだ?」

ライオネルはその声を聞きわけることができない。静かだがはっきりしているその声は、ライオネルが見ることのできないどこかから聞こえてくる。

「おまえのドイツ人はどこだよ?」

「彼らは……開けてくれる」ライオネルは声を絞り出す。

「なにを……クソ。やつらは……おれらを……ころす……つもり……」

ライオネルはもっと長い答えを言おうとする。こんなふうな。「いよいよそのときが来たんだ。くりぬけなきゃならない。それがこんなふうに来ることを、おれたちはみんな知っていたのだから」でも、十分な息が吸い込めない。結局出てきた言葉は「彼らは……を……できない」だった。

すでに死者が出ている。もしドイツが奇跡を起こしても、ここで死ぬやつは死ぬ。そしてライオネルにはわかっていた。おれは、ここで死ぬ人間になりたくない。でも、もう自分の手が感じられない。足も感じられない。麻痺してしまっている。

こう言うのはたやすいことだ。「おれたちは命を賭けているんだ」

だが、人が命を賭けられるのは、《命がなくならない》という前提あってのことだ。

「おまえのドイツ人はどこだ?」

「マライカはどこだ?」

ライオネルはどちらにも返事ができない。そして彼は気づく。今のおれにはどっちも関係ない。大切なのは、自分がこの日を生きのびられるどうかだけだ。

★★★

「オーストリアの連中が、傍観できるわけがあるものか」ゲーデケが怒鳴っているのが、部屋の外からもう聞こえてきた。「自分のクソランドで起きていることなのに」

職員のひとりが内務大臣のために、急いで危機管理室のドアをあける。ゲーデケは部屋の真ん中に立って何かを叫んでいる。わめきたてるゲーデケを警官たちが取り囲んでいる。警官らは呆然とした表情でスクリーンを見つめている。二つのスクリーンにはマイTVの映像が映し出されている。内務大臣は目の端で、画面の端にテロップが流れていくのをとらえる。「ケンブッシュ行方不明＋＋＋死者多数＋＋＋一万五〇〇〇人の難民受け入れをEUが申し出＋＋＋ハッケンブッシュ行方不明＋＋＋」だが、ほんとうにおぞましい知らせはテレビの画面には映っていなかった。フェンスのドイツ側には、複数の監視カメラがある。そこにはとても外には出せないような映像が映っていた。

まるで巨大なエッグスライサーのように、大勢の群衆によってフェンスに押しつけられた人々の、憔悴しきった無気力な顔・顔・顔。画面から音はしない。だれの叫び声もしないのに、内務大臣はこれほど恐ろしい光景を見たことがないと思う。何かを懇願するようにフェンスの向こうに伸ばされた腕。だが、何本かの腕はもうだらりと垂れさがっている。ありえないほど不自然な姿勢をとった子どもの顔がひとつ見える。

「連中がやっているのは、救助義務の放棄だ」ゲーデケが大声で言う。「われわれにも、それが許されていたなら」

（今現に放棄している）内務大臣は思う。

　スクリーンを凝視している警官たちを内務大臣は見る。彼らはあまりにも過大な要求に、頭を振っている。スクリーンをいちばん先に正視できなくなったのは、年長の連中だった。巡査部長や警部などの経験ある人間たちが、次々に画面から目をそらしている。彼らはみな、落胆している。そして画面からそらされた視線が徐々に内務大臣のほうに集まってくる。ひとりまたひとりと、みながこちらに顔を向けてきた。最後にそうしたのは作戦部長だった。彼らは命令を拒否しているのではない。内務大臣に助けを求めているのだ。

　内務大臣は、つとめて冷静であり続けようとした。たとえこの図がいかに耐え難いものであろうと、解決策はかならず存在するはずだ。何をいちばん優先すべきか？　なにを緊急で行うべきか？　彼は国の利益を、自国の利益を代表する立場にある。彼は市民のために行動しなくてはならない。だが、今ここで起きていることは、市民の意向に沿っているのか？

「大臣」ゲーデケが言う。「われわれは、何をすべきでしょう？」

　ロイベルはこう主張していた。こうした行動は市民を変える。今、ここで起きていることは国民を殺人者に変え、殺人者の共犯者に変えてしまう。それが本当なのかどうか、内務大臣にはわからない。でも、ひとつ確かなことがある。今ここで人々が死ぬのを許容したら、ドイツ人はほどなく、ちがう国の国民になってしまうだろう。

　彼は人々から選ばれた。それは、人々の見ている前でこの国を変えてしまうためではない。

　だが、もっとたくさんの難民が国に流入してきたら、この国はやはり変わらざるを得ない。

どちらにせよ今とはちがう国になるのであれば、どちらに変化するのが正しいことなのだろうか？

内務大臣は手をズボンのポケットに押し込む。

何かに手がふれる。指が固い紙を手探りする。あの写真だ。

若い娘と、あの若い巡査部長の。

内務大臣は立ち上がる。重い。自分の声に、怒りと譲歩と覚悟が入り混じっている。写真にふれていた指が拳を固める。

「みなさん、出動の目標が変わりました。今われわれがここで目にしているものは、おそらく法には従っている」内務大臣は言う。「だが、もはや受け入れられない」

★★★

ナデシュの叫び声にだれかが反応したようすはない。どこからか、弱々しい叫び声が聞こえてくる。人々のあいだに、ある方向への圧力波が通り抜ける。おそらく国境のフェンスのほうに人々を押す波だ。そのたびにあたりからはいっせいにうめき声がもれる。

「ザーバ！」

地べたにいては何にもならない。起き上がらなくては。腕で体を支えて、上へ行くのよ。指でだれかのズボンの裾をつかむ。だが、ナデシュの前腕をだれかの足が踏み、彼女は叫び声をあげる。足がねじ曲がるように動き、ナデシュの腕にふれているのはつま先だけになる。それ以上足は動かないようだったが、ナデシュにはそれだけでありがたかった。そのとき、逆の手が何かで濡れていることに、突然ナデシュは気づく。体温の温かみがある何かだ。このときようやく彼女は、地面に何か所も水たまりがあることに気づく。自分の顔の下にもあるそれは、おそらく血だろう。

「私はここよ、下のほう！」ナデシュは叫ぶ。「おおい、下よ！　ザーバ！　あなたはどこ？」

ナデシュは苦労して片方の膝を立てる。だが、それではほとんどなんの助けにもならない。このままでは自分の体は、今にもあおむけに倒れてしまいそうだ。この状況であおむけに倒れるのは、あらゆる選択肢の中でもっとも危険であることを彼女は直感で感じとる。

「ナデシュ」とても小さな声が聞こえる。

「ザーバ？　どこにいるの？」

「……シュ！」声が聞こえる。でも、どこから声がするのかは、ほとんどまったくわからない。「……デーーシュ！」

「今、行くわ。助けてあげる！」ナデシュは叫ぶ。そのとき、さらに波が来た。彼女の上の人々が巨大な大波のように動き、さらに強く圧迫してくる。男たちは「ウウウ」とうめき声を漏らし、女たちは肺から空気を絞り出すような叫び声をあげる。足に重い力がかかり、足が体の下に押しこまれかける。ナデシュは悲鳴をあげ、反射的にその重い何かをどかそうとするが、さらにまた上から圧力波が押し寄せ、くるぶしに鋭い痛みが走る。自分の足が、上からの重みでたわむのをナデシュは感じる。くるぶしの痛みは消えない。耳の中でざわざわと音がする。息を吸おうともがく。両方の足がぐにゃぐにゃにねじ曲がり、ナデシュは激痛に耐えながら必死に意識を失うまいとする。足に乗っていた重い何かがずれ、ふくらはぎが挟まれているだけになる。だが、今度は別の足がナデシュの肩を踏みつけ、ナデシュを下へと押す。

「ライオネル！」ナデシュは肺からすべてを絞り出すように叫ぶ。さらにたくさんの足が押し寄せてくる。彼らは前へと進みながら気づく。自分たちが踏みしめようとしているものが、地面にしてはあまりに柔らかい何かであることに。彼らは急いで足を上げようとするが、ぐにゃぐにゃした柔かい何かの上ではうまくいかない。別の何かを踏みしめようとしても、別の何かなどそこにはない。だれかの足がナデシュの体を、まるで目の見えない地球外生物が未知の生き物の形を探るように動き、どこかの時点で足をおろす。ナデシュは必死に身をよじり、その足に直撃されるのをかろうじて避ける。

「ライオネル！　私はここよ！」

自分の声が、積み重なった人間の体を通って上まで聞こえるのか、ナデシュには確信がもてない。彼女は死に物狂いで、手の届く場所にあるすべての足をつねり始める。自分の肩に乗っている足にかみつきさえする。その足は反応し、今度は肩ではなくナデシュの胸を押してくる。肩甲骨がまた別の足のほうに押し込まれ、その足がさらに数センチメートルたわみ、ナデシュはさらに下にずり落ちる。

「ライオネル！」ナデシュはパニックで悲鳴をあげる。「ここよ、下よ！」

上のほうで、だれかが何かを指示する大きな声がする。ナデシュの上にある足が、体勢を立て直そうとする。

「ヘンプ！」くぐもった声がする。そして次はもっとはっきり「ハンド！」という声がする。

ナデシュは死に物狂いで片方の腕を伸ばそうとする。うしろに捻じ曲げられていた腕が、なんとか肘の高さまで上がる。だれかの節くれだった指先に手がふれるが、それを握ることはできない。手探りをしていたナデシュの指が相手の指先に引っかかったかと思うと、次の圧力波が上から押し寄せ、手はまたどこかに押しやられ、腕はだれかの膝の下にねじこまれ、アスファルトに押しつけられる。ナデシュは自分の腕の上にあるだれかの膝が、立ち上がろうとするのを感じる。最初はゆっくりと、しかし徐々に必死に、全力で。そしてどこかの時点で、その膝は驚くほどだらりとする。

「ナデシュ」か細い声がする。「こわい……よう！」

ナデシュは動揺を押し殺す。以前ライオネルと、国境のフェンスが開かなかった場合に何が起きるかをよく話した。彼は言った。この世界に、永続的な圧力に耐えられたフェンスはひとつもないのだと。今の状況から言って、このフェンス全体が倒れ、このありえない事態が終わるのは、あと数分の問題なのかもしれない。あまり重くはないだれかが、ナデシュの腹を踏みつける。

「ザーバ。がんばって！」ナデシュは必死に叫ぶ。「もうすぐこれは終わるわ」

ナデシュはぐったりしながら答えを待つ。首が痛む。さっきからずっと頭をもたげているのが、信じられないほどつらい。

「ザーバ、聞こえる？」

それは一瞬のことだった。もう一度状況をよく考えようとしたそのとき、はっと彼女は、まるで晴れた日のように一片の疑いもなく理解する。あと数分のうちに這いあがることができなければ、二度とザーバの声を聞けない。ナデシュは自分が、耳をつんざくような金切り声をあげ始めたのを感じる。もはや言葉ではない、ただの叫び声を彼女はできるかぎり大きく鋭くあげた。これまでの人生であげたどの叫びよりもさらに大きな声で、まわりにいるみんなに知らせるのだ。終わってしまう。擦り傷なんかどうでもいいから、ザーバの命を助けなくては。ナデシュは自分の中から、思ってもいなかった力が湧きあがってくるのを感じる。耐えがたかった足の痛みは突然、とるに足らないものに感じられてきた。ナデシュは必死に自分の体を引っ張り、なんとか上に這いあがろうとする。

でも、膝の高さまでしか体をもちあげることはできない。

ナデシュの鼻にだれかの堅い膝頭が激しくぶつかり、血が流れる。だがもう、血を拭きとるために鼻に手をやることすらできない。彼女は叫び、さらにもっと大きな声で叫ぼうとする。だが、声がかすれる。さっきのように鋭い声は、もう出てこない。そしてナデシュは突然、別のところからさっきの自分と同じように、しかしもっと大きな声で別の女が叫んでいるのを耳にする。

「ザーバ！」ナデシュは金切り声で叫ぶ。もしかしたらただ、叫んだと思っているだけかもしれない。もうどちらなのか、自分でもわからない。いったんおさまっていた足の痛みはふたたびぶり返し、さっきよりももっと鋭く、刺すように痛んでいる。頭についていた針金のようなヘッドセットにだれかの足が引っかかり、湾曲した金属がナデシュの耳介に突き刺さる。だれかの足がナデシュの頭を踏みつけ、顔を横切り、痛む鼻を通って滑り落ちてくる。ナデシュはある種の疲労を感じる。それはいわば、準備的な疲労だ。彼女にはわかっている。じきにこれから、たくさんの力が必要になる。ありったけの力をかき集めなくてはいけない。この先の作業はこれまでよりもずっと骨が折れるはずだ。もう一度、少しでもいいから体を休められればどんなにありがたいだろう。どこかのだれかの足を果てしなくどけ続けるのは、ものすごく苛立つ、実りの少ない仕事なのだ。だれかの足をどけても、すぐまた別のだれかの足が来る。そして今は、だれかの足がナデシュの大腿を踏みつけている。ナデシュは身をよじったが、足はそのままの場所で動かない。耐えがたいほど痛い。今重要なのは、すこしでも休息をとること。胸郭を守るように、体を小さくしなくては。さらにもう一度、圧力波が来る。そして二本の足が彼女を地面に押しつける。後頭部が激しくアスファルトに叩きつけられる。ナデシュは反射的に頭をかすかにもちあげる。突然地面が魅力的で快適そうに見えてくる。もし足がこんなに……。

★★★

青くきらめく希望。消防の特別出動車だ。国境地帯に今来ることのできるすべての消防隊が駆り集められた。みな、フェンスのところで作業をしている。熱心に、しかし悪態をつきながら。というのもこのろくでもないフェンスは、ろくでもない種類のろくでもない金属でできているおかげで、いちばん強力な救助用鋏を使っても容易に切断できないのだ。消防隊は最初、この救助用鋏をフェンスからかなり離して設置した。だが、その位置からでは十分な圧力がかけられない。鋏の根元をできるかぎりフェンスに近づけなくてはならないが、それでは刃の先が、向こう側に押しかけている群衆へと突き出してしまう。消防士らはためらい、作戦本部に再度の問い合わせをした。そこへ内務大臣が駆けつけてきた。彼は近くにいた消防士の手から、扱いにくいその機械を奪いとった。

内務大臣はたちまち、だれかから血を浴びせられたような姿になった。彼は消防隊員のひとりと交替し、ほかの隊員と一緒に三本の横架材の切断にあたったが、そのさいに、すでに死んでいる一本の足とまだ生きている一本の足に切り込まなければならなかったのだ。まわりで消防の人間が二台のパワーショベルを操作している。フェンスの突然の崩落で救助の人間が下敷きになるのを防ごうとしているのだ。だが、現場には人員も足りなければ機械も足りず、なにもかもが不足している。おおかたの機動隊員は、国境地帯の後方に送る必要があった。消防隊員や救急隊員を前方に送る道を確保するためだ。だが、彼らがすでに極右の活動家との小競り合いに巻き込まれていたら、どうにもならない。相手は火炎瓶をやたらと放り投げてくるチンピラではない。正義をみずからの手におさめるために国境地帯にやってくる、セミプロフェッショナルの極右系グループなのだ。ヘリコプターが空を飛んでいる。オーストリアは、ヘリの出動を許可したようだ。難民の行列の後ろから人々をヘリコプターに乗せ、ドイツに運ぶつもりらしい。だが、難民たちはパイロットを信用しなかった。難民たちは国境を自分の足で越えたがった。なぜなら、そうしなければ、みなと同じにたしかにドイツに到着できると確信できないからだ。

　信じがたいことだが、フェンスはたわんできていた。もちろん、すべてのものはいつかゆがむ。どんな金属にだってへこみはできる。だが、そのフェンスを事前に見ていた者には、信じがたい光景だった。電流のスイッチはもう切ってある。彼らは、フェンスを登るよう難民に促すべきかどうかについて、緊急で議論をした。だが結局、それをすれば、いちばん力の強い者が力の弱い者を文字通り踏み台にするという事態が起きかねない。最悪の場合、《愛の南京錠》をいっぱいぶら下げたどこかの橋のように、人を鈴なりにぶら下げたままフェンスがまずい方向に突然倒れるという危険もある。フェンスにかかる圧力は、コントロールしながら逃さなければならない。そのためにはフェンスのどこかを開くことだ。「ヘルプ」コールはもう聞こえてこない。人々からは先ほどの気迫が消え、前に進めなくなった壊れたレコードのように機械的に、けだるげに前へと列を押しているだけだ。突然の助けに一部の人々は、フェンスにもう電気は通っていないのではと推量する。だが先頭にいる人々に、もうそれを登る力は残っていない。あるいは人ごみの中で身動きすることができない。内務大臣は、レーザーワイヤーを除去しなければと考える。そしてそれを、消防隊員に大声で告げる。彼らは、作業をしながら議論を始める。ふつうこうしたフェンスをつくるとき、どうすればレーザーワイヤーがいちばん簡単に外れるかは考慮されていないのだ。

　だれかがアングルグラインダーをもってくる。大きなパンを切るためのカッターのような機械だ。だれかが「チクショー」と言うのが聞こえ、さらに「さもなきゃ、全員がお陀仏だよ！」と声がする。機械が始動し、嫌な音を立てる。

フェンスのそばの地面に小さな男の子が横たわっている。男の子は内務大臣をまっすぐに見ている。男の子からの視線がなければすこしは緊張せずにいられたかもしれない。内務大臣は視線を少しでも避けようと、救助用鋏を設置する向きを変えてみる。だが、その角度以外ではうまくいかなかった。内務大臣は最初男の子に気づいたとき、彼を元気づけようとした。男の子は無反応だった。内務大臣は上着を放り出し、救助用鋏をいちばん有効に使える角度を検証し始めた。そのとき、その小さな男の子の咎めるような眼差しに気づいた。男の子の目は、まるで大臣の不器用な手つきに驚いているように見えた。だがその表情が、突然変わった。

内務大臣は、鈍い爆音を耳にする。異常発火の音だろうか。大臣は、機械がすべて順調に動いているかを確認しようと頭を上げた。だれも反応していない。大臣は歯をきつく噛みしめ、体中の力をこめて鋏を鋼鉄に押しつけた。フェンスは、まるでだれかと別れを惜しんでいるかのように、嫌な音できしむ。別の場所では、重要な部分を取り外すことができたようだ。パワーショベルがふらふらと揺れているのが見える。操作員はエンジンをうならせたまま、さらに強い力でフェンスを圧迫しようとしている。大臣はもう一度力をふりしぼってから後ろに下がり、消防隊員と交替する。

あの男の子は八歳か九歳くらいだろうか。よくわからない。頭しか見えていなかったし、その頭はその間にも、どんどん形を失っていった。だれかが男の子の頭の上に乗る。そのだれかの上にまた別のだれかが乗る。それでも男の子は超然としていた。大臣は目をそらそうとしたが、そうすることは裏切りのように感じられた。男の子はまるで、自分も目をそらすことができないのだと、大臣に言っているように見えた。

大臣はうめき声をあげながら、背中を伸ばす。そのとき、また何かが聞こえた。鈍い爆発音が、さらにもう一度。

フェンスの向こう側からだ。

第58章

アストリッド・フォン・ロエルはスクリーンのスイッチを切った。こういうのを自分は正視できない。広場恐怖症の気があるからだ。なんにせよ、今起きている出来事に自分は何も影響を及ぼせない。カイはどこかでドローンの撮影をしている。最新の情報は通信社が送ってきてくれる。ともかく結果を待っていなくてはならないという点では、昔のスポーツ部門の同僚と似ている気もする。それほどエキサイティングなことにはなりそうにない。ここまで来たらあとはもう、以前の国境越えと同じ展開になるだけだ。ドイツは世界でも指折りの金持ち国家だ。彼らはいずれ門戸を開くだろう。

アストリッドはこの数日間、あることをずっと考えていた。万一に備えてナデシュのための追悼文を書いておくべきだろうか？　大手の報道局や通信社がそういうことをするのは知られている。彼らは有名人が一定の年齢になると追悼文を引き出しに準備し、いざというときにどこよりも早くそれを出せるようにしているという。人がいつ死ぬかなんて計画通りにいくわけがない。ウド・ユルゲンスがいい例だ。前日まで舞台に立っていたのに、翌日には――。

いや、正しく言うならば、アストリッドはそれについて考えるよう迫られていた。クソ副編が少し前にこうほのめかしてきたのだ。「たしかにこれは愉快なテーマではないよ、フォン・ロエルさん。しかし僕らはあくまでプロとして仕事をしなくては……」

気がすすまないのは第一に、自分たちは報道局ではないから。第二に、今だって十分やるべきことがあるから。第三に、自分は人間であって、機械ではないから。第四に、ナデシュが死なない可能性だって十分あるから。もしそうなったら書き損になってしまう。別にこれは皮肉のつもりではない。ただ単に、ナデシュが死ぬなんて、まったく想像できないだけだ。ニュースのテロップの内容がどうだろうと。

アストリッドはクソ副編にそれをはっきり言ってやった。「いったい何を考えているんですか？　彼女はあの、ナデシュ・ハッケンブッシュですよ！　もし彼女が死ぬようなタマであれば、とっくにそういうシナリオが書かれていたはずです！」それを言うなら「行方不明」には、少なくとも二倍の確率でシナリオが書かれていただろうけれど。

自分の言い分はなんとか通すことができた。ともかく、追悼文を書くなんて、見習いでもできるような仕事だ。アストリッドが担当するとしたら、それは、たとえば次のような個人的な文章であるべきだろう。「私は見た――ナデシュ・ハッケンブッシュ最後の数時間」

アストリッドは車の前方に行き、助手席に座る。そして足を高く上げる。前にいるバスの、いちばん後ろの席にいる三人の若者がこっちを見る。彼らは笑い、誘いかけるような顔をする。アストリッドはとがめるように首を振るが、本当は、悪い気はしていない。このキャンピングカーを自分は恋しく思ったりするのだろうか？　少しは、恋しくなるかもしれない。この車に泊まるのは、あと幾晩だろう？　一晩？　あるいは二晩？

ドイツ連邦共和国歴史館はこのキャンピングカーに興味を持ってくれるだろうか？　ドイツ史上もっとも長いルポルタージュのひとつが、このキャンピングカーの中で書かれたのだ。いや、たぶん「のひとつ」はいらないはずだ。もっとも長いルポルタージュであるだけでなく、もっともすぐれたルポルタージュでもある。ナネン賞をとった暁には、ぜひそれも言及してもらわなくては。あるいは、テオドール・ナントカ賞。ピュリッツァー賞も考えられるかもしれないが、残念ながらニューヨークにはまだひとりも知り合いがいない。

鈍い衝撃を感じる。下からだ。まるで高速道路が大きなおならをしたかのような。

前のバスの若者たちも、同じ衝撃を感じたらしい。アストリッドはうろたえたような、おどけたような、無邪気なような表情を浮かべ、両手を上にあげる。あれは私がしたのではないのよ、と若者たちに示すかのように。でも、彼らはアストリッドを見ていない。彼らはキャンピングカーの屋根の上のほうを見て、何かを指さしている。そのときもう一度、大地がまるで放屁したように揺れた。アストリッドは顔をしかめた。ダッシュボードから足をおろし、車の外に出てみる。

ずらりと並んだバスを目で追う。人々はほとんど外におらず、みなバスの中にいる。そのほうが、携帯電話の画面を見るには日差しがちょうどいいからだ。彼らにとっては、国境で起きていることのほうがずっと重要なのだ。はるか後ろに、二つの煙がまっすぐに立ち上っているのが見える。アストリッドはぐるりとあたりを見回す。

高速道路と平行に延びている農道を、一台の警察車両が猛スピードで走っていく。助手席に座っている男が何か激しい身ぶりをする。車はバックして道からそれ、畑に突っ込む。車輪が空転する。エンジンが大きな音を立て、さっき身ぶりをしていた警官が助手席の扉を勢いよく開け、畑を駆け抜けていく。

彼は一回ごとに膝まで土に沈みながら、大げさで不恰好なジャンプを繰り返す。アストリッドは思わずふき出す。

　高速道路が振動し、うなるような音がする。今度は前からだ。アストリッドは体をそちらに向ける。火の玉のようなものが数珠つなぎになっているのが見える。火の玉がひとつ、またひとつ、さらにまたひとつ。まるでネックレスか、巨大な導火線のようだ。アストリッドは目の前のバスを見る。信じがたいほど大きな音がする。音はまるで、巨大な竜の口のようにアストリッドをのみこみ、耳の中にいつまでも残響を残す。

　バスの後ろから窓が消えている。横にもなくなっている。バスにはもう、どこにも窓がなくなっている。それはそれでいいことだ。火だるまになった若者が外に這い出てくるには、そのほうが好都合だ。彼らは叫び声をあげている。でもきっともう、声がかすれているのだろう。叫び声はもう聞こえない。もしかしたらひとりだけ叫んでいるかもしれない。残りの二人はもう外に這い出てくる力がない。窓から半身だけを、空気にあてようと外に干された毛布のようにだらりとぶら下げている。燃えているベッド。きっととても煙臭い。

　ベッドが・燃えている《ベッズアーバーニング》――そんな歌があったっけ。

　アストリッドが見守る中、ひとりの女がバスの後ろのドアを必死に開けようとする。だが、ドアは開かない。きっとドアの手前に何かが置かれているのだろう。女は引き返し、バスの中のだれかに叫びかける。女は泣きながら身をかがめ、その何かをもちあげようとしている。そしてふたたび女の顔がぬっとあらわれる。口は裂けんばかりに開いている。女はドアを開けるのはあきらめたのか、今度は、吹き飛ばされた細い窓から外に這い出ようとする。頭を押し出す。肩を押し出す。腕が一本通る。口はそのあいだずっと裂けんばかりに開かれている。アストリッドがこれまでに見たことがないほど、その目はぎょろりと見開かれている。女の髪が燃え始める。そして巨大な炎がバス全体を転がっていく。

そのときが来た《ザ・タイム・ハズ・カム》――さっきの歌の続き。

熱い空気がアストリッドの顔に当たる。だがそれは空気というにはあまりに固く、まるで赤く燃える壁に正面からぶつかったような感覚だ。髪が燃える臭いがする。目に汗がたれてくる。袖で顔の汗を拭く。痛い。汗が、赤黒い。額に手をやり、ガラスの破片を抜き取る。破片の半分は皮膚に突き刺さっていた。まるで小さな内ポケットの中にするりと滑り込んだかのように。

アストリッドはさっきの飛ぶように走っていた警官を追いかけようとする。膝がガクリと折れ曲がる。ズボンの右足がどこかに消えている。それはかまわない。ズボンなら脱ぎ捨てたいくらいなのだ。でも、膝下からバスの破片が突き出ている。足はもう、前と同じようには動かない。皮膚はない。むき出しになった膝の関節の各部分が、たがいにくっついている。なんだかひな鳥の関節みたいだ。どうやら膝だけではない。太ももにもバスの破片が突き刺さっている。ズボンはぐっしょり濡れている。いいことだ。これだけまわりが火だらけでも、これなら簡単には燃えないだろう。痛みがないのはともかくありがたいことだ。ちっとも痛みを感じないなんて、自分はやっぱり幸運なのだ。

ふり返り、後ろのバスを見る。そのバスはまだ無傷だ。ドアが開き、たくさんの手に押し出されるようにしてひとりの男が降りてくる。男はアストリッドを見る。アストリッドは今度は、うぬぼれた気分にはならない。男はぎょっとした顔をしている。アストリッドはいらいらしながら首を振り、目をぎょろりとさせる。ふと、タバコのような何かが空《そら》を漂っている気がした。タバコから何かがはがれ、小さな二つのタバコが出てくる。そのひとつがこちらに向かってくる。目からまた血が流れる。血を拭い去ると、驚いたことに、さっきの男とそのバスが燃えている。燃えている何かが地面を転がってきて、弱々しく回転して仰向けになり、そのままもう動かずに燃え続ける。

音もなく、アストリッドのキャンピングカーが爆発する。

子どものころ、親友と一緒に雹が降る中、自転車を走らせたことがある。あれは夏の盛りだった。痛いけれど、でも、愉快だった。雹の粒があちこちに跳ね、皮膚にも顔にもぱらぱらと降りかかった。アストリッドはきゃあきゃあきゃあ声を上げ、ビッギも——あの、ちょっとぽっちゃりしたビッギも——きゃあきゃあ声をあげていた。アストリッドは今、地面に横たわる。もう一度、雹が降る中で、あんなふうにはしゃぎ声をあげてみようとする。でも、ようやく喉から出てきたのは、ひどいガラガラ声だ。休息をとらなくては。すごく息が切れるのだ。もう一度体を沈ませる。めまいがするから、横になっているほうがいいはずだ。目から横に血が垂れている。ゆっくりと頭をあげる。重い。とても重い。食器用引き出しの一部が、胸から突き出している。ナイフが二本。フォークもある。あとで探す必要はこれでなくなった。肩にも何かが刺さっている。食器用引き出しの、木の破片だ。アストリッドはゲホゲホとむせる。咳をせずにいられない。何かが喉に、そして肺に詰まっているみたいだ。まだ何かが引っかかっているようで、息が苦しい。もう一度、咳払いをする。自動車修理工場で嗅ぐようなにおいが、口の中に広がる。石油を扱う仕事場のにおいではない。いつもあたりに金屑が舞っている自動車修理工場のにおいだ。昔、若い自動車修理工とつきあっていた。彼は、血を見ることができない男だった。このTシャツを見たらきっと嫌な顔をするだろう。こんなに濡れているのに。

突然、恐ろしいほど寒くなる。変なの、とアストリッドは思う。すぐそばでキャンピングカーがこんなに赤々と燃えているのに。これでは歴史館は、興味を持ってくれそうにないわ。

第59章

それは、消防隊員に体を強く引かれたあの瞬間に起きたのだと内務大臣は断言できた。押しつぶされた群衆のうめき声がしたかと思うと、フェンスの一区間が突然こちらに倒れてきた。少し前に作業を交代した消防隊員が内務大臣の襟首をつかみ、危険な場所から引き離した。目の前でフェンスが一〇メートルから一五メートルにわたって、まるで蠟細工のようにばたりと倒れ、人間の粥のような群衆が、薬缶から何かがはじけ飛ぶようにその場に出現した。彼らは恐怖に満ちた顔で何かを叫び、パニックに陥ったようにばたばたと折り重なっていく。そして内務大臣は見てとった。たとえ救助活動を行っても、死者が出ることはおそらく避けられない。できるだけ少なくおさまってくれと彼は神に願った。せめて五〇人以内、いや、どんなに多くても一〇〇人以内であってくれ。たとえ死者がわずかでも、その人たちは私のせいで死ぬのだ。神よ、私を罰してもいいから、彼らに危害を与えないでくれ。彼らはあなたの民と同じように、約束の地を目ざしていた。そして私は、彼らの中でもっとも小さき者にしたことを、一千回も行ったのだ。

彼は願った。せめてフェンスのほかの部分もできるだけ早く崩落してくれ。そうすれば、この小さな裂け目に人々が一挙に押し寄せるという事態は避けられる。そのうちに、向こう端でもやはりフェンスがぐらぐらと揺れ、倒れた。彼は今も覚えている。そのとき感じたまったく不合理な幸福感を。信じがたいほどの安堵。まるでこれがハッピーエンドであるかのような――。だがもちろん、ハッピーエンドであるわけはない。彼はもう、フェンスの向こう側の惨状を予期できていたのだから。それは、あの死んだような目をした少年のせいだけではない。

そのとき、谷間から火の玉の列のようなものが出現したのだ。それはまるで、橙色に輝く真珠の鎖のようだった。火の玉は几帳面な神に据えられたかのように、きちんと並んでこちらにやってくる。そのうちの一〇個か二〇個が群衆を吹き飛ばした。今も覚えている。だれかの体がまるでダンサーのように回りながらこちらに吹き飛んできた。くるくる回るその体は両手を広げているが、両足がない。頭もない。手には船長帽のような奇妙な帽子が握られているが、それにも火がついている。ここから内務大臣の記憶は一部が消えている。おそらく、消えなければならなかった。その場の現実と、飛んでいく男はあまりに不釣り合いだった。

内務大臣は高速道路の上を、バスの列に沿って歩く。何百台ものバスがある。いや、何千台だろうか。見渡すかぎりどこまでも終わりがない。そして、すべてのバスが火に包まれている。ガラスの吹き飛んだ窓から黒い煙がもくもくとあがっている。まるで巨大で真っ黒な地虫が地面から起き上がったかのようだ。バスの座席や内部の化粧張りが、汚れた油につけられたたいまつのように燃えている。黒焦げになった横桁のいくつかが、熱で折れ曲がっている。バスはまるで巨大な、炭化した檻のようだ。燃えている座席の上に、人間が見える。黒焦げになった頭が見える。多くは前に折れ曲がっているが、後ろに傾いている頭のほうがさらに多い。ゆらめく炎の中、それはまるで黒い影絵のようだ。頭蓋の中でぱっくり開いた口は、木の幹の巨大な刻み目を思わせる。ときには白い歯が見える。その姿勢から、幾人かの人々は怒っているように見えるが、多くの人々は、まるでこれまでの苦労と困難を思い、そしてその結果を考え、笑っているようにも見える。大声で、苦々しく。

時おり、大きな頭のそばに小さな頭がある。黒い腕が、黒い首に回されている。そしてどの頭も目をかっと見ひらいている。口よりもさらに大きく、恐ろしいほど大きく開かれたその目は、けっしてふたたび閉じることがない。

いくつかのバスのそばに人間が立ち、地獄絵を見つめている。いくつかの黒焦げになった人影が、バスの中に入っていこうとする。彼らは途方に暮れたように両手を上げながら、さらに歩みを進めようとする。そしてその無益を理解し、しばし足を止めるが、ほどなくまた最初からやり直す。内務大臣はひとりの男を目にする。携帯電話で撮影をしている。そして、おそらく男の妻であろうひとりの女が、泣きながらその腕にすがりつく。男の手から携帯電話が滑り落ち、男は女を抱きしめる。

ディーゼル燃料のつんとする臭いがする。プラスチックやゴムが燃える臭いや、人体が焦げる臭いもする。つむじ風が起こると、頭がくらくらするような臭いの煙が、薄い霧のように内務大臣をとり囲む。時おり、もうもうたる煙の向こうから人影がこちらに歩いてくる。地下世界からあらわれたような彼らは多くが皮膚を失っている。どこまでが衣服でどこからが肌なのか、わからない人々もいる。彼らのために何をしてあげられるのか、内務大臣にはわからない。救命道具もなければ医療品もない。水さえも持っていない。二本の腕のうち、かろうじて動くのは一本だけだ。引き返すべきだったのかもしれない。だが、このまま進むのが義務であるかのように、内務大臣は感じていた。知りたかったのだ。どこかの恐ろしい神は本当に、完ぺきな綿密さですべてのバスを燃える棺に変えたのかどうかを。

そのとき内務大臣の目に、ひとりの女とひとりの少女が映る。

二人はゆっくりと、まるでさまよう死体のように、でもたしかに歩いている。女の子は、八歳か九歳にもならないくらいだろうか。でも手を引いているのは女の子のほうだ。二人の顔は同じくらいすすけている。女はきっと女の子の母親なのだろう。女の子は真剣な顔で前を見ている。そしてためらいながら足を踏み出す。まるで、一歩足を踏み出すごとに、これまでの苦労に意味があったのかを考えているかのように。女の子の背後のバスでは、燃料タンクが火に包まれている。だが、女の子はほとんど何も反応しない。黒い人影はほんの一瞬、淡黄色の地獄の前にとどまると、また歩き出す。

内務大臣はその場に立ち尽くす。女の子は小さな歩幅で歩いている。女の子は女の手を引いている。しっかりと、でもあまり力を入れずに、まるでおもちゃを引っ張るように。女の子は内務大臣のそばで立ち止まる。内務大臣のほうに頭を上げ、下からじっと彼を見る。彼女の瞳には何の表情もない。懇願も怒りも、非難も嘆きも、何もない。

内務大臣は女の子に、動くほうの手を差し伸べる。女の子はためらうが、空いているほうの小さな手を内務大臣の手に重ねる。内務大臣は女の子の手をしっかり握り、回れ右をする。そして女の子と女を連れて、国境のほうへと歩き出す。

タウエルン・カタストロフについての推論

少なくとも死者三〇万人と専門家が見積もり——犯人捜索は難航か

ベルリン：武器を持たない数十万の難民がオーストリア・ドイツ国境で何者かに攻撃された恐ろしい事件から一〇日後、連邦政府は改めて強い非難を表明し、早急な真相解明を要請した。「三〇万を超える人々の命を奪った、第二次世界大戦時の大量殺人に匹敵する周到かつ恥知らずな犯行だ」連邦首相は、犠牲になった連邦警察職員、消防隊員、救急隊員らの葬儀の席で、家族らの前でそう述べた。「文明と人間性の名において、犯人に相応の罰を与えることはわれわれの義務だ」

ドイツ当局がいまなお明言を避けるいっぽう、証拠を求めて捜査は続いている。「**犯行に必要なロジスティクスを考えれば、嫌疑の対象はおのずと絞られる**はずだ」あるロシア高官は本紙にこう語る。「ステルスドローンを用いた協調的な軍事攻撃。しかもそのドローンは、数百の標的を同時にとらえる能力を持っている。ずばぬけた軍事的ポテンシャルに加えて相応の技術がなければ、とてもそんなことはできない。その二つを兼ね備えている国が今のところ、この世界に二つしかないのは明白だ。そしてロシアは、その中に含まれていない」

専門家筋や軍事のエキスパートらは、この発言でほのめかされている二国はおそらくアメリカとイスラエルだと解釈するが、しかし、どちらの可能性も「きわめて想像しがたい」という。じっさい、アメリカもイスラエルも今回の事件を国連安保理および国連総会において明白に、留保なしに非難している。だが、疑念は国の境を越えて広がりつつある。緑の党の事務次官、フォルカー・ロームは次のように語る。「森に一頭のノロジカが撃たれて倒れていたら、村の中でただひとり銃を所持する人物を思い浮かべないほうがおかしい。とりわけそいつが猟師であるのならば」

こうしたほのめかしをしたうえでロームは、世間に流布しているさまざまな説を取りあげる。そうした説のひとつは、ドイツの急激な右傾化を阻止することにイスラエルが多大な関心を抱いていたと指摘するものだ。イスラエルはドイツを、信頼できるパートナーとして確保しておきたかったというわけだ。だが、この企みを実行するには、ドローンが上空を通過するすべての国に暗黙の同意をとりつけなければならないはずだと、専門家は指摘する。EUに批判的な人々の輪の中では、この事件はドイツを、支払い能力の高いEU加盟国として維持するために起こされたという説までささやかれている。ロームは、この説にもきわめて懐疑的だ。「ひどいこじつけだ。こういう乱暴な陰謀説を持ち出す前にまず、少なくともこうした説の一部についてでも、何かの証拠を提示すべきではないか。もっとも、猟師の銃から弾が放たれていないのなら、どんな状況証拠も役に立ちはしないだろう」

犠牲者数の正確な把握は難航しているが、信頼できる複数の情報源によれば、「犠牲者数は三〇万人以下」という見積もりはまずありえないという。新たな死傷者が今なお発見されており、また、事件によって精神的外傷を受けた人も数多い。対策本部によれば、正解な数を把握する主たる障害になっているのは、事件に巻きこまれた難民を進んで受け入れ、当局から隠そうとする国民が急増していることだという(AP/DPA/ロイター)。

ナデシュ・ハッケンブッシュ：天国から今も、息子を見守り続ける

元プロデューサーのニコライ・フォン・クラーケンとかわいい（←非報道的！）ミンス君：父親と息子は今たがいに手をとり、偉大なエンターテイナーにして偉大な女性でもあったナデシュのライフワークを完成させようとしている。

それはまるで映画『タイタニック』のようだ。比類のない恐ろしい惨事は、深く暗い闇の中から最良の宝を拾い上げ、ふたたび日の光にあてることになった。それは「心」という、人間がもつ中でもっとも尊い宝だ。タウエルン地方の高速道路上で起きた惨劇から五年が過ぎた今、かつての国境通過地であり今は墓地がある一帯の近くに、ナデシュ・ハッケンブッシュの基金「ナデシュ・ハッケンブッシュ・ファウンデーション・フォー・ザ・ヒューマンズ」の主宰者、ニコライ・フォン・クラーケンは一億五〇〇〇万ユーロを投じて、スター建築家ダニエル・リーベスキントの構想によるビジターセンターを新設することになった。『苦界に天使』の忘れえぬスター、ナデシュ・ハッケンブッシュの夫であったニコライ・フォン・クラーケンは悲しみを新たにしつつ、あえてこう発言する。「私たちの前に広がる未来は、人々が以前夢見ることができていたものより明るくなっ

ているように見えます。それについて世界はナデシュに感謝すべきでしょう」

　今もなお、これはまったく信じがたい、超人的と言ってもいいほどの出来事だ。ステルズ（↑濁点トル）ドローンによる爆撃はわずか数分で、三〇万を超える人々の命を奪った。そしてそのただなかに、無私の「苦界に天使」ナデシュ・ハッケンブッシュも存在していた。その美しい容姿と、貧者に対する無条件の献身により、この魅力的な女性は現代のレディ・ダイアナにもなぞらえられるが、ニコライ・フォン・クラーケンはこれにさりげなく異を唱える。「ナデシュは喜ばないでしょう。あまりに不釣り合いです。ナデシュは数十万人のために自分の命を犠牲にした。ダイアナはいつだったか、地雷を避けるためにヘルメットをかぶっていた。両者はとても比べものにならないでしょう」

　ニコライ・フォン・クラーケンは背筋をまっすぐに伸ばす。だがその表情からは、彼の胸の中で、犬が花壇を踏み荒らすように痛みが駆け巡っているのが感じられる。たしかに、事の成り行きを見守っていた多くの人々にとって、ナデシュの死からわずか数日後に彼が「ナデシュとの離婚は最後の瞬間に白紙に戻った」「二人はたがいへの愛を新たにした」と公表したのは驚きだった。しかし、襟の折り返しにとめたナデシュの基金のバッジをニコライが人差し指と中指でやさしく撫でているところを見れば――そして幸福そうな笑顔のナデシュが天国から今も彼に信頼を寄せ続けているのを見れば――この男性がプロデューサーとしての輝かしいキャリアを擲ち、あまりに早く世を去った妻のライフワークを全力で受け継ぐことにしたのは、ただ愛ゆえだということは理解されよう。（↑非常に強烈なパラグラフ！　すばらしい！）

　現在、同基金では一万五〇〇〇人を超える職員が、主に八つの外国のキャンプに振り分けられて働いている。（↑引用であることを明確に。もしくは原文を自分の言葉で書きかえること）キャンプは、事件を受けて連邦政府がアフリカとアジアの各国に設立したものだ。そこでは語学の授業や職業訓練が、ドイツでの学習カリキュラムや経済の状況に応じて開講され、毎年ますます多くの人々が合法的にドイツに移住するチャンスを手にしている。今年は四五万件の募集があり、初めて志願者数を上回った。キャンプで職業訓練をした者は現在、地方でも労働力として熱望されているのだ。これらの成功体験を受け、フランスとイギリスでも同様の教育キャンプが設立されることになり、さらにポーランドもそこに加わることになりそうだ。

だが、ゲーテ（↑ゲーテが本当にそう言ったの？どこにもそんなの見つからないよ！）もインターネットで（↑「インターネットで」は正確ではないね）述べたように、「すべての偉大な作品には卑小な敵がある」。すべての人々がこれらの成功に熱狂しているわけではない。とりわけ緑の党や多くの人権団体は、ドイツの支配的文化がキャンプに導入され、強く要求されていることを批判している。

具体的にはたとえば、ドイツのクリスマスソングの歌唱や林業への従事が試験材料として義務付けられていることなどだが、ニコライ・フォン・クラーケンは同プログラムの成功はまさにそれゆえだと述べる。「最近の『賭けてもいいの？』に出演していたあの四人のセネガル人ですが、彼らの成果は決して偶然やごまかしではありません。トーマス・ゴットシャルクは四〇〇人の候補者の中から無作為に彼らを選びました。もし別の四人が選ばれていたとしても、彼らはドイツ語の正書法やごみの分別の問題で、ＡｆＤの幹部に圧勝していたことでしょう。大半の国民はここでようやく、われわれのキャンプ出身の人々がいかにドイツ化されているかを、目のあたりにしたのだろうと思います。あの動画が二〇〇〇万回も視聴されているのには、ちゃんとわけがあるのです」

ここで、ニコライ・フォン・クラーケンはインタビューを中断しなくてはならなかった。息子のミンスが書類を携えて部屋に入ってきたからだ。

それは、現実とは思えない輝かしい瞬間だった。ナデシュの忘れがたみであるこの青年は年を重ねるごとに母親に似てきており、とくに目と唇にはナデシュにそっくりのオーラが漂っている。その彼が父親と手をとりあって働くようすを見ていると、類まれな女性だったナデシュの魂が今もここで穏やかに息づいている（↑良い観察だ。でも魂は息をしない！）気さえする。マスコミ関係者のあいだでは、ミンスが来年母親の番組を引き継ぐのではないかという噂がささやかれているが、彼が背負っている莫大な仕事を考えれば、その答えは残念ながら当面は保留にされなければなるまい。

　むろん、まだすべてが片づいたわけではない。かつての内務大臣であり現在はインテグレーション（統合）事業の連邦委託官をつとめるケヴィン・クルーゼと話をした者は、彼がまだ多くの課題を見据えていることに気づくだろう。「思いちがいは禁物です。現在東で彼らが受け入れられているのは、けっして心からのことではありません。それは多くの仕事の口と引きかえの、買収と言っても過言ではないのです」クルーゼは言う。彼はトーマス・グラスと先ごろ結婚したばかりで、そのハネムーンの最中にわれわれの電話取材に答えてくれた。「ですが、有用だというだけでしかたなく移住者を受け入れた者も、いつかその有用性なしではいられなくなるでしょう。ブランデンブルク州でもメクレンブルク゠フォアポンメルン州でも、失業率がかつてのようになることを望む人はいないはずです。それらの地域の人々は、医者の流出が流入に転じたことに気づいているはずですし、店が増えてきたことや、郵便局や支店や病院の新設を役所や政治家がすんなり認めてくれるようになったことにも気づいているでしょう。ペーネミュンデの人にぜひきいてみてください」

　ふたたびドイツに話を戻そう。ニコライ・フォン・クラーケンは自身の発言についていくつかの訂正を行う。「人々に繰り返しあきらかにしなければなりません。ナデシュもまた、ごく当たり前の人間だったということを」ニコライはにこやかに言う。「だからこそわれわれは、あの不法な乙女マリア人形を市場から駆逐しなければならない。こうした商業化は望ましくないし、意味もない。ナデシュのしたことを正当に評価するものでもない。それに、一二月に入ればわれわれのオンラインショップで、《メリー・ナデシュ》を買うことができるようになります」ドイツ史上初めてのこのチャリティー玩具シリーズがこのたび、祝祭日向けのスペシャル版で登場することは、もちろんもう秘密ではない。一〇月に登場するピンク色のゼブラ・カーと、チョコレート色の肌をした一二人の可愛らしい赤ん坊をのせた授乳車は、すべての少女の胸を高鳴らせることだろう。そしてもうひとつのサプライズは、メリー・ナデシュのかたわらについに、ナデシュのベストフレンドであるかわいらしい小さなザーバが登場することだ。いずれそこには、おもちゃのニコライの姿も加わるのだろうか？　元プロデューサーは意味ありげな微笑みを浮かべる。（↑もっと距離をおいて、たとえば「かわいらしい」をトルとか？）

いっぽう、国境で起きた事件の真犯人はいまだ不明なままだ。イスラエルが欧州の安定に関心をもち、ドイツが新たに国家社会主義に走るのを防ごうとして干渉に及んだという推論は、今なおたしかな裏付けを得ていない。だがいっぽう、攻撃に必要な高性能のステルズ（↑濁点トル！）ドローンを潤沢にそろえることのできる国のリストはけっして長くない。

だが、これは氷山の一角でしかない。半分は（↑半分以上！）水の下にある。そして往々にして、水の下にある半分のほうが大きいものだ。

タイタニック号が、それを知っていたら！（↑船が知ることはできない。「タイタニックの船長は……」などとするのがベターだ！）

ユーディト・フォン・マイシェンベルク
第三セメスター

フォン・マイシェンベルクさんへ

　総合的にとても野心的な記事だが、まだ改善の余地は多々ある！　君の観察はとてもすぐれており、共感力にも富んでいるが、いっぽうで調査や事実の検証（ゲーテ！）についてはもっと改善が必要だ。それから、ナデシュ・ハッケンブッシュの人間性を強調するのなら、ぜひライオネルのことにふれないわけにはいくまい。彼があの当時、ナデシュの同伴者であり、アシスタントだったのはともかく事実だ。少なくとも、彼をあの事件の犠牲者だと推測していることを言及するべきだろう。それから僕の『イヴァンジェリーネ』での経験にもとづいてぜひ指摘しておきたいのが、人間について報道するさいには、もっと悲劇的な要素を加味できるということだ。いつも忘れないでほしい。読者もまた涙を流したがっていることを。

総評・良　　ルー・グラント

訳者あとがき

本書『空腹ねずみと満腹ねずみ（原題：*Die Hungrigen und die Satten*）』は、『帰ってきたヒトラー（原題*Er ist wieder da*）』の著者ティムール・ヴェルメシュの二作目の小説である。

ドイツで二〇一二年に発表された『帰ってきたヒトラー』は、終戦直前に自殺したはずのアドルフ・ヒトラーが二〇一一年のドイツに突如よみがえり、戦前そのままの主張を繰り返すものの、そっくり芸人と勘違いされて人気を集め、テレビの世界に、そしてついには政界にふたたび進出していくという風刺小説だ。ドイツで二〇〇万部を超えるベストセラーになり、四〇か国語以上に翻訳。二〇一五年には映画化され、こちらも人気を博した。

映画化後に行われた原作者へのインタビュー映像を見た記憶がある。その最後に、「次の小説は軽いコミカルな作品になる予定」というコメントがあった――気がする。映像自体はもう消されていて、残念ながら確認できないのだが、ともかく私の頭には以来、「次作は軽くて、コミカル」というイメージがインプットされていた。

それから待つこと数年。手元に届いたティムール・ヴェルメシュ第二作の、書き出しの一語は、「難民」。

啞然としつつ、「そうきたか!」とも思った。今ドイツでいちばんセンシティブな「難民」という問題を小説の、それも風刺小説のテーマに選ぶあたり、さすがヴェルメシュ氏ではないか。なにしろ彼は、ドイツ最大のタブーであるヒトラーを戯画的に描いて賛否両論の嵐を巻き起こした人なのだから。

　物語の舞台は、著者によれば今から数年先の近未来だ。現首相のアンゲラ・メルケルはすでに首相の座を追われているが、難民の爆発的な流入は止まり、ドイツ社会は一定の落ち着きを見せている。だがそれは欧州が——今現在トルコにしているように——北アフリカ諸国に対価を支払い、難民の流入を押さえこんでいるからにすぎない。各方面からの援助によってサハラ以南に巨大な難民収容キャンプが作られ、二〇〇万余の人々がそこで〈安全に〉暮らしている。欧州への密航業者の料金は高騰し、普通の人々にはとても手が出ない。収容キャンプに行き着いた人々はそこから先に進むことも戻ることもできず、未来もなく希望もないまま、無為な時間を過ごしている。そこに風穴を開けることになったのが、ある難民青年の突飛なアイデアと、番組を撮るために折よくキャンプを訪れたドイツのテレビクルーの存在だった……。

　この先はネタバレになってしまうので、あらすじの紹介はひとまず終わりにして、小説の背景にある、欧州に大量の難民をもたらした二〇一五年のいわゆる欧州難民危機について簡単に説明しよう。ウィキペディアによれば、それは「地中海やヨーロッパ南東部を経由してEUへ向かう一〇〇万人を超す難民・移民により引き起こされた社会的・政治的危機」と要約される。地中海を経由して北アフリカから欧州をめざすルートは、本書でもしばしば言及されるように二一世紀以降、欧州をめざす難民にとってのひとつの〈定番〉だったが、より多くの難民を欧州にもたらしたのは、海難事故を恐れた人々が選んだ「バルカン・ルート」と呼ばれる陸路のほうだった。二〇一五年夏にドイツのメルケル首相がシリア難民受け入れを表明したことも手伝い、多くの難民はヨーロッパ南東部から陸路でドイツを目ざした。結果的にこの一年だけで一〇〇万人余りがドイツで難民申請をすることになった。

メルケル首相の人道主義的姿勢は当初は評価され、ドイツ国民は難民を好意的に受け入れた。しかし難民が次々に押し寄せるにつれ、歓迎ムードには影がさし始め、党内からも反発が生じるようになる。最初は国際世論を慮って協調的な姿勢を見せていたEU諸国も徐々に態度を硬化させた。もともと反移民のハンガリーのオルバン首相は、同年一〇月の欧州首脳理事会でメルケル首相に「ドイツがフェンスを築くのは時間の問題だ」と発言さえした。それに対してメルケル首相は「私はあまりにも長いことフェンスの向こうに暮らしてきたので、今、そうした時代に戻ることを望むなどできない」と答えている。東独育ちのメルケル首相がここで言う「フェンス」とは、ベルリンの壁のことだ。

同年末にケルンをはじめとする各都市で起きた暴行略奪事件（アラブ人・北アフリカ人を主体とした約千名が女性に対して暴行・略奪を行ったとされる事件）を受けて、難民に対するドイツの世論は大きく悪化する。結局、翌二〇一六年三月にドイツ主導でEUとトルコの間に協定が結ばれ、トルコが難民を国内にとどめるかわりにEUが費用を支援するという「取引」が行われた。これにより前述のバルカン・ルートは事実上ふさがれ、欧州に流入する難民は激減した。本書の中で難民キャンプの人々が、メルケル首相を「貧者を救う天使」と呼んだり（後任の首相は「男のメルケル」「新しいメルケル」と呼ばれている）、二〇一五年当時に難民申請を果たした人々を「当時射程範囲にいた幸運なやつら」と羨んだりするのは、こうした事情あってのことだ。

著者ヴェルメシュ氏は、難民を小説のテーマに選んだ理由について、次のように述べている――二〇一五年に難民が流入してくるのを自分は目の当たりにした。人々は最初こそ歓迎していたが、じきに議論が起き、「国境を閉ざせ！」と口々に言い立てるようになった。本当にそれをしたら何が起こるかはだれでも簡単にわかるはずなのに、みな、ただ国境の封鎖を言い続けていた。ならばじっさいに何が起こるかを小説の中で、できるだけリアルに追求してみようと思った——。ヴェルメシュ氏がこの小説で試みているのは、国境を（カネの力なり法の力なりで）閉ざした結果起こりうるひとつのシナリオを、能うかぎり現実的に、きわめて本当らしく描くことだと言っていい。そして、氏の考えたシナリオは、一五万余の難民がサハラ以南から欧州までの一万キロの道のりを徒歩で踏破を試みるというものだった。

前作『帰ってきたヒトラー』の大きな特徴のひとつは、終始ヒトラー視点およびヒトラーの一人称で物語が語られることだったが、本作では難民キャラバンに絡むさまざまな立場の人々の視点から順に物語が語られ、それぞれの事情や行動原理、弱みや欺瞞などが浮き彫りにされていく。ひとりの行動が別のだれかに影響を与え、物語を思わぬ方向に推し進めていくさまは、さながらチェスのゲームのようだ。斜面を転がりだした雪玉が肥大しながら落下するように、物語は終盤に向けて緊迫度を高め、クライマックスへと突き進んでいく。すべての要素がひとつに収束する終盤はとりわけ皮肉と諧謔に満ちているが、前作『帰ってきたヒトラー』のような乾いた笑いはそこにはない。あるのは、「もしかしたら本当にこうなってしまうかも」という恐怖と背中合わせの、「喉に引っかかったような笑い」だ。

前作とのちがいとしてもうひとつ指摘しておきたいのは、きわめて単純なことだが、小説『帰ってきたヒトラー』には難民がまったく登場しない点だ。二〇一一年のベルリンで目覚めたヒトラーがまず驚くのは、「町にトルコ人が大量に存在すること」だ。いっぽう、難民危機のただなかである二〇一五年一〇月にドイツで封切られた映画版『帰ってきたヒトラー』には、セリフ的にも映像的にも難民や難民問題が登場する。そんなところにもドイツ社会の変化が垣間見えるかもしれない。

なお、前述したトルコとの協定によってかろうじて保たれていた欧州の安定はどうなっているのだろう。二〇二〇年二月末にトルコが突如、ＥＵ側による約束不履行を理由にギリシャとの国境を開き、難民の欧州行きを容認する方針を示したことで、安定はふたたび揺らぎかけた。この方針の転換により、トルコ国内にとどまっていた難民の一部がギリシャ国境をめざしたが、ギリシャ国境警備隊は催涙弾で難民の越境を阻んだ。難民危機の再来かと人々が案じた直後、欧州には新型コロナウィルスが流行し始め、ＥＵ諸国は難民ではなくコロナウィルスの流入を防ぐために国境を閉ざすことになった。ドイツ連邦内務省は三月下旬、ウィルス感染拡大防止のため、ＥＵ内の難民をドイツに受け入れるのを拒絶。フランス、アイルランド、ポルトガル、フィンランドなどのＥＵ諸国との協議により、ギリシャの難民収容所に滞留している難民の子どもたちを分担して受け入れることが決まったが、そのいっぽうでドイツ内務省はイタリアからの要請を受け、地中海で海難救助を行っているドイツの民間の団体に、難民の救助活動を停止するよう指示を出した。

＊

著者であるティムール・ヴェルメシュは一九六七年、ドイツのニュルンベルクに生まれる。母親はドイツ人。父親はハンガリー系移民（一九五六年のハンガリー動乱後にドイツに移住）。大学卒業後、大衆系タブロイド紙の記者として働き――この経歴は、本書に登場するジャーナリストの描写に多大な影響を与えているようだ――ゴーストライターとして複数の本も執筆している。二〇一二年に初めて自分の名前で発表した小説『帰ってきたヒトラー』は、ドイツの作家の処女作としては過去一〇〇年のうち、もっとも大きな成功を収めたという。

ヴェルメシュ氏は漫画やコミックの愛好家でもあり、『シュピーゲル』誌にコミックの書評コーナーも持っている。本書についても、文章から情景が――端的に言えば、漫画のコマ割りが――浮かんでくるような箇所がいくつもあった。訳者としてはできるだけそれを意識しつつ翻訳したつもりだ。

本書のオーディオブックは前作に引き続き、俳優のクリストフ・マリア・ヘルプストが朗読を行っている。映画『帰ってきたヒトラー』でゼンゼンブリンク役を演じたヘルプストは本書の朗読において、原作者ヴェルメシュ氏に「アコースティック・カメレオン」と言わしめた見事ななりきりぶりを発揮している。ご興味のある方にはぜひ試聴をおすすめしたい。

最後に、題名についての説明を。『空腹ねずみと満腹ねずみ（*Die Hungrign und die Satten*）』とは本書冒頭にあるように、ドイツの詩人ハインリヒ・ハイネ（一七九七〜一八五六）が晩年に著した詩『放浪ねずみ（*Wanderratten*）』からの引用である。貧富の格差をねずみになぞらえて描いたこの詩は、本書全体を象徴するような痛烈な内容である。一部を引用して、訳者あとがきの結びに代えさせていただく。

地獄も猫もおそれない
あらあらしきはねずみども、
産なく金なく
この世を新たに分けんと望む。

放浪ねずみども、おおなんと！

もう近くにいる、
押しよせてくる、ねず鳴きが
はっきり聞こえる――軍団なみの数。

おお！　われらの負けだ、
すでにはや門の前！
市長どの議員どのは
頭をふってなすすべない。

市民らは銃をとり
坊主らは鐘を鳴らす。
道義にかなった国家の聖域が、
財産が危うい。

（生野幸吉・檜山哲彦編『ドイツ名詩選』〔岩波文庫〕所収、「放浪ねずみ」より抜粋）

翻訳にさいしては、『帰ってきたヒトラー』に引き続き、河出書房新社の揖木敏男さんにお世話になりました。この場を借りてお礼を申し上げます。

森内薫

＊参考文献
『ドイツ名詩選』生野幸吉・檜山哲彦編、岩波文庫
『亀裂――欧州国境と難民』カルロス・スポットルノ、ギジェルモ・アブリル著、上野貴彦訳、花伝社
『欧州複合危機――苦悶するＥＵ、揺れる世界』遠藤乾著、中公新書
『ルポ難民追跡――バルカンルートを行く』坂口裕彦著、岩波新書
『わたしの信仰――キリスト者として行動する』アンゲラ・メルケル著、フォルカー・レージング編、松永美穂訳、新教出版社

Timur VERMES:
Die Hungrigen und die Satten

Originally published in Germany under the title “Die Hungrigen und die Satten” by Eichborn — A Division of Bastei Luebbe Publishing Group

Published by arrangement with Meike Marx Literary Agency, Japan

森内薫（もりうち・かおる）
翻訳家。上智大学外国語学部卒業。2002年から6年間ドイツ在住。訳書に、T・ヴェルメシュ『帰ってきたヒトラー』、D・J・ブラウン『ヒトラーのオリンピックに挑め』、M-U・クリング『クオリティランド』、E・フォックス『脳科学は人格を変えられるか？』など。

空腹《くうふく》ねずみと満腹《まんぷく》ねずみ （下）

2020年5月20日　初版印刷
2020年5月30日　初版発行

著　者　ティムール・ヴェルメシュ
訳　者　森内薫
装　幀　岩瀬聡
装　画　磯良一
発行者　小野寺優
発行所　株式会社河出書房新社
〒151-0051 東京都渋谷区千駄ヶ谷2-32-2
電話（03）3404-1201［営業］（03）3404-8611［編集］
http://www.kawade.co.jp/
組　版　株式会社キャップス
印　刷　株式会社亨有堂印刷所
製　本　小泉製本株式会社
Printed in Japan
ISBN978-4-309-20799-5

【河出文庫】

帰ってきたヒトラー（上下）

T・ヴェルメシュ著
森内薫訳

世界的ベストセラー！　ついに日本上陸。現代に突如よみがえったヒトラーが巻き起こす爆笑騒動の連続。ドイツで一三〇万部、世界三八ヶ国に翻訳された話題の風刺小説！

クオリティランド

M・クリング著
森内薫訳

恋人や仕事・趣味までアルゴリズムで決定される究極の格付社会。アンドロイドが大統領選に立候補し、役立たずの主人公が欠陥ロボットを従えて権力に立ち向かう爆笑ベストセラー。

銀河の果ての落とし穴

E・ケレット著
広岡杏子訳

ウサギを父親と信じる子供、レアキャラ獲得のため戦地に赴く若者、ヒトラーのクローン……奇想とどんでん返し、笑いと悲劇が紙一重の掌篇集。世界四〇カ国以上翻訳の人気最新作。

クネレルのサマーキャンプ

E・ケレット著
母袋夏生訳

自殺者が集まる世界でかつての恋人を探して旅する表題作のほか、ホロコースト体験と政治的緊張を抱えて生きる人々の感覚を、軽やかな想像力でユーモラスに描く中短篇三一本を精選。